SABINE KLEWE

Die Tränen der Engel

GOLDMANN
Lesen erleben

Sabine Klewe

Die Tränen der Engel

Thriller

GOLDMANN

Der Verlag weist ausdrücklich darauf hin, dass im Text enthaltene externe Links vom Verlag nur bis zum Zeitpunkt der Buchveröffentlichung eingesehen werden konnten. Auf spätere Veränderungen hat der Verlag keinerlei Einfluss. Eine Haftung des Verlags ist daher ausgeschlossen.

Dieses Buch ist auch als E-Book erhältlich.

MIX
Papier aus verantwortungsvollen Quellen
FSC® C014496

Verlagsgruppe Random House FSC® N001967

1. Auflage
Originalausgabe Juli 2017

Neumarkter Str. 28, 81673 München
Umschlaggestaltung: UNO Werbeagentur, München
Umschlagmotiv: Getty Images/Edward Kinsman
Redaktion: Heike Rosbach
em · Herstellung: kw
Satz: omnisatz GmbH, Berlin
Druck und Bindung: GGP Media GmbH, Pößneck
Printed in Germany
ISBN: 978-3-442-48512-3
www.goldmann-verlag.de

Besuchen Sie den Goldmann Verlag im Netz:

O meine Landsleute
Klar geworden ist mir eben
Diese Traurigkeit in mir
Wurde mir von euch gegeben.
Amália Rodrigues

Ich sehe bleiche Wangen und glanzlose Augen, aber keine Spur von Tränen. Dann hat wohl, so vermute ich, dein Herz Blut geweint?
Charlotte Brontë

Sie glaubte an Engel, und da sie an sie glaubte, existierten sie.
Clarice Lispector

Samstag, 17. September

Lissabon

Etwas war anders als sonst, wenn sie nachts wach wurde. Ein Heulen, als würde ein Sturm ums Haus tosen, aber tief und kehlig wie das wütende Grollen eines Ungeheuers.

Emília setzte sich auf und blinzelte verschlafen. Vor dem Fenster war ein helles, flackerndes Licht, als wäre schon Tag. Aber es konnte nicht Tag sein, nicht wenn es in ihrem Zimmer noch so dunkel war.

Vorsichtig schwang Emília die Beine aus dem Bett. »Mama?«, rief sie ängstlich. Und dann noch einmal lauter: »Mama!«

Keine Antwort.

Emília blickte abwechselnd zum Fenster und zur Tür. Das grollende Licht machte ihr Angst. Am liebsten wäre sie sofort zum Schlafzimmer ihrer Eltern gelaufen, hätte in Mamas Armen Schutz gesucht. Aber Papa hatte es ihr verboten, sie war schließlich kein Baby mehr. Sie war fast zehn. Zu alt, um an Drachen und Ungeheuer zu glauben.

Aber nachts, wenn es in dem alten Haus knackte und raschelte, wenn Mama und Papa ausgegangen waren und sie ganz allein in dem Teil des Anwesens war, den sie mit ihren Eltern bewohnte, war sie plötzlich nicht mehr sicher, ob sich nicht doch ein Schatten hinter dem Vorhang bewegte oder etwas unter dem Bett schnaubte und keuchte.

Das Krachen splitternden Glases, unmittelbar gefolgt

von einem Schrei, ließ Emília zusammenfahren. Sie vergaß ihre Angst und stürzte zum Fenster.

Feuer! Das Nebengebäude, in dem die Mädchen schliefen, brannte lichterloh. Flammen schlugen aus den Fenstern im unteren Stockwerk, es prasselte und toste, die Hitze war selbst hier, auf der gegenüberliegenden Seite des Hofs, so groß, dass Emília nicht wagte, die Scheibe zu berühren.

Sie fasste sich an die Kehle. »Mama«, flüsterte sie noch einmal. »Hilfe.«

Wieder krachte es. Im gleichen Augenblick stürzte ein Teil des Dachs ein. Sofort schossen hohe Flammen in den Himmel. Unwillkürlich wich Emília zurück. Aber sie wandte den Blick nicht vom Fenster ab.

Auf dem Stück Dach, das noch intakt war, entdeckte sie eine Gestalt im weißen Nachthemd, eines der Mädchen, das sich durch das Dachfenster nach draußen geflüchtet hatte.

Emília hielt die Luft an und horchte in das Tosen des Feuers. Keine Rufe, keine Sirene. Wo blieb die Feuerwehr? Wo war ihr Vater? Jemand musste den Mädchen helfen!

Die Gestalt im weißen Nachthemd bewegte sich langsam auf die Kante zu. Ein weiteres Gesicht tauchte am Dachfenster auf, umrahmt von dunkelbraunen Haaren. Jetzt waren zwei Mädchen auf dem Dach. Nein drei, es waren drei Mädchen, und ein viertes krabbelte gerade nach draußen.

Kaum hatte die Gestalt sich in Sicherheit gebracht, erschien noch ein Gesicht am Fenster.

Emília presste die Fäuste gegen die Wangen, als könne sie dem Mädchen damit helfen. Es nützte nichts. Eine riesige Flamme schoss durch die Öffnung, Glas klirrte, das Gesicht verschwand.

Emília schluchzte auf.

Die vier Gestalten flüchteten zur äußersten Ecke des Dachs, doch die Flammen kamen unerbittlich näher. Einige Pfannen rutschten in die Tiefe. Lange würde das Dach die Mädchen nicht mehr tragen.

Springt, dachte Emília. Ihr müsst springen!

Als hätten die Mädchen sie gehört, stellte sich das erste an die Kante, breitete die Arme aus und machte einen Schritt ins Leere.

Emília vernahm ihren Schrei über das Tosen der Flammen hinweg, dann nichts mehr. Das Mädchen war verschwunden.

Die drei anderen zögerten, drängten sich dicht zusammen.

Emília biss sich in die Faust. In der Ferne hörte sie eine Sirene, das musste die Feuerwehr sein. Endlich!

Wieder krachte es, ein weiteres Stück des Dachs brach ein. Die Mädchen kreischten. Wichen zurück. Noch eine trat an die Kante und sprang. Diesmal hörte Emília keinen Schrei. Das Brüllen des Feuers war inzwischen so laut, dass es alle anderen Geräusche übertönte.

Das Dach war nun fast völlig eingestürzt. Die Flammen streckten ihre gierigen Zungen nach den Nachthemden der zwei verbliebenen Mädchen aus. Eins fing Feuer. Dann das zweite.

Emília schrie.

Die brennenden Mädchen fassten sich an den Händen und sprangen.

Emília hielt sich die Augen zu. Aber sie sah die Mädchen trotzdem. Von nun an würde sie sie immer sehen, wenn sie die Augen schloss. Zwei lodernde Fackeln, die in der Schwärze der Nacht erloschen wie Sternschnuppen über dem Meer.

Fünfeinhalb Jahre später

Samstag, 4. März

Düsseldorf

Die Sonne blinzelte durch die kahlen Zweige der uralten Platanen, aber der Wind blies eisige Luft vom Rhein durch die Bastionstraße in die Innenstadt.

Chris Salomon zog den Reißverschluss seiner Lederjacke hoch. »Hoffentlich ist der Winter bald zu Ende! Die Kälte nervt.«

Sonja grinste. »Mir ist warm, ich brauche nur einen Schritt zu machen, und mir bricht der Schweiß aus.« Sie deutete auf ihren kugelrunden Bauch. »Ganz schön anstrengend, unseren Sohn ständig herumzuschleppen. Aber es sind ja nur noch zwei Wochen.«

Chris betrachtete seine Freundin. Dass sie nicht fror, lag wohl eher daran, dass sie eine dicke weiße Steppjacke mit Pelzkragen, eine rosa Wollmütze und einen passenden Schal trug, während er in einem dünnen Lederjäckchen steckte. Er hatte die Nase voll von dicken Winterklamotten, also musste er frieren.

Sonja sprengte ihre Jacke beinahe. Sie hatte schon vor der Schwangerschaft eine eher frauliche Figur gehabt. Jetzt, im neunten Monat, schien alles an ihr rund zu sein. Rund und glücklich. Sie strahlte jede Minute des Tages. Sie lächelte sogar im Schlaf. Er hatte es gesehen, wenn er selbst stundenlang wach lag und sich unruhig hin und her wälzte. Wenn

Albträume ihn quälten oder die Angst vor der Zukunft ihm die Kehle zuschnürte.

»So ernst?« Sonja legte den Kopf schief.

Chris lächelte. »Nur besorgt um deine Gesundheit, weil du wieder mehr kaufen wirst, als du nach Hause schleppen kannst. Und du sollst doch nichts Schweres tragen.«

Seit Sonja wusste, dass sie ein Kind erwartete, kaufte sie fast täglich Babywäsche, Teddybären, Kuscheldecken und anderen Kram für das Kind. Inzwischen waren sie so gut ausgestattet, dass sie Drillinge damit versorgen könnten. Chris hatte sie gewähren lassen. Sie hatte so lange darauf gewartet, hatte die Hoffnung auf eine eigene Familie schon fast aufgegeben. Die Einkäufe waren ihre Art, ihre Freude auszuleben.

»Dafür nehme ich ja Gudrun mit. Sie ist mein Packesel.« Sonja drückte ihm einen Kuss auf die Wange. »Da ist sie ja!« Sie winkte.

Chris drehte sich um und entdeckte Sonjas Schwägerin auf der anderen Straßenseite. Die drahtige kurzhaarige Blondine, die mit Sonjas Bruder verheiratet war, winkte zurück. Chris hob ebenfalls die Hand. Er mochte Gudrun nicht sonderlich. Sie war furchterregend perfekt, ihr Alltag mit Halbtagsjob und drei Kindern durchgetaktet wie die Montagestraße eines Autoherstellers.

Er drehte sich noch einmal zu Sonja um, strich ihr sanft über das lange kastanienbraune Haar, das unter der Mütze hervorquoll. »Pass gut auf dich auf, Liebling. Wir sehen uns heute Abend.«

Zehn Minuten später trat er am Carlsplatz in ein Café und bestellte einen Cappuccino, fest entschlossen, den freien Tag zu genießen. Es würde einer der letzten sein, den er ganz für sich hatte, an dem ihn nicht entweder die Arbeit in der Mordkommission oder der Säugling auf Trab halten würde. Er wusste, was ihn erwartete. Er erinnerte sich noch gut, wie es mit Anna gewesen war.

Nein, rief er sich zur Ordnung. Nicht an Anna denken. Nicht heute.

Chris griff nach der Wochenendbeilage einer Zeitung, die auf der Bank neben ihm lag. Aber es war schon zu spät. Wie konnte er auch nicht an Anna denken, wenn er gerade sein zweites Kind erwartete? Annas kleinen Bruder. Sie wussten, dass es ein Junge war. Sonja hatte es unbedingt erfahren wollen. Er hätte sich lieber überraschen lassen. Vielleicht hatte er aber auch nur Angst vor der Wahrheit gehabt. Sie hatten nie darüber gesprochen, aber er war sicher, dass Sonja genauso erleichtert war wie er, dass sie kein Mädchen bekamen.

In den vergangenen Monaten hatte er versucht, Abschied von seiner Tochter zu nehmen, in seinem Leben Platz zu schaffen für dieses neue Kind.

Das Kind, das lebte.

Er hatte das Haus in Köln verkauft, hatte Annas Sachen in vielen schmerzhaften Stunden durchgesehen, das, was er behalten wollte, in Kartons gepackt und in den Keller seines neuen Zuhauses verfrachtet. Sonja und er hatten gemeinsam eine überteuerte Eigentumswohnung im Düsseldorfer Süden gekauft, mit großer Terrasse und viel Grün drum herum.

Wie schon bei seinem bisherigen Zuhause in Köln hatte er nicht viel zur Wohnungssuche beigetragen. Damals hatte seine Exfrau Stefanie das Haus ausgewählt und nach ihren Vorstellungen eingerichtet. Diesmal war es Sonja gewesen, die die Wohnung im Internet entdeckt und ihm davon vorgeschwärmt hatte.

Die Bedienung brachte den Cappuccino. Chris nahm einen Schluck und schlug das Magazin auf. Lustlos überflog er einen Artikel über die Kommunikation mit Patienten im Wachkoma, aber seine Gedanken waren bei seinen zwei Familien. An guten Tagen freute er sich, dass er mit Sonja eine zweite Chance bekommen hatte. Sie war eine wunderbare Frau, fröhlich, unkompliziert und verständnisvoll. An ihrer Seite konnte er loslassen.

Aber an schlechten Tagen fühlte er sich wie ein Betrüger, wie ein untalentierter Schauspieler, der eine Rolle in einem Leben spielte, das nicht seines war, eine Rolle, die er sich hinterhältig erschlichen hatte.

Mehrere Male war er in den vergangenen Monaten heimlich in die Niederlande gefahren, an jenen fatalen Strand, an dem er Anna zum letzten Mal gesehen hatte. Er hatte versucht sich einzureden, dass es seine Art war, sie gehen zu lassen. Aber es war auch eine Flucht gewesen. Mehr als einmal hatte er mit dem Gedanken gespielt, nicht nach Düsseldorf zurückzukehren, und die Vorstellung hatte etwas sehr Verlockendes gehabt.

Chris blätterte weiter. Eine fette Schlagzeile sprang ihm ins Auge.

DAS WUNDER VON LISSABON.

Er schüttelte den Kopf über die melodramatische Übertreibung, las ohne großes Interesse die ersten Zeilen, bis sein Blick auf das Foto neben dem Artikel fiel. Fassungslos betrachtete er das Bild, schloss die Augen, schaute wieder hin. Dann presste er die Hand vor den Mund. Erst als seine Finger nass wurden, merkte er, dass er weinte.

Es klingelte. Lydia Louis fluchte und stellte das Wasser ab. Sie erwartete niemanden und hatte auch keine Lust, irgendwen zu sehen. Nicht an ihrem freien Tag.

Wieder der schrille Klingelton, diesmal mehrfach hintereinander. Verdammt! Wer auch immer da draußen stand, sollte inzwischen begriffen haben, dass sie nicht aufmachen konnte. Oder wollte. Sie wickelte sich das Handtuch um den Körper und trat aus der Dusche. Das Klingeln hatte aufgehört. Na endlich!

Lydia ging ins Schlafzimmer und zog die Schranktür auf. Ein Geräusch ließ sie zusammenzucken. Jemand war an der Tür!

Scheiße! Scheiße!

Hässliche Erinnerungen blitzten vor ihrem inneren Auge auf, ihre Finger begannen zu zittern. Sie stürzte zum Nachttisch, wo sie verbotenerweise die Dienstwaffe aufbewahrte, und schlich mit der Walther P99 im Anschlag in die Diele.

Genau in dem Moment schwang die Tür auf. »Louis? Bist du zu Hause?«

Lydia ließ die Waffe sinken. »Salomon! Was soll der Scheiß? Du kannst doch nicht einfach in meine Wohnung marschieren! Ich hätte dich beinahe abgeknallt!«

»Tut mir leid.« Ihr Kollege zog die Tür hinter sich zu. »Ich muss dich dringend sprechen, und du hast nicht aufgemacht. Ich hätte es niemals getan, wenn es nicht wirklich wichtig wäre.« Er sah sie an.

Lydia erschrak. Sein Gesicht war bleich, die Augen gerötet, als hätte er geweint.

»Scheiße, was ist passiert?« Lydias Gedanken überschlugen sich. War etwas mit Sonja? Oder dem Kind?

Salomon wedelte mit einer Zeitschrift. »Ich muss dir was zeigen.«

»In der Zeitschrift?« Lydia fasste sich an die Stirn. »Ich kapier nicht …«

Salomon deutete auf das Handtuch. »Zieh dir was an, ich mache uns in der Zeit Kaffee. Okay?« Er setzte das zerknirschte Filmstarlächeln auf, das er so gut beherrschte.

Sie bekam weiche Knie, und Wut fegte die Beklemmung hinweg, Wut auf sich selbst. Seit Monaten versuchte sie damit klarzukommen, dass sie sich nach Jahren, in denen es mit Männern nichts als schnellen anonymen Sex gegeben hatte, ausgerechnet in ihren Kollegen verliebt hatte, den Kollegen, der glücklich liiert war und bald Vater werden würde.

Manchmal kam sie gut damit zurecht. Manchmal würde sie sich am liebsten in einem Loch verkriechen. Oder weglaufen.

Immerhin hatte Salomon keinen Schimmer davon, was sie für ihn empfand. Wenn er Bescheid wüsste, könnte sie ihm nicht mehr in die Augen sehen.

Lydia stürzte wortlos ins Schlafzimmer und zog ihre Cargohose und ein T-Shirt an. Als sie in die Küche kam, standen zwei Tassen Espresso auf dem Tisch. Salomon saß auf einem Stuhl und starrte ins Leere. Die aufgeschlagene Zeitschrift lag vor ihm.

Lydia ließ sich ihm gegenüber nieder und zog das Magazin zu sich heran. »Was soll ich lesen?«

»Diesen Artikel.« Salomon tippte auf eine Schlagzeile.

»Welchen? DAS WUNDER VON LISSABON?« Lydia runzelte die Stirn. »Ich glaube nicht an Wunder, das solltest du eigentlich wissen.« Lydia gab Zucker in ihren Kaffee und rührte um.

»Bitte lies. Danach erkläre ich es dir.«

»Also gut. Aber wehe, du hast keine wirklich gute Erklärung für deinen Überfall parat!« Lydia beugte sich über die Zeitschrift.

DAS WUNDER VON LISSABON

Mädchen überlebt Sprung von Tejobrücke

Ein 9-jähriges Mädchen hat einen Sprung von der 70 Meter hohen *Ponte 25 de Abril* in Lissabon überlebt. Nach Angaben der portugiesischen Polizei sprang die Schülerin in den frühen Morgenstunden des vergangenen Dienstags in den 14 Grad kalten Fluss und schwamm aus eigener Kraft in Richtung Ufer, bevor sie nach etwa 7 Minuten von einem Fischerboot aufgenommen wurde. Die kleine Ana überstand den Sprung nur leicht verletzt, ist jedoch zur Sicherheit ins Krankenhaus gebracht worden.

99 Prozent der Sprünge aus dieser Höhe enden tödlich. Vor einigen Jahren sprangen jedoch im Abstand von nur wenigen Wochen zwei Jugendliche von der bloß drei Meter niedrigeren Golden Gate Bridge in San Francisco und überlebten ebenfalls nur leicht verletzt.

Warum die 9-Jährige sprang, ist noch völlig unklar. Vermutlich handelt es sich um einen Unfall, laut Polizei wird jedoch auch ein Selbstmordversuch in Betracht gezogen. Ungeklärt ist ebenfalls, warum die Minderjährige zu dieser frühen Stunde allein in der Stadt unterwegs war und wie sie auf die für Fußgänger gesperrte Brücke gelangte.

Neben dem Artikel war ein Foto der kleinen Ana abgedruckt. Lydia betrachtete das Gesicht. Helle Haut, umrahmt von langen dunklen Haaren, und klare, blaue Augen, die voller Ernst in die Kamera blickten, als wüsste das Mädchen etwas, von dem sein Gegenüber nichts ahnte.

In Lydias Nacken kribbelte es. Zweimal in ihrem Leben hatte sie am Abgrund gestanden, mit dem Gedanken gespielt, zu springen und alles hinter sich zu lassen. Das zweite Mal lag erst wenige Monate zurück. Sie war dem Peiniger ihrer Jugend wiederbegegnet, und all der Schmerz, die Angst und die Ohnmacht waren zurückgekehrt, obwohl sie längst nicht mehr so wehrlos war wie damals.

Lydia hob den Blick. »Ich fürchte, ich verstehe nicht ...«

»Hast du ihr Gesicht gesehen? Das ist Anna. Meine Anna.« Salomon strich über das Foto, dann fuhr er sich mit den Fingern durch das Haar. Seine Augen schimmerten feucht.

Fuck! Was sollte sie dazu sagen?

»Also ... hm ... ich ...« Lydia rutschte unruhig auf dem Stuhl hin und her. Sie hatte einmal ein Foto von Salomons verschwundener Tochter gesehen, ein Porträt, das über seinem Wohnzimmersofa in Köln gehangen und das einen süßen Fratz mit Grübchen und riesigen blauen Augen gezeigt hatte. Sie bezweifelte, dass das Bild in der neuen Wohnung, die Salomon mit Sonja teilte, einen ähnlich exponierten Platz bekommen hatte.

Lydia betrachtete das Foto in der Zeitschrift. Okay, die Mädchen waren etwa gleich alt, hatten den gleichen Namen, wenn auch in unterschiedlicher Schreibweise, und sahen sich ähnlich. Aber brünette, blauäugige Annas gab es zu Tausenden überall auf der Welt.

»Du glaubst mir nicht?« Salomon griff nach ihrer Hand.

Ihr Herz setzte einen Schlag lang aus. Sie würde ihm gern glauben. Aber sie wusste, dass es unmöglich war. Anna Salomon war tot.

»Ich glaube dir, dass du es glaubst«, sagte sie vorsichtig. Die anderen Dinge, die ihr durch den Kopf schossen, sprach sie nicht aus. Das war auch nicht nötig. Salomon hatte ihr gegenüber kein Geheimnis daraus gemacht, wie viel Angst er davor hatte, noch einmal Vater zu werden. Die zweite Chance nicht zu verdienen. Es wieder zu vermasseln.

»Du traust mir nicht zu, meine eigene Tochter zu erkennen?« Er wischte sich eine Träne aus dem Augenwinkel.

»Aber darum geht es doch gar nicht.«

»Sie ist es!«

»Du hast sie seit fast fünf Jahren nicht gesehen. Selbst wenn ...« Lydia stockte. »Fünf Jahre sind eine lange Zeit bei einem Kind.«

»Da hast du recht.« Salomon lächelte triumphierend und ließ ihre Hand los. Er zog sein Smartphone aus der Lederjacke. Hastig tippte er einige Male auf den Bildschirm und hielt ihr das Gerät hin.

Lydia griff danach. Ein weiteres Foto des Mädchens aus Lissabon, diesmal mit etwas kürzeren Haaren und kessem Lächeln. »Woher hast du das Bild?«

»Wer, glaubst du, ist das?« Salomon deutete auf den Bildschirm.

»Na, diese Ana. Das Mädchen, das von der Brücke gesprungen ist.«

»Irrtum. Das ist ein computergeneriertes Bild, das die Kollegen vom LKA vor einigen Wochen auf Basis eines Fotos von meiner Tochter erstellt haben, um zu ermitteln, wie sie heute aussehen könnte.« Wieder griff Salomon nach ihrer Hand. »Es ist meine Anna, glaubst du mir jetzt?«

Lydia schluckte und betrachtete abwechselnd die beiden Fotos. Die Ähnlichkeit war frappierend. Die Mädchen könnten Doppelgängerinnen sein. Oder ...

Aber wie sollte Anna Salomon von einem Strand in den Niederlanden nach Lissabon gekommen sein?

»Und?« Salomon sah sie erwartungsvoll an.

»Was hast du jetzt vor?«, fragte sie mit belegter Stimme zurück.

»Ich will die Kollegen in Lissabon um Amtshilfe bitten. Sie müssen die Identität dieser Ana überprüfen. Und wenn es Ungereimtheiten gibt …«

»Du glaubst, du kannst das mit ein paar Anrufen erledigen?«

»Du musst mir helfen, du sprichst doch Portugiesisch.«

»Nein.«

»Was soll das heißen? Willst du mir nicht helfen?« Salomon zog seine Hand zurück.

»Nicht so.«

»Wie dann?«

»Flieg mit mir nach Lissabon.« Die Worte waren heraus, bevor Lydia darüber nachgedacht hatte. Sie biss sich auf die Lippe.

»Ich kann nicht.« Salomon stand auf und stellte sich mit dem Rücken zu ihr ans Fenster. »Glaub mir, ich würde am liebsten ins nächste Flugzeug steigen. Aber es geht nicht.«

»Warum nicht?« Lydias Gedanken rasten. Was stellte sie sich vor? Mit Salomon durchzubrennen? Gemeinsam auf seiner Harley in den Sonnenuntergang zu reiten? Wie lächerlich! Ihm ging es um seine Tochter. Und ihr?

Langsam drehte er sich zu ihr um. »Danke, dass du das für mich tun würdest«, sagte er mit heiserer Stimme. »Aber ich kann jetzt nicht weg. Das kann ich Sonja nicht antun. Unser Sohn kommt in zwei Wochen zur Welt. So ungeduldig, wie er von seiner Mutter herbeigesehnt wird, vermutlich schon früher. Ich habe versprochen, dass ich ihr bei der Geburt beistehe.«

»Natürlich.« Lydia erhob sich und stellte die Espressotassen auf der Spüle ab; ihre Hände zitterten so sehr, dass das Porzellan klirrte. »Ganz wie du meinst.« Sie wagte es nicht, ihm ins Gesicht zu sehen. »Ich weiß, was ich machen würde, wenn es um meine Tochter ginge.«

Lissabon

Es nieselte. Vítor Fidalgo schlug den Kragen seines Mantels hoch und blickte sich um. Es dämmerte, doch auch die weichen Farben des Abends vermochten nicht darüber hinwegzutäuschen, wie verkommen die Gegend war. Eine Ecke der Alfama, in die sich Touristen normalerweise nicht verirrten. Die Häuser standen einander so dicht gegenüber, dass die Bewohner sich gegenseitig auf den Esstisch schauen könnten – wenn es denn Bewohner gäbe. Die rechte Häuserzeile war baufällig, das Eckgebäude links eingerüstet. Auf den Bauzaun hatte jemand »Stopp Airbnb« geschmiert. Die enge Gasse endete an einer Mauer, vor der ein übervoller Müllcontainer stand. Trotz des Regens stank es nach vergammelten Lebensmitteln und Fäkalien. Kein schöner Ort zum Sterben.

Vor allem nicht für ein Kind.

Vítor unterdrückte einen Seufzer und bewegte sich auf die Ecke zwischen dem Müllcontainer und einer mit Graffiti beschmierten Hauswand zu, wo zwei uniformierte Beamte der *Polícia de Segurança Pública* Wache hielten. Einer stand etwas abseits und rauchte in schnellen Zügen eine Zigarette. Sein Gesicht war fahl.

Vítor sprach den anderen an, einen älteren Mann mit Halbglatze und abgeklärtem Blick. »Inspektor Fidalgo, *Po-*

lícia Judiciária.« Er hielt seinen Ausweis hoch. »Wissen Sie, wer das Mädchen gefunden hat?«

»Eine alte Frau auf der Suche nach ihrer Katze«, antwortete der Uniformierte. »Ein Kollege ist bei ihr.«

»Wann war das?«

»Vor etwa einer Dreiviertelstunde.«

»Was wissen wir über das Mädchen?«

Der Mann zuckte mit den Schultern. »Hier im Viertel scheint niemand die Kleine zu vermissen. Vielleicht ist sie ausgerissen.«

»Todesursache?«

»Keine sichtbaren Verletzungen. Aber wir haben sie uns noch nicht näher angesehen. Ist euer Job.«

Vítor blickte über die Schulter des Kollegen auf den kleinen Körper, der zusammengekrümmt bäuchlings auf dem nassen Pflaster lag und nur mit einem dünnen weißen, vom Regen transparenten Kleidchen bedeckt war. »Ist das ein Nachthemd?«

»Sieht so aus.«

»Damit ist sie wohl kaum quer durch die Stadt gelaufen, da wäre sie jemandem aufgefallen. Es ist ja noch nicht einmal ganz dunkel.« Ihm kam ein Gedanke. »Oder liegt sie etwa schon länger …«

»Unwahrscheinlich. Die Alte hat ausgesagt, dass sie heute Nachmittag schon mal hier vorbeigekommen ist, und da hat sie niemanden neben dem Container gesehen.«

»Hm.« Vítor schob sich an dem Glatzkopf vorbei in die Ecke, wo das Mädchen lag.

Sie trug tatsächlich nur ein weißes Nachthemd. Keine Schuhe und, soweit er das erkennen konnte, keine Unterwäsche. Der Nieselregen hatte sich wie ein feuchter Schleier auf ihren Körper gelegt und ließ die Haut auf ihren nackten Armen schimmern. Ihre Fußsohlen waren schmutzig. Also war sie selbst hergelaufen, nicht getragen worden. Nicht von einem Mörder hier abgelegt worden. Vielleicht ein Unfall. Oder …

Vítors Blick schoss nach oben. Fünf Stockwerke ging es an der verwitterten Fassade aufwärts. Jede Menge Fenster. Und ein Dach.

Oder gesprungen?

Ein Unfall?

Suizid?

Aber das Mädchen war höchstens acht oder neun Jahre alt. Nicht älter als …

Vítor stockte. Eine kalte, irrationale Furcht schoss ihm in die Glieder und ließ ihn zittern. Er beugte sich über den leblosen Körper. Das Gesicht wurde von den langen braunen Haaren verdeckt. Er sollte auf die Kollegen von der Spurensicherung warten. Und auf den Arzt. Aber er musste Gewissheit haben. Es würde ganz schnell gehen. Nur eben die Haare zur Seite streichen, nur einen kurzen Blick auf das Gesicht werfen.

Vítor streckte die Hand aus, hielt jedoch mitten in der Bewegung inne. Unter dem vom Körper abgewinkelten Arm des Mädchens klemmte etwas Weißes. Er hatte es erst für einen Teil des Nachthemds gehalten. Aber es war ein Blatt Papier. Vítor fischte Einmalhandschuhe aus seiner Manteltasche und streifte sie über. Vorsichtig zog er das Blatt unter dem Arm hervor und strich es glatt. Handgeschriebene Zeilen in unbeholfener Kinderschrift, im Dämmerlicht kaum noch zu entziffern:

Ich bin jetzt ein Engel und gehe zu Gott. Valentina.

Vítor taumelte.

Valentina.

Er musste sich am Müllcontainer festhalten, um nicht umzukippen.

Valentina.

Nur ein Name, sagte er sich. Hunderte Mädchen heißen so. Nur ein beschissener, vollkommen gewöhnlicher Name.

Seine Beine waren so wackelig, dass er es fast nicht schaffte, sich erneut neben den leblosen Körper zu hocken.

Der Kollege von der PSP sagte etwas, doch Vítor hörte gar nicht hin. Mit zitternden Fingern tastete er nach den Haaren und schob sie behutsam aus dem Gesicht.

Dann wurde ihm schwarz vor Augen.

Düsseldorf

Sonja Reiter strich die Wolldecke glatt, die über der Rückenlehne des Sofas hing und die unbenutzt roch, so wie fast alles in dieser Wohnung, die noch kein Zuhause war. Sie schloss die Augen, als könnte sie so verschwinden lassen, was der Vater ihres ungeborenen Kindes ihr gerade offenbart hatte.

Er wollte nach Lissabon fliegen. Jetzt. Wenige Tage vor dem Geburtstermin ihres gemeinsamen Kindes. Wegen Anna. Wegen des anderen Kindes, das er nicht loslassen konnte.

Sonja hatte von Anfang an gewusst, dass Chris nie ganz ihr gehören, dass ihr ein Teil von ihm für immer verschlossen bleiben würde. Dass ihn etwas mit seiner toten Tochter verband, zu dem sie keinen Zugang hatte. Sie war bereit gewesen, es zu akzeptieren. Das zumindest hatte sie bisher geglaubt. Es war der Preis gewesen, den sie gern zahlen wollte, um mit dem Mann zusammen zu sein, den sie schon angehimmelt hatte, als er noch ein wilder, vorlauter Junge gewesen war und sie das pummelige Mädchen mit der hässlichen Brille aus der letzten Reihe.

Nun war sie zum ersten Mal nicht sicher, ob sie sich nicht getäuscht hatte. Ob der Preis nicht zu hoch war.

»Bitte versteh doch!« Chris trat vor sie hin und fasste sie an den Schultern. »Glaubst du, es fällt mir leicht, dich gerade jetzt allein zu lassen?«

»Warum tust du es dann?«

»Weil ich nicht weiß, ob die Spur zu Anna in drei oder vier Wochen vielleicht schon kalt ist. Wenn es dein Kind wäre, würdest du es auch tun. Und ich würde dich gehen lassen.«

Sonja presste die Lippen zusammen. Das ist nicht fair, dachte sie. Aber sie sagte es nicht. »Kannst du nicht wenigstens noch ein paar Tage warten? Ich habe das Gefühl, dass es schon bald so weit ist.«

»Nein.« Er umfasste ihr Gesicht mit den Händen und küsste sie auf die Stirn. »Je eher ich fliege, desto besser. Mit etwas Glück bin ich Ende der Woche zurück, und Anna ist dabei, wenn ihr Bruder zur Welt kommt.«

Sonja senkte den Blick, damit er ihre Gedanken nicht in ihren Augen lesen konnte. Sie glaubte nicht daran, dass Chris mit Anna zurückkehren würde. Wie auch? Seine Tochter lebte nicht mehr. Er jagte einem Phantom nach. Fragte sich nur, ob er wirklich davon überzeugt war, Anna in Lissabon zu finden, oder ob dieser Zeitungsartikel ein willkommener Vorwand war, sich vor der Entbindung und dem Babyrummel der ersten Tage zu drücken.

Vielleicht hatte er Angst, dass die Geburt seines Sohnes die Erinnerungen an die Anfangszeit mit Anna hochspülen, dass er damit nicht klarkommen könnte. Aber warum sagte er das dann nicht? Wenn er offen wäre, könnten sie gemeinsam eine Lösung finden, und er müsste nicht ans äußerste Ende von Europa fliehen.

Ein anderer Gedanke kam ihr. War es ein Zufall, dass Chris seine Tochter ausgerechnet in Lissabon entdeckt zu haben glaubte? Oder spielte Lydia Louis dabei eine Rolle?

Nein, diese Route wollte Sonja nicht einschlagen, das hatte sie sich fest vorgenommen. Es genügte, wenn sie auf ein totes Kind eifersüchtig war. Lydia Louis war seine Kollegin und enge Vertraute, mehr nicht. Sie hatte nicht den geringsten Anlass, Chris zu misstrauen.

Umgekehrt sah es da allerdings anders aus.

Sonja spürte einen Stich, als ihr schlechtes Gewissen sich meldete, wie so häufig in den letzten Monaten. Sie hatte Chris hintergangen, und sie hatte bisher nicht den Mut aufgebracht, es ihm zu gestehen. Sie hatte Angst, dass sie ihn verlieren würde, wenn er die Wahrheit erfuhr. Die Entscheidung für sie und das Kind war ihm auch so schon nicht leichtgefallen.

Chris war nicht begeistert gewesen, als er von der Schwangerschaft erfahren hatte. Er hatte kein weiteres Kind gewollt, jedenfalls nicht so schnell. Eine Zeit lang hatte Sonja befürchtet, er würde sich von ihr zurückziehen. Zwar die Verantwortung für das Kind übernehmen, aber kein gemeinsames Leben zu dritt wollen.

Als er sich anders entschieden hatte, war sie überglücklich gewesen. Und an manchen Tagen lief es so gut zwischen ihnen, dass Sonja kurz davorstand, ihm ihre große Lüge zu beichten. Doch jedes Mal machte sie im letzten Augenblick einen Rückzieher.

Sie schlang die Arme um seinen Körper und schmiegte sich an ihn. »Ich brauche dich.«

»Und ich bin für dich da, für dich und unseren Sohn. Das werde ich immer sein. Versprochen.«

Sie hob den Blick. »Ich kann mir nicht vorstellen, je wieder ohne dich zu sein.«

»Das musst du auch nicht.« Er küsste sie.

»Ich bringe dich morgen zum Flughafen«, sagte sie, als er seine Lippen von den ihren löste. »Und ich wünsche dir von Herzen, dass du in Lissabon findest, was du suchst. Ich will, dass du glücklich bist. Das weißt du hoffentlich.«

»Ja, ich weiß.« Er küsste sie wieder und strich dann mit der Hand sanft über ihren gewölbten Bauch. »Ihr beide seid das Kostbarste, was ich habe. Ihr beide und Anna.«

Vielleicht war das der Moment? Sollte sie reinen Tisch machen, bevor es zu spät war? Sie hatte sich fest vorgenommen, es hinter sich zu bringen, bevor der Junge auf die Welt kam. Womöglich war dies die letzte Gelegenheit. »Chris?«

»Ja?«

»Ich muss dir …«

Ein ziehender Schmerz jagte durch ihren Unterleib. Sie keuchte, presste die Hand auf den Bauch.

»Du lieber Himmel, Sonja, was hast du?« Chris hielt sie fest.

»Eine Wehe, glaube ich«, presste sie hervor, bevor sie von einer zweiten Schmerzwelle erfasst wurde.

Chris sah sie besorgt an. »Was nun?«

Sie versuchte sich an einem Lächeln. »Ich glaube, du solltest mich ins Krankenhaus bringen.«

Sonntag, 5. März

Lissabon

Chris lehnte den Kopf zurück und schloss die Augen. Die vergangenen vierundzwanzig Stunden hatten ihn so geschlaucht, dass er auf der Stelle hätte einschlafen können, gleichzeitig hielt ihn die Aufregung wach.

Das Taxi bremste abrupt, und er öffnete die Augen. Sie kurvten durch einen gigantischen Kreisverkehr, der nach seinen eigenen Regeln zu funktionieren schien. Lydia saß vorn und plauderte überraschend entspannt mit dem Fahrer. Ihre Stimme klang anders, wenn sie Portugiesisch sprach, tiefer und weicher.

Chris hatte ihr im Flugzeug die Kurzversion des Dramas erzählt, das ihn in der vergangenen Nacht wach gehalten hatte. Nachdem Sonja plötzlich Wehen bekommen hatte, hatte er sich die seit Wochen bereitstehende Reisetasche geschnappt und seine Freundin ins Krankenhaus gefahren. Dort hatten sie über eine Stunde warten müssen, bis endlich eine Hebamme Zeit für Sonja fand. Nervös waren sie den Korridor auf und ab gelaufen, aber Sonja hatte keine weiteren Schmerzkrämpfe bekommen.

Die Hebamme hatte dann bestätigt, was Sonja selbst schon vermutet hatte. Senkwehen. Das Baby brachte sich in Geburtsposition, aber es kam noch nicht.

Nach einer Reihe zusätzlicher Untersuchungen waren sie

unverrichteter Dinge wieder nach Hause gefahren. Sonja hatte sich geschämt, dass ausgerechnet sie als Frauenärztin wegen ein paar Senkwehen so in Panik geraten war.

Chris hatte sie beschwichtigt und versucht, sein schlechtes Gewissen zu verbergen. Er war überzeugt, dass alles seine Schuld war. Seine Reisepläne hatten den Fehlalarm ausgelöst, da war er sicher. Er hatte sogar daran gedacht, seinen Flug zu canceln. Aber dann hatte er das Foto von Ana betrachtet und gewusst, dass er nicht anders konnte.

Immerhin hatte sich ihr Chef nicht quergestellt, als Lydia und er ihn heute Morgen zu Hause angerufen und gebeten hatten, ihnen kurzfristig ein paar Tage Urlaub zu gewähren. Vielleicht war er froh, seine beiden unbequemsten Ermittler eine Weile los zu sein.

Das Taxi bog in eine große Prachtstraße. Chris sah herausgeputzte Fassaden, Brunnen und Straßencafés an sich vorüberziehen und fragte sich, ob sich in dieser Stadt sein Schicksal entscheiden würde. Sein Blick blieb an einem Rosenstrauch hängen, in dem sich ein schwarzer Schal verfangen hatte. Der Stoff flatterte im Wind wie Trauerbeflaggung. Unwillkürlich schauderte er. Er glaubte nicht an schlechte Omen, trotzdem wandte er den Blick hastig ab.

Kurz darauf passierten sie eine riesige Kirche, folgten den Straßenbahnschienen einen Hügel hinauf und hielten schließlich in einer einspurigen Straße mit Fassaden in leuchtenden Farben. *Rua dos Navegantes* entzifferte Chris auf einem Schild an einer Hauswand. Kaum waren sie ausgestiegen, öffnete sich eine Tür in einem gelb gestrichenen Haus, und eine dunkelhaarige Frau um die sechzig trat nach draußen. Sie trug ein graues Kostüm mit weißer Bluse, an ihren Ohren und um ihren Hals schimmerten große Perlen.

»Minha querida sobrinha!« Die Frau breitete die Arme aus.

»Tia!« Lydia ließ sich umarmen.

Chris war so perplex, dass er fast den Taxifahrer vergaß. Nachdem er diesem mit dem Gepäck geholfen und bezahlt hatte, trat er auf die Frauen zu.

»Salomon, das ist meine Tante Maria, die Schwester meines Vaters.« Lydia deutete auf die Frau. »Tia, esse é o meo colega Chris Salomon.«

Noch bevor Chris seine Hand ausstrecken konnte, nahm die Frau ihn in die Arme und küsste ihn auf beide Wangen. Dann sagte sie etwas zu Lydia, die errötete und ihre Tante verärgert anfauchte.

»Was hat sie gesagt?«, fragte Chris.

»Nichts.« Lydia drückte ihm seine Reisetasche in die Hand und schob ihn ins Haus.

Drinnen war es kühl und dunkel. Es roch nach einer Mischung aus Zimt, Koriander und alten Möbeln.

»Hier habe ich fast all meine Schulferien verbracht«, sagte Lydia. »Für mich war es immer der schönste Ort der Welt.«

Allmählich gewöhnte Chris sich an das Dämmerlicht. Sein Blick fiel auf eine Kommode, auf der eine Madonnenstatue und ein Strauß Plastiknelken standen. »Interessant«, antwortete er gedehnt.

Lydias Tante winkte ihnen, und sie stiegen eine steile Treppe hinauf in den ersten Stock. Die Stufen knarrten. Oben stieß Maria eine Tür auf und machte eine einladende Geste.

Chris trat ein und sah sich um. Ein mit Kissen beladenes Bett, ein uralter Schrank, ein Spiegel, zwei Polsterstühle. Ein herb-süßlicher Geruch hing in der Luft. Mottenkugeln, wie Chris annahm. »Sehr hübsch. Werde ich hier schlafen?«

Lydia sprach mit ihrer Tante. Chris konnte nur anhand der Gesten erahnen, worum es ging. Lydias Wangen röteten sich erneut, sie senkte die Stimme, obwohl Chris ohnehin kein Wort verstand. Offenbar gab es ein Missverständnis wegen des Zimmers.

»Was ist los?«, fragte er.

»Meine Tante hat da wohl was falsch verstanden«, erklärte Lydia mit schiefem Grinsen. »Sie sucht mir Bettwäsche raus, und dann mache ich es mir in meinem alten Kinderzimmer bequem. Richte dich schon mal ein. Gleich gibt es unten was zu essen.«

Die Tür fiel zu. Benommen blieb Chris in dem Raum stehen. Es fühlte sich merkwürdig an, in einem Haus zu sein, das so fremd war und trotzdem etwas Vertrautes ausstrahlte, weil es für Lydia so etwas wie das Zuhause ihrer Kindheit war. Als würde er durch einen Türspalt in die Vergangenheit blicken und das kleine Mädchen sehen, das hier einmal gespielt, gelacht und von der Zukunft geträumt hatte.

Er stellte die Reisetasche auf dem Bett ab und trat ans Fenster. Ein kleiner Hinterhof lag unter ihm, eine mit Steinplatten ausgelegte Fläche, von einem großen Baum beschattet und von einigen blühenden Büschen entlang der Grundstücksmauer eingerahmt. Chris konnte sich gut vorstellen, dass es hier selbst an heißen Sommertagen angenehm kühl war.

Er wandte sich ab und verließ das Zimmer. Unten hörte er Gemurmel aus einem der hinteren Räume. Dem Geklapper und Wasserrauschen nach zu urteilen musste es die Küche sein. Er betrat den Raum gegenüber der Eingangstür und fand sich in einem großen Wohnzimmer wieder. Auch hier dominierten schwere alte Möbel. Auf einer Anrichte standen gerahmte Fotos.

Chris betrachtete sie. Auf einem entdeckte er ein blondes Mädchen, vielleicht sechs oder sieben Jahre alt, das auf dem Schoß eines Mannes saß. Beide lachten ausgelassen in die Kamera. Vater und Tochter vermutlich. Er nahm das Foto in die Hand.

Hinter ihm knarrte es. Schuldbewusst fuhr er herum.

»Was Interessantes gefunden?« Lydia stand im Türrahmen, die Hände in die Hüften gestemmt.

»Bist du das?«, fragte er zurück und hielt ihr das Foto hin.

»Ja.«

»Mit deinem Vater?«

»Ja.«

Chris betrachtete das Foto. Lydia war einmal ein glückliches Mädchen gewesen. Sie hatte gelacht, sich sicher und geborgen gefühlt. Aus dem glücklichen Mädchen war keine glückliche Frau geworden. Und seit dem vergangenen Sommer wusste Chris, warum. Schweigend stellte er das Bild zurück.

»Sag's nicht!«

»Was denn?«, fragte Chris.

»Was auch immer dir im Kopf herumgeht.«

»Meinetwegen.« Er zuckte mit den Schultern und nahm den Rest des Raums in Augenschein. Er war sehr erstaunt gewesen, als Lydia vorgeschlagen hatte, bei ihrer Tante zu wohnen. Sie hatte es mit dem Geld begründet, das sie so sparen konnten. Und mit den Insiderinfos, die sie eventuell bekommen würden. Maria Amarante Luiz war mit einem einflussreichen Regierungsbeamten verheiratet gewesen. Sie kannte noch immer allerhand wichtige Leute. Aber Chris nahm Lydia das nicht so richtig ab. Sie war in den vergangenen Monaten weicher geworden, weniger abweisend, zumindest ihm gegenüber. Es kam ihm so vor, als wolle sie ihm auf diese Art etwas über sich sagen. Allerdings hatte er keine Ahnung, welche Botschaft in ihrer Einladung verborgen war. Es gab so viele Dinge an Lydia, die er nicht verstand.

Maria rief etwas aus der Küche.

»Das Essen ist fertig«, erklärte Lydia. »Es gibt Eintopf. Und Milchreis zum Nachtisch. Ich hoffe, du hast Hunger. Meine Tante hat für eine zehnköpfige Familie gekocht.«

»Jedenfalls riecht es wunderbar.« Chris lächelte.

»Vorher habe ich allerdings noch eine schlechte Nachricht für dich.«

Chris erstarrte. Alle möglichen Szenarien schossen ihm durch den Kopf. Und in jedem einzelnen war der kleinen Ana, die er für seine Tochter hielt, etwas Schreckliches zugestoßen.

»Ich habe meiner Tante erzählt, dass wir wegen des Mädchens hier sind, das von der Brücke gesprungen ist. Kein Wort von deiner Tochter natürlich. Nur dass es etwas mit einem Fall in Deutschland zu tun haben könnte, an dem wir gerade arbeiten. An dieser Version würde ich auch gegenüber der portugiesischen Polizei festhalten. Okay?«

Chris nickte ungeduldig. »Ja, einverstanden. Aber was ist mit der schlechten Nachricht?«

»Meine Tante hat in der Zeitung gelesen, dass Ana angeblich in Brasilien lebt und nur zu Besuch bei Verwandten in Lissabon war. Möglicherweise ist sie inzwischen wieder nach Hause geflogen.«

Es dämmerte bereits, aber Clara hatte keine Angst. Nicht vor der Dunkelheit zumindest. Vor dem Hund der Nachbarn, der immer so laut bellte, hatte sie Angst. Und vor dem Jungen, der am Ende der Straße wohnte und der sie einmal auf dem Heimweg abgefangen und ihr die neue Jacke abgenommen hatte. Mama und Papa hatte sie erzählt, sie hätte sie auf dem Schulhof liegen lassen.

Vorsichtig schob Clara die Zweige zur Seite und zwängte sich durch die Hecke, bis sie das Loch im Zaun erreichte. Sie musste sich beeilen. Mama würde bald nach Hause kommen. Sonntags arbeitete sie normalerweise nicht. Aber heute Mittag hatte sie einen Anruf aus der Firma bekommen.

»Es tut mir leid, Schatz«, hatte sie zu Clara gesagt, »aber ich muss heute Nachmittag ein paar Stunden arbeiten. Du darfst einen Film anschauen, ich versuche, ganz schnell wieder da zu sein.«

Clara wusste, dass Mama nie ganz schnell wieder da war. Es kam immer etwas Wichtiges dazwischen. Während der Woche passte Nádia nach der Schule auf Clara auf. Clara mochte Nádia, obwohl sie die meiste Zeit über ihr Smartphone gebeugt dasaß und mit ihren Freundinnen Nachrichten austauschte. Dafür half sie Clara bei den Hausaufgaben und ließ sie am Computer Videoclips schauen, solange sie wollte. Mama würde das nie erlauben. Und Papa erst recht nicht. Aber der war fast nie da. Er reiste für seine Firma in ganz Portugal herum, manchmal sah Clara ihn wochenlang nicht.

Sie schob sich durch das Loch und trat auf den Bürgersteig. Ein Auto näherte sich. Mit klopfendem Herzen beobachtete Clara, wie sich die Karosserie allmählich aus der Dämmerung schälte. Nicht Mamas BMW.

Erleichtert schlich Clara los. Sie würde nur kurz bleiben,

das hatte sie sich fest vorgenommen. Sie wollte nur eben nachsehen, ob es allen gut ging. Sie musste ja bloß ein Stück die Straße hinaufgehen, zu dem grün gestrichenen Haus mit den verwitterten Fensterläden und dem verwilderten Garten, das sie früher für ein Hexenhaus gehalten hatte. Damals hatte sie immer ihre Schritte beschleunigt, wenn sie allein an dem Grundstück vorbeilaufen musste. Aber da war sie auch noch klein und dumm gewesen.

Montag, 6. März

Lissabon

Chris legte den Kopf in den Nacken. Das Gebäude der *Polícia Judiciária* war hell und modern mit geschwungenen Formen und schmalen Fensterschlitzen. Der Unterschied zu dem trutzigen Nazibau in Düsseldorf hätte nicht größer sein können.

»Schick«, murmelte er.

»Neidisch?« Lydia legte den Kopf schief.

»Ich hoffe bloß, dass die hier mit uns Normalbullen überhaupt reden.« Chris blickte zweifelnd zum Eingang.

Lydia hatte ihm erklärt, dass die *Polícia Judiciária*, die portugiesische Kriminalpolizei, sich nicht aus der gewöhnlichen Polizei rekrutierte. Ihre Beamten hatten nie eine Uniform getragen, waren nie Streife gelaufen, sondern hatten Jura, Kriminalistik oder Psychologie studiert.

»Nun hab dich mal nicht so.« Lydia trat durch die Glastür in die Eingangshalle.

Chris folgte ihr und sah zu, wie sie mit dem Beamten am Empfang diskutierte. Schließlich griff der Mann zum Telefon, unterhielt sich kurz mit jemandem und sagte dann etwas zu Lydia.

»Und?«, fragte Chris. »Kriegen wir eine Audienz?«

Lydia drehte sich zu ihm um. »Chefinspektor João Pinto ist bereit, mit uns zu sprechen.« Sie sah ihn eindringlich an.

»Überlass mir das Reden, wenn es geht. Wir platzen unangemeldet hier rein, wollen Ermittlungsinterna wissen, obwohl es kein offizielles Ersuchen gibt. Also sollten wir mit Fingerspitzengefühl vorgehen.«

»Und das ist dein Spezialgebiet«, rutschte es Chris heraus.

Lydia starrte ihn an.

»Entschuldige.« Er fasste sich an die Stirn. »Ich habe kaum geschlafen und …«

»Schon gut«, unterbrach sie ihn ungeduldig.

In dem Moment glitten hinter der Sperre Aufzugtüren auf. Ein älterer Mann mit Halbglatze und Brille trat in die Vorhalle.

Der Portier sagte etwas und Lydia zog Chris durch die Sperre. Sie begrüßte den älteren Mann auf Portugiesisch, der etwas erwiderte und sich dann in tadellosem Englisch an Chris wandte.

»Guten Tag«, sagte er. »Ich bin Chefinspektor Pinto, Leiter der Ersten Brigade der Abteilung für Tötungsdelikte.«

»Chris Salomon, Kripo Düsseldorf.«

»Sehr erfreut. Kommen Sie doch mit!«

Wenig später betraten sie ein Büro, dessen gläserne Seitenwände den Blick auf die zwei benachbarten Räume freigaben, in denen jeweils vier Schreibtische standen. Nur ein Teil der Arbeitsplätze war besetzt. Chris zählte vier Männer und eine Frau.

Chefinspektor Pinto ließ sich auf einem wuchtigen Ledersessel nieder und deutete auf die Stühle vor seinem Schreibtisch. »Wie kann ich Ihnen helfen?«

»Sie müssen entschuldigen, dass wir ohne jede Voranmeldung hereinplatzen«, begann Lydia vorsichtig. »Aber es ist wirklich wichtig. Es geht um das Mädchen, das von der Brücke gesprungen ist.«

Pinto hob die Brauen, sagte aber nichts.

»Es gibt da einen Fall in Düsseldorf, der damit zusammenhängen könnte.«

»Wie das?« Pinto beugte sich vor.

»Ein verschwundenes Mädchen«, brach es aus Chris hervor, »das dem von der Brücke zum Verwechseln ähnlich sieht.«

Lydia warf ihm einen wütenden Blick zu.

Pinto runzelte die Stirn. »Ich dachte, Sie wären von der Mordkommission. Warum suchen Sie nach einem vermissten Kind? Und warum kommen Sie deshalb persönlich her?«

Chris brach der Schweiß aus.

»Die Sache ist kompliziert«, sagte Lydia und sah ihn warnend an. »Wir würden gern mit dem Mädchen sprechen. Ist das machbar? Sie ist doch noch in der Stadt?«

Plötzlich verschloss sich das Gesicht des Chefinspektors. »Könnte ich bitte mal Ihre Dienstausweise sehen?«

Chris ballte die Fäuste. Scheiße! Er hatte es vermasselt! Er sah durch die Scheibe in das linke Großraumbüro, sein Blick begegnete dem eines bärtigen jungen Mannes.

»Salomon?«

Chris schreckte hoch.

Lydia streckte ihm die Hand entgegen. »Dein Dienstausweis, du hast ihn doch wohl nicht vergessen?«

»Der Giftzwerg macht uns einen Kopf kürzer, wenn er von der Sache Wind bekommt«, murmelte Chris auf Deutsch und zog den Ausweis aus der Tasche. Er konnte sich lebhaft ausmalen, wie ihr Chef Winfried Weynrath, ein cholerischer kleiner Mann mit kurzem Geduldsfaden, sie in ein fensterloses Kämmerchen im Keller verbannte, wo sie bis zur Pensionierung Berichte tippen mussten.

Pinto studierte die Ausweise.

»Ich verstehe, dass Ihnen das Ganze etwas merkwürdig vorkommen muss«, sagte Lydia und fügte noch etwas auf Portugiesisch hinzu. »Uns geht es nicht anders. Das Mädchen wird schon seit einigen Jahren vermisst. Es gibt Hinweise auf ein Kapitalverbrechen.«

»Schon seit einigen Jahren?« Pinto runzelte die Stirn. »Aber wie …?«

»Das Bild.« Lydia sah Chris auffordernd an.

Er begriff sofort und zückte sein Handy.

»Das ist unser verschwundenes Mädchen, wie es heute aussehen würde«, erklärte Lydia.

Pinto rückte seine Brille zurecht und studierte das Bild. Er ließ sich nicht anmerken, was er dachte. Schließlich lehnte er sich zurück. »Und Sie glauben, das könnte das Mädchen von der Brücke sein? Haben Sie irgendwas Offizielles aus Deutschland? Oder zumindest die ursprüngliche Vermisstenmeldung?«

»Nicht dabei.« Lydia nahm das Telefon entgegen und reichte es Chris. »Aber das können wir jederzeit nachreichen.«

Chris biss sich auf die Unterlippe. Konnten sie nicht. Und das wusste Lydia auch. Wenn Pinto den Namen des vermissten Mädchens sähe, wüsste er, dass sie aus privaten Gründen ermittelten, und sie wären sofort raus.

»Wir wollen der Kleinen nur ein paar Fragen stellen«, sagte er beschwörend. »Natürlich in Anwesenheit ihrer Eltern.«

Pinto faltete die Hände vor dem Bauch. »Das Mädchen steht unter Schock. Außerdem gibt es keinerlei Hinweis darauf, dass sie nicht Ana Miranda de Melo ist. Und Sie haben nichts vorzuweisen außer einem fragwürdigen Computerbild. Ich kann Ihnen nicht helfen, ich muss Sie bitten zu gehen.«

Irgendwo draußen im Hinterhof sang jemand von seiner Liebe, die das Meer ihm geraubt hatte. Der Gesang war zu leise, als dass Lydia den Text verstanden hätte, aber sie kannte das Lied. Sie saßen in einer Pastelería in der Nähe der Metrostation Anjos und tranken Galão, portugiesischen Milchkaffee.

Lydia betrachtete Chris, der finster vor sich hin starrte, und fragte sich, ob er das Gespräch mit dem Chefinspektor absichtlich sabotiert hatte. Wollte er überhaupt die Wahrheit herausfinden? Oder war er aus einem ganz anderen Grund hier? War er auf der Flucht vor seiner neuen Familie? Und welche Rolle spielte sie dabei?

»Tut mir leid, dass es nicht besser gelaufen ist«, sagte sie. Trotz des Rückschlags war sie wie im Rausch. Der Geruch von Holzkohle und gegrillten Sardinen lag in der Luft, Wortfetzen in der ihr so vertrauten Sprache flogen hin und her und ließen sie an lange Sommernachmittage am Strand von Cascais denken, an Marias scharf gewürzten Fischeintopf mit Koriander und die Lieder, die ihr Vater ihr zum Einschlafen abends am Bett vorgesungen hatte. *Está na hora da caminha, vamos lá dormir.*

»Meine Schuld«, murmelte Salomon zerknirscht. »Ich habe die Nerven verloren. Ich weiß auch nicht, was mich geritten hat.«

»Du kannst jederzeit einen Rückzieher machen.«

»Kommt gar nicht infrage!« Er sah sie an. »Ich muss die Wahrheit herausfinden. Auch wenn sich dabei herausstellt, dass ich einem Phantom hinterherjage.«

»Also gut. Immerhin haben wir einen Namen. Ana Miranda de Melo.«

»Können wir damit irgendwie an die Adresse kommen?«

»Nicht, wenn sie tatsächlich in Brasilien lebt.«

»Mist! Daran hatte ich gar nicht mehr gedacht.« Er schob das Glas mit dem Kaffee von sich weg. »Was ist mit Hotels? Wir könnten sie abklappern und fragen.«

Lydia verdrehte die Augen. »Hast du eine Ahnung, wie viele Hotels es in Lissabon gibt? Wir würden Tage brauchen. Und vermutlich nichts herausfinden.«

»Und die Presse? Irgendein Journalist weiß bestimmt, wo die Familie wohnt.«

»Wäre einen Versuch wert.«

»Entschuldigung.« Ein junger Mann trat an ihren Tisch. Dunkle Haare, Bart, wacher Blick. »Darf ich mich für einen Augenblick zu Ihnen setzen?« Sein Deutsch war perfekt, nur ein leichter Akzent verriet, dass er Portugiese war.

»Wer sind Sie? Was wollen Sie?«, fuhr Lydia ihn an.

Aber Salomon zog einen Stuhl heran. »Sie sind Polizist«, sagte er. »Ich habe Sie im Kommissariat gesehen.«

»Stimmt. Mein Name ist Vítor Fidalgo. Ich bin Inspektor in Pintos Brigade.«

»Sind Sie uns gefolgt?« Lydia zog argwöhnisch die Brauen zusammen.

»Mein Chef wollte wissen, was Sie als Nächstes machen.«

Lydia verschränkte die Arme. »Ach ja?«

»Sie sprechen gut Deutsch«, sagte Salomon.

Lydia warf ihm einen ärgerlichen Blick zu. Was spielte das für eine Rolle?

»Ich habe in Deutschland studiert. Kriminalistik.«

»Warum lässt Ihr Chef uns beschatten?«, hakte Lydia nach.

»Ich nehme an, dass er Ihnen Ihre Geschichte nicht abgekauft hat. Er hat in Düsseldorf angerufen. Dort wusste man nichts davon, dass Sie an einem Vermisstenfall arbeiten. Offiziell haben Sie Urlaub.«

Lydia riss den Mund auf, doch Vítor Fidalgo hob die Hand.

»Ich möchte Ihnen einen Vorschlag machen«, sagte er. »Sie wollen mit diesem Mädchen sprechen. Ich kann Ihnen helfen.«

»Ach wirklich?«, fragte Lydia

»Wenn Sie mir dafür ebenfalls helfen. Ich habe ein bisschen gegoogelt, während ich Sie observiert habe. Offenbar sind Sie sehr gut in Ihrem Job. Und hartnäckig. Ich möchte Sie bitten, sich ein paar Akten anzusehen.«

Lydia tauschte einen Blick mit Chris. Ihr kam die Sache ziemlich dubios vor, aber er schien zu fast allem bereit für die Chance zu erfahren, wo seine vermeintliche Tochter sich aufhielt.

»Abgemacht«, sagte er.

»Vorher muss ich wissen, worum es Ihnen wirklich geht.« Vítor Fidalgo blickte auf seine Finger. »Das verstehen Sie doch sicher.«

»Netter Versuch.« Lydia erhob sich. »Komm, Salomon. Wir haben Wichtigeres zu tun.«

»Das ist kein Trick!« Fidalgo sah sie beschwörend an. »Hier ist die Anschrift.« Er zog einen Zettel aus der Tasche. »Sie bekommen sie, versprochen. Aber erst muss ich wissen, wieso Sie sich für das Mädchen interessieren. Ich erkläre Ihnen dann, warum das so wichtig ist.«

»Es geht um meine Tochter«, sagte Chris, bevor Lydia ihn aufhalten konnte.

Der Inspektor starrte ihn an.

»Sie verschwand vor knapp fünf Jahren an einem Strand in den Niederlanden.«

»Und Sie glauben, dass das Mädchen von der Brücke Ihre Tochter ist?«

Chris zog sein Handy hervor, suchte das Bild heraus und hielt es Fidalgo hin.

»Foda-se«, stieß der Portugiese zwischen den Zähnen hervor.

»Verstehen Sie jetzt?«, fragte Chris leise.

Fidalgo nickte. »Besser, als Sie denken.« Er schob Chris den Zettel hin. »Die Familie ist dort bei Verwandten zu Besuch.«

Lydia beugte sich vor. Eine Adresse in der *Rua do Prior*, im Stadtteil Lapa, dem Botschaftsviertel.

»Schicke Gegend.« Sie betrachtete den portugiesischen Kollegen mit neuem Interesse. »Was ist das für ein Fall, bei dem Sie unsere Hilfe brauchen?«

Er faltete die Hände, senkte den Blick. »Nach dieser Ana sind zwei weitere Mädchen gesprungen. Eine, Beatriz, von dem alten Aquädukt im Norden der Stadt runter auf die Autobahn. Und die zweite, Valentina, von einem Dach in der Alfama. Beide haben nicht überlebt.« Die letzten Worte flüsterte Fidalgo. Seine Augen schimmerten feucht.

»Wie furchtbar«, murmelte Lydia.

»Sie glauben, dass es da einen Zusammenhang gibt?« Chris starrte den Inspektor an. Er hielt den Zettel mit der Adresse in der Hand, hatte sich schon von seinem Stuhl erhoben. Doch jetzt setzte er sich wieder.

»Ja.«

»Und Ihre Kollegen, was glauben die?«, hakte Chris nach.

Fidalgo zuckte mit den Schultern. »Bei Beatriz und Valentina wurde ein Abschiedsbrief gefunden. Bei Ana nicht. Sie ist angeblich geschlafwandelt.«

»Wäre das nicht möglich?«, fragte Lydia.

»Wissen Sie, wie weit es von der *Rua do Prior* bis auf die Brücke *Ponte 25 de Abril* ist? Das sind mehrere Kilometer zu Fuß. Glauben Sie wirklich, die Kleine ist aus dem Bett aufgestanden und den ganzen Weg dorthin gelaufen? Im Nachthemd und ohne Schuhe?«

»Was haben denn die Ärzte gesagt?«, fragte Chris mit tonloser Stimme. »Wenn sie eine so weite Strecke barfuß zurückgelegt hat, müsste das doch Spuren hinterlassen haben.«

»Keine Ahnung. Ich habe keinen Bericht gesehen. Anas Vater hat gute Kontakte, er hat dafür gesorgt, dass die Sache klein gehalten wird.«

Lydia horchte auf. »Wie gründlich wurde nach einem Abschiedsbrief gesucht?«

Fidalgo schnitt eine Grimasse. »Gar nicht, wenn Sie mich fragen.«

»Aber offiziell wird nicht ermittelt?«

»Offiziell haben wir einen Unfall mit einem schlafwandelnden Kind und zwei Suizide, die nicht zusammenhängen. Unterschiedliche Stadtteile, unterschiedliche soziale Schichten. Außerdem war das eine Mädchen zehn und das andere acht. Sie kannten sich nicht.«

Lydia beugte sich vor. »Und was ist Ihr besonderes Interesse an dem Fall?«

Vítor Fidalgo presste die Lippen zusammen.

»Sie haben doch ein besonderes Interesse?«, fragte Lydia nach.

»Valentina war meine Nichte«, antwortete Fidalgo leise. »Die Tochter meiner Schwester.«

»Und? Was haben Sie zu berichten, Vítor?« Chefinspektor João Pinto lehnte sich zurück und faltete die Hände vor dem Bauch.

»Nicht viel, Chef. Die beiden sind in ein Café gegangen und haben sich über den Fall unterhalten.«

»Es gibt also wirklich ein vermisstes Mädchen in Deutschland?«

»Das war mein Eindruck.«

»Warum gibt es dann kein offizielles Amtshilfeersuchen?«

»Das weiß ich nicht.«

»An der Sache ist was faul, Vítor. Bleiben Sie dran.«

»Ja, Chef.«

Vítor machte Anstalten, sich zu erheben, erleichtert, dass er so glimpflich davongekommen war, doch sein Chef hob die Hand.

»Warten Sie, ich bin noch nicht fertig.«

Vítor setzte sich wieder.

»Sie haben sich die Akte von dem anderen Suizid kommen lassen. Von dem Mädchen, das von dem Aquädukt gesprungen ist.«

Vítor senkte den Blick. »Stimmt.«

»Sie sind aber nur für den Fall in der Alfama zuständig. Für diese …« Pinto beugte sich vor und blätterte in den Papieren auf seinem Schreibtisch. »Ah, hier ist es. Valentina Sofia Lobato.«

Vítor räusperte sich. Das wäre der Moment nachzuholen, was er längst hätte tun müssen. Seinem Chef beichten, dass er persönlich betroffen, dass das Mädchen seine Nichte war. Aber dann würde Pinto ihn sofort von dem Fall abziehen. Und das durfte auf keinen Fall geschehen. »Ich wollte überprüfen, ob es einen Zusammenhang geben könnte. Zwei Mädchen, etwa im gleichen Alter, die sich in den Tod stürzen. Ich dachte, das ist vielleicht kein Zufall.« Er zögerte. »Womöglich gibt es sogar eine Verbindung zu dem anderen Mädchen, das von der *Ponte 25 de Abril* gesprungen ist.«

»Das war kein Suizidversuch, sondern ein Unfall!«, fuhr Pinto ihn an. »Dafür sind wir nicht zuständig.«

Vítor straffte die Schultern. »Ist das eindeutig erwiesen?«

»Diese Ana hat zu Protokoll gegeben, dass sie sich an nichts erinnert. Und sie ist nach Aussage der Eltern eine Schlafwandlerin. Ich habe mit Duarte darüber gesprochen.« Teresa Duarte war die Psychologin in ihrem Team. »Sie sagt, dass zwanzig Prozent der Kinder schlafwandeln, das hat was mit der Hirnentwicklung zu tun. Und dass sie während des Schlafwandelns die verrücktesten Dinge tun können. Ein paar Kilometer laufen und von einer Brücke springen ist da gar nichts. Die Kleine hatte wahnsinniges Glück, dass sie den Sprung überlebt hat. Und dass sie beim Aufprall aufgewacht ist.«

Vítor betrachtete seine Finger. »Dennoch ist es ein merkwürdiger Zufall, dass sich innerhalb von so kurzer Zeit drei Mädchen von einem Gebäude in die Tiefe stürzen, finden Sie nicht?«

Pinto lehnte sich wieder zurück. »Auch darüber habe ich mit Duarte gesprochen. Es gibt einen Fachbegriff dafür. Werther-Effekt. Kommt von einem deutschen Roman. Es bedeutet so viel wie, dass diese anderen Mädchen von Anas Sturz erfahren haben und dadurch erst auf die Idee gekommen sind zu springen. Möglicherweise wollten sie sich gar nicht töten, sondern einfach auch mal berühmt sein. Was tun Menschen nicht alles für ein paar Sekunden Ruhm?«

Vítor starrte seinen Chef an. Nur mit Mühe unterdrückte er die Wut, die plötzlich in ihm hochwallte. »Wollen Sie andeuten, diese Mädchen hätten ihr Leben weggeworfen, weil sie berühmt sein wollten? Wie kommen Sie darauf? Sie wissen doch gar nichts über sie!«

Pinto kniff die Augen zusammen. »Kann es sein, dass der Fall Sie zu sehr mitnimmt? Soll ich Sie abziehen?«

Vítor ballte die Fäuste. »Nein, Chef, alles in Ordnung«, presste er hervor. »Ich möchte nur sichergehen, dass wir nichts übersehen, bevor wir die Fälle als Selbstmorde zu den Akten legen.«

»Das möchte ich auch, Vítor.« Pinto nickte. »Ich gebe Ihnen zwei Tage. Meinetwegen sehen Sie sich beide Fälle an. Ich sorge dafür, dass dieser andere Suizid auch an unsere Brigade übergeben wird. Wenn Sie bis Mittwoch nichts gefunden haben, wird die Sache abgeschlossen.«

Vítor öffnete den Mund, schloss ihn aber schnell wieder, als er einen warnenden Blick seines Chefs auffing. Rasch erhob er sich. Zwei Tage waren verdammt wenig Zeit. Umso wichtiger, dass er sich mit diesen beiden deutschen Kollegen austauschte. Vielleicht entdeckten sie, was er nicht sehen konnte, weil er zu dicht dran, zu stark persönlich involviert war. Hauptsache, sie stießen nicht auf das, was sie nicht finden sollten. So oder so musste er sie im Auge behalten. Dazu immerhin hatte er ja offiziell den Auftrag seines Chefs.

Lydia betrachtete das Anwesen. Ein schmiedeeisernes Tor, dahinter ein weitläufiger Innenhof und im Anschluss, durch eine niedrige Mauer vom Hof getrennt, ein Garten. Links stand ein großes zweistöckiges Wohnhaus, in einem dunklen Rosaton gestrichen, dem Haus gegenüber auf der rechten Seite des Hofs breiteten sich die von üppigem Grün überwucherten Überreste eines zweiten Gebäudes aus, das offenbar seit Langem nicht mehr genutzt wurde. Ein solch riesiges Anwesen in einem der besten Viertel der Stadt. Die Familie hatte Geld, richtig viel Geld.

In die Mauer neben dem Tor war eine Klingel eingelassen. Kein Namensschild, das war in Portugal nicht üblich. Lydia drückte den Knopf. Sie blickte zu Salomon, der unruhig von einem Fuß auf den anderen trat. Wie mochte es sich anfühlen, vor dem Haus zu stehen, in dem sich vielleicht die tot geglaubte Tochter aufhielt? Lydia konnte nur ahnen, was in ihrem Partner vorging. Sie hoffte, dass er die Nerven behielt und ihr diesmal das Reden überließ.

Nichts rührte sich hinter den rosa Mauern.

Lydia drückte erneut den Knopf. Sie spähte durch das Gitter auf den Hof. »Vielleicht ist niemand zu Hause.«

»Oder sie wollen nicht aufmachen. Wenn die Leute wirklich so gut vernetzt sind, hat dieser Chefinspektor sie vermutlich vor uns gewarnt.«

Lydia blickte sich um. Das Anwesen lag an einer kleinen Kreuzung auf einem der vielen Hügel, auf denen sich Lissabon ausbreitete. Das Haupthaus grenzte mit zwei Seiten an eine Straße. »Lass uns mal schauen, ob es auf der Rückseite noch einen Eingang gibt.«

Tatsächlich stießen sie auf eine verwitterte Holztür, als sie um die Ecke bogen. Lydia hämmerte gegen das Holz.

Nichts.

Salomon war schon weitergegangen, bis zu der Stelle, wo der Garten an die Seitenstraße reichte. Hier trennte eine Mauer, die etwa einen halben Meter über ihre Köpfe hinausragte, das Grundstück vom Gehweg. »Die ist nicht sonderlich hoch«, sagte er.

»Denk nicht mal daran«, fuhr Lydia ihn an.

»Glaubst du, ich reise unverrichteter Dinge wieder ab, nur weil hier alle mauern? Das stinkt doch zum Himmel! Warum lässt mich niemand mit dem Mädchen sprechen, wenn es nichts zu verbergen gibt?«

»Nun warte doch erst mal ab«, sagte Lydia beschwichtigend. »Es ist schon spät. Lass uns zu meiner Tante fahren. Morgen kommen wir wieder. Und dann sehen wir weiter.«

Salomon starrte noch einen Moment auf die Mauer, dann nickte er zögernd.

Sie gingen zu Fuß, es waren nur knapp zwanzig Minuten zu laufen. Lydias Tante war nicht zu Hause, als sie in der *Rua dos Navegantes* eintrafen. Dafür lag ein Päckchen auf der Kommode im Flur, zusammen mit einem Zettel.

Danke, dass Sie bereit sind, sich die Akten anzusehen. Vítor Fidalgo.

Neugierig riss Lydia das Papier auf. Zwei dünne graue Mappen kamen zum Vorschein. Fotokopierte Unterlagen: medizinische Berichte, Aussagen, Spurenauswertungen.

»Was ist das?«, fragte Salomon.

»Unterlagen über die beiden Suizide.« Lydia hielt ihm die Blätter hin. »Leider alles auf Portugiesisch. Ich gehe das durch und erzähle dir dann, was drinsteht.«

»Nichts über Ana?«

»Nein.«

»Ich will nichts damit zu tun haben.«

»Aber wir haben doch versprochen …«

»Wir haben gar nichts versprochen!«, fuhr er sie harsch an. »Dieser Kerl hat versucht, uns zu erpressen, weil er wusste, dass wir unbedingt die Adresse haben wollten.«

»Du hast dein Einverständnis gegeben.«

»Ich will mich da nicht reinziehen lassen. Diese Fälle gehen uns nichts an. Ich werde mich nicht in die Arbeit der portugiesischen Polizei einmischen. Das bringt nur Ärger. Und davon habe ich auch so schon genug.«

Lydia ließ die Hand mit den Fotokopien sinken. »Immerhin hat Vítor Fidalgo seinen Teil der Vereinbarung eingehalten.«

»Und dafür sollen wir jetzt seinen Fall aufklären? Ohne mich. Wenn du lieber ihm helfen willst als mir, bitte schön! Ich komme auch allein klar.«

Lydia schluckte. »Verdammt, Salomon! Ich verstehe ja, dass du unter Druck stehst. Aber das ist echt unfair von dir. Ich habe alles stehen und liegen lassen und bin mit dir hergeflogen, um dir zu helfen. Schon vergessen?«

»Danke, dass du mir das unter die Nase reibst, ich hätte es fast vergessen. Sei beruhigt, ich brauche deine Hilfe nicht mehr. Den Rest kriege ich allein hin!« Er stürzte nach draußen und knallte die Tür hinter sich zu.

Lydia starrte ihm fassungslos hinterher. Zum ersten Mal kam ihr der Gedanke, dass es keine gute Idee gewesen sein könnte, ihn nach Lissabon zu begleiten. Wenn die Mission scheiterte, und das würde sie höchstwahrscheinlich, würde das für alle Zeit zwischen ihnen stehen.

Chris rieb sich die Handflächen, bevor er die Mauer nach einem Vorsprung abtastete. Er bekam einen hervorstehenden Stein zu fassen und zog sich hoch. Wenig später rollte er sich über die Mauerkrone und landete auf dem weichen Rasen auf der anderen Seite.

Sein Herz schlug wild. Er war in einem fremden Land, dessen Sprache er nicht beherrschte, und im Begriff, einen Einbruch zu begehen. Nein, er war nicht im Begriff, er hatte die Schwelle zur Illegalität bereits überschritten und widerrechtlich das Grundstück betreten. Wenn ihn jetzt jemand erwischte, hätte er nicht nur große Schwierigkeiten zu erklären, was er hier in dem Garten wollte, die Sache konnte auch äußerst unangenehme private und berufliche Konsequenzen für ihn haben. Ein Polizist durfte keinen Einbruch begehen, egal wie nachvollziehbar seine Motive sein mochten.

Vielleicht hätte er doch am nächsten Morgen mit Lydia wieder herkommen sollen. Aber die hatte es sich ja in den Kopf gesetzt, ihrem Landsmann bei der Aufklärung seines Falls zu helfen. Er hatte gespürt, wie sie weich geworden war, als dieser Inspektor erzählt hatte, dass das zweite Opfer seine Nichte war. Sehr clever von dem Burschen. Ein bisschen auf die Tränendrüse drücken, und schon bekam man, was man wollte.

Chris presste die Faust gegen die Stirn und ermahnte sich, nicht unfair zu sein. Unter anderen Umständen hätte er dem Mann vermutlich gern geholfen, noch bereitwilliger als Lydia sogar. Aber er hatte keine Zeit für solche Eskapaden. Er musste Anna finden und dann so schnell wie möglich zu Sonja zurückkehren. Er war fest entschlossen, sein Versprechen zu halten und bei der Geburt seines Sohnes dabei zu sein.

Lautlos schlich er über den Rasen, bis er das niedrige Mäuerchen erreichte, das den Garten von dem Hof trennte, den sie vorhin durch das schmiedeeiserne Tor gesehen hatten. Es gab einen Durchlass, in dem noch die rostigen Scharniere des ehemaligen Gartentörchens zu erkennen waren.

Inzwischen war es ganz dunkel, und der Hof wurde vom Schein einer Straßenlaterne in gelbliches Licht getaucht. Alles war still, der Lärm der Stadt nur ein entferntes Rauschen. Noch immer stand kein Fahrzeug auf dem Grundstück. Und im Haus war alles finster. Allerdings war es noch nicht spät genug, als dass die Bewohner bereits ins Bett gegangen sein konnten.

Wo also steckten sie? War das Mädchen noch im Krankenhaus? Waren sie dort? Oder hatte sich die Familie bereits wieder nach Brasilien abgesetzt?

Zur Haustür führten einige Stufen hinauf, gerahmt von einem geschwungenen Geländer. Erst jetzt wurde Chris bewusst, dass das Anwesen etwas Offizielles ausstrahlte. Es wirkte nicht wie das Heim einer Familie, dafür war die doppelflügelige Eingangstür zu breit, der Hof zu weitläufig und die Reihe gleichförmiger Fenster im ersten Stock zu lang. Es erinnerte an ein Verwaltungsgebäude oder an eine Schule. Vielleicht war es das ja früher einmal gewesen.

Erwartungsgemäß war die Haustür verschlossen. Aber einer der Fensterflügel im Parterre war nur angelehnt.

Chris zögerte. Herumschleichen im Garten war eine Sache, aber wenn er in das Haus einstieg, gab es dafür keine Entschuldigung mehr. Er hätte wenigstens an Handschuhe denken können! Doch er wollte nicht abbrechen, nicht jetzt, wo er sich schon so weit vorgewagt hatte.

Er blickte sich um. Das Nachbarhaus grenzte an das eingefallene, von Efeu überwachsene Nebengebäude und hatte keine Fenster zu dieser Seite. Auf der anderen Straßenseite lag eine Botschaft, das verriet das Schild neben dem Eingangsportal. Dort hielt sich vermutlich niemand mehr auf. Er ließ seinen Blick weiterwandern. Das Haus auf der anderen Seite des Gartens stand viel zu weit weg hinter einigen Bäumen, von dort konnte ihn auch niemand sehen.

Kurz entschlossen schob Chris den Fensterflügel ganz auf. Er stemmte sich am Fensterbrett hoch und kletterte hinein. Seine Kopfhaut kribbelte, als er sich in dem dunklen Zimmer aufrichtete und horchte. Außer dem gedämpften Raunen der Stadt und dem Ticken einer Uhr war nichts zu hören.

Chris zog sein Smartphone aus der Tasche und aktivierte die Taschenlampenfunktion. Der Lichtkegel traf auf einen antiken Esstisch mit Polsterstühlen. Vorsichtig leuchtete Chris im Raum herum. Eine massive Anrichte. Jagdszenen an den Wänden. Ein altmodisches Esszimmer.

Chris bewegte sich zur Tür und drückte die Klinke. Die Holzdielen im Korridor knarrten, als er aus dem Zimmer trat. Mit klopfendem Herzen hielt er inne, doch noch immer war im Haus alles still.

Allmählich fiel die Angst von ihm ab. Einerseits war er erleichtert, dass niemand zu Hause war, andererseits begann er sich zu fragen, was er hier wollte. Wenn das Mädchen nicht da war, konnte er nichts ausrichten. Oder hoffte er, Papiere zu finden, die bewiesen, dass Ana Miranda de Melo in Wahrheit Anna Salomon war?

Nicht sehr wahrscheinlich. Wenn es dafür tatsächlich schriftliche Beweise gab, lagen sie bestimmt nicht einfach so herum. Und schon gar nicht in einem Haus, in dem die

Familie nicht wohnte. Wenn überhaupt, waren sie irgendwo in Brasilien. Unauffindbar für ihn.

Und selbst wenn er etwas fände, wäre die Wahrscheinlichkeit hoch, dass er es gar nicht erkennen würde, weil es auf Portugiesisch verfasst wäre.

Trotzdem sagte ihm sein Gefühl, dass es hier etwas zu entdecken gab. Er spürte mit jeder Faser seines Körpers, dass dieses Haus ein Geheimnis barg. Es war nicht nur sein Wunsch, hier etwas zu finden, es war mehr. Vielleicht lag es an der Art, wie der Inspektor über die Verbindungen der Familie gesprochen hatte. Oder daran, dass das Haus zugleich bewohnt und verlassen wirkte. Wieso ließ eine Familie, die offenbar Geld und Einfluss besaß, einen Teil ihres Anwesens zur Ruine verfallen? Wer lebte überhaupt hier? Wen besuchte Ana mit ihren Eltern?

Nacheinander stieß Chris Türen auf, und sein Verdacht bestätigte sich. In einem Raum nach dem anderen entdeckte er verhängte Möbel, waren Fußböden und Vorhänge von Staub und Spinnweben bedeckt. Die Luft roch schwer und abgestanden. Nur ein kleiner Teil des Hauses schien bewohnt zu sein. Hier gab es eine Küche mit einem großen Esstisch und ein Wohnzimmer, in dem ein Fernseher stand und eine Tageszeitung auf dem Tisch lag.

Chris öffnete die Schubladen der riesigen Eichenschrankwand, entdeckte jedoch nur angelaufenes Silberbesteck, Servietten und einen Stapel Briefe, auf denen er nicht einmal die Anschrift identifizieren konnte.

Fehlte das obere Stockwerk. Gerade als Chris den Fuß auf die erste Stufe setzte, hörte er ein Geräusch. Entsetzt hielt er inne. Jemand war hinter ihm.

Er fuhr herum, entdeckte eine Gestalt mit erhobener

Hand und stürzte sich darauf. Sein Gegner war kleiner und schmaler als er, aber gut trainiert. Chris versuchte, ihn in den Klammergriff zu nehmen und ihm den Arm auf den Rücken zu drehen, doch der Kerl schien das zu erwarten und entwand sich geschickt seinen Händen.

Mist! Er sollte machen, dass er wegkam, bevor es zu spät war! Er brauchte nur einen kleinen Vorsprung.

Wieder stürzte er sich auf den Fremden, doch der Strahl einer Taschenlampe blendete ihn. Entsetzt riss er die Arme hoch.

Vítor presste den Schal vors Gesicht und atmete den schwachen Geruch nach Mädchen ein, während er in die dunkle Gasse starrte. Hier war Valentina gestorben. Und ein Teil von ihm.

Ich bin jetzt ein Engel und gehe zu Gott.

Gütiger Himmel, was hatte er getan!

Er blickte hoch zu dem Dach, wo die Kollegen Spuren gesichert hatten. Ein winziges Stück Stoff von Valentinas Nachthemd, dem Nachthemd, das er ihr gekauft hatte. Ihm war es zu feminin gewesen, zu fraulich für ein Kind, mit der Spitze und den Rüschen. Aber Valentina hatte ihn mit großen Augen angefleht.

»Bitte, Onkel, bitte, bitte! Damit sehe ich aus wie ein Engel!«

Und natürlich hatte er sich überreden lassen. Schließlich war sie sein Engel, also sollte sie auch wie einer aussehen.

Der Grafologe hatte den Abschiedsbrief mit Valentinas Schulheften verglichen und bestätigt, dass sie ihn eigenhändig verfasst hatte. Trotzdem glaubte Vítor nicht, dass sie hatte sterben wollen. Es ging ihr nicht gut in letzter Zeit, sie litt unter der Trennung ihrer Eltern und unter den Launen ihrer Mutter. Und dann war er gekommen und hatte alles schlimmer gemacht, sie noch mehr unter Druck gesetzt.

Aber deshalb brachte man sich doch nicht um. Oder?

Vítor schlug mit der Faust gegen den Bauzaun und stieß einen Laut aus, halb Schreien, halb Weinen. Eine Katze sprang fauchend aus ihrem Versteck hinter einem Haufen Steine hervor und stob davon.

Noch einmal hämmerte er gegen den Zaun. Dann wandte er sich ab und schob Valentinas Schal in die Tasche zurück. Er würde herausfinden, was geschehen war. Und wenn es am Ende seine Schuld war, die er aufdeckte, würde er die Konsequenzen ziehen. Dann würde er Valentina folgen, an den Ort, wo es keine Angst und keinen Schmerz mehr gab.

»Fuck, Salomon! Willst du mich umbringen?«

Lydia! Chris ließ die Arme sinken. »Was machst du hier?«

»Könnte ich dich auch fragen.« Sie richtete den Lichtkegel der Lampe auf den Boden und rieb sich den Oberarm.

»Warum hast du dich so angeschlichen?«, zischte er sie an. Er war nicht sauer, aber der Schreck saß ihm noch immer tief in den Knochen.

»Ich war nicht sicher, ob du es bist. Und ich wollte mich nicht beim Einbruch erwischen lassen.« Sie leuchtete herum. »Und? Schon was gefunden?«

»Nichts außer jeder Menge leerer Räume. Weißt du, was das hier früher mal war? Es ist bestimmt nicht als normales Wohnhaus erbaut worden.«

»Keine Ahnung. Ich könnte meine Tante fragen.«

»Ich wollte gerade den ersten Stock in Augenschein nehmen.«

»Dann mal los.«

Schweigend stiegen sie die Treppe hinauf. Als Erstes fanden sie zwei Schlafzimmer mit Doppelbetten, eines offenbar dauerhaft bewohnt, das andere ein Gästezimmer. Das Bett war gemacht, zwei Koffer standen in der Zimmerecke. Es folgten mehrere verwaiste Räume.

Als sie die dritte Tür öffneten, hinter der nichts als Leere herrschte, schüttelte Lydia sich. »Irgendwie gruselig«, murmelte sie. »So ein halb verlassenes Haus.«

»Mit der Familie stimmt was nicht.«

»Nur weil sie in einem Haus wohnt, das viel zu groß für sie ist? Jetzt übertreib mal nicht.«

»Ist dir nicht aufgefallen, dass in dem ersten Schlafzimmer nur eine Betthälfte bezogen ist? Und das andere war das Gästezimmer. Das bedeutet, in diesem riesigen Kasten wohnt nur eine einzige Person.«

»Das stimmt nicht ganz.« Lydias Stimme klang merkwürdig. Sie hatte die nächste Tür aufgestoßen und stand im Türrahmen, den Lichtkegel auf das Innere des Raums gerichtet.

Chris stellte sich neben sie. »Was zum Teufel …«

»Das ist ein Gefängnis«, flüsterte Lydia.

Chris trat in das Zimmer. Außer einem Bett und einer hohen Schubladenkommode gab es keine Möbel. Das einzige Fenster war vergittert. Auf dem Bett lagen unzählige Puppen und Plüschtiere, ein Paar flauschige rosa Pantoffeln standen davor. Das alles war schon merkwürdig genug, doch die Wände ließen Chris schaudern. Jeder Zentimeter Fläche war bemalt oder mit Schriftzeichen beschmiert. Es gab nur zwei Farben: Rot und Schwarz.

Langsam drehte er sich im Kreis und ließ den Lichtkegel

seiner Handylampe über die Wände laufen. Engel, Teufel, Feuer speiende Schlangen und andere Reptilien. Kruzifixe, an denen Flammen züngelten. Hässliche Fratzen, die Münder zum Schrei verzerrt. Daneben Zahlenreihen und Buchstaben, die sich zu einer Art Code zusammenzusetzen schienen.

»Kannst du Wörter entziffern?«, fragte er leise.

»Ein paar schon«, antwortete Lydia mit belegter Stimme. »Hier steht ›diabo‹, also Teufel. Und dieses Wort, ›ódio‹, bedeutet Hass.« Sie drehte sich zu ihm um. »Was ist das für ein grauenvoller Ort?«

Chris löste einen Blick von den Schmierereien und sah aus dem vergitterten Fenster, das zum Garten hinausging. Er erkannte die Stelle, an der er über die Mauer geklettert war, und eine merkwürdige Pflanze in der Mitte des Rasens, halb Baum, halb Strauch, mit handtellergroßen Blättern. Er drehte den Kopf, sein Blick wanderte über die beschmierten Wände und blieb an dem Bett mit den Plüschtieren und Puppen haften.

»Du hast es schon gesagt«, flüsterte er mit rauer Stimme. »Ein Gefängnis. Und zwar für ein kleines Mädchen.« Er griff sich an den Hals, weil er das Gefühl hatte, keine Luft mehr zu bekommen. »Für mein kleines Mädchen, meine Anna.«

Dienstag, 7. März

Düsseldorf

Die Worte hallten in Sonjas Kopf wider.

Ich habe Anna gefunden.

Sie kniff sich in den Unterarm. »Das ist ja wunderbar«, zwang sie sich ins Telefon zu sagen.

»Sie muss Furchtbares durchgemacht haben«, sagte Chris zweieinhalbtausend Kilometer von ihr entfernt. »Sie wurde wie ein Tier gefangen gehalten.«

»Wo ist sie jetzt?« Sonja nahm die Finger von ihrem Arm und betrachtete den Bluterguss, den sie sich selbst beigebracht hatte. Galt das schon als Selbstverletzung? Oder war es nur unterdrückte Wut, die sich kein anderes Ventil suchen durfte?

»Das müssen wir noch herausfinden. Wir haben ihr Gefängnis entdeckt. Aber es war verlassen. Vermutlich ist Anna endlich ihren Entführern entkommen und beim Weglaufen verunglückt. Von wegen Schlafwandeln. Sie war auf der Flucht!«

Sonja rieb sich die Stirn. Sie verstand lediglich Bruchteile von dem, was der Vater ihres ungeborenen Kindes ihr da erzählte. Sie hatte nur mit einem Ohr zugehört, als er seinen Bericht begonnen hatte. Nun purzelten seine Worte in ihrem Kopf durcheinander. Schlafwandeln. Gefängnis. Entführer. Sie versuchte, sich zusammenzureißen. »Das heißt, ihr habt die Unterstützung der portugiesischen Behörden?«

Am anderen Ende der Leitung wurde es still.

»Chris?«

»Das ist alles etwas schwierig. Wir ... wir sind nicht auf legalem Weg an unsere Informationen gekommen, und wir müssen erst noch mehr Beweise finden, bevor wir damit zur Polizei gehen können. Außerdem müssen wir äußerst besonnen vorgehen, damit die Entführer sich nicht davonmachen. Sie leben angeblich in Brasilien. Und wenn sie Wind davon bekommen, dass wir ihnen auf der Spur sind, setzen sie sich möglicherweise dorthin ab.«

»Was bedeutet das für uns?«, fragte Sonja benommen.

»Ich versuche, das alles so zügig wie möglich über die Bühne zu bringen. Schon allein wegen Anna. Je schneller sie den Klauen dieser Monster entrissen wird, desto besser. Du kannst dir sicher vorstellen, dass ich auf heißen Kohlen sitze.« Er schwieg kurz. »Auch wegen dir und des Babys«, fügte er dann rasch hinzu.

Sonja wusste nicht, was sie darauf sagen sollte.

»Wir haben einen Verbündeten bei der Polizei«, fuhr Chris fort. »Außerdem kennt Lydias Tante ein paar Leute.«

Lydia. Sonja versuchte, sich nicht vorzustellen, wie Chris mit seiner Kollegin durch die Gassen der Alfama streifte, wie sie in kleinen Restaurants mit Blick auf den Tejo gemeinsam zu Abend aßen und danach einen Drink in einer Bar nahmen. Lauter Dinge, die sie selbst vielleicht irgendwann einmal mit Chris getan hätte, in einem ganz normalen Urlaub. Was auch immer in Lissabon geschehen würde, Portugal würde nie wieder ein gewöhnliches Urlaubsland für sie sein.

»Alles in Ordnung bei dir?«, fragte Chris.

»Mir geht es gut. Es ist nur … Ich vermisse dich.«

»Ich vermisse dich auch, Sonja. Grüß unseren kleinen Racker von mir und sag ihm, er soll noch ein bisschen durchhalten. Sein Papa ist in ein paar Tagen zurück. Und dann kann er kommen.«

»Ich werde es ihm ausrichten«, sagte Sonja, und ein Lächeln stahl sich auf ihre Lippen. Alles würde gut werden. Wenn Chris nur erst zurück wäre und sie dieses Hormonchaos der Schwangerschaft hinter sich gelassen hätte, dann würde alles so sein, wie sie es sich immer ausgemalt hatte. Und dann würde sie Chris auch endlich beichten, was ihr auf dem Gewissen lag.

»Pass gut auf dich auf«, flüsterte sie ins Telefon.

Doch nur das Freizeichen antwortete ihr.

Lissabon

Lydia nahm die Quittung entgegen und schob sie mit einem Kloß im Hals in ihre Geldbörse. Sie hasste es, ihren Partner auf diese Weise zu hintergehen. Wenn er herausfand, was sie getan hatte, würde er ausrasten. Aber egal was dabei herauskam, eines Tages würde er ihr dankbar sein.

Jetzt fehlten noch die beiden Anrufe. Sie trat vor das Postamt in der *Rua Santana à Lapa* und holte ihr Smartphone aus der Tasche. Glücklicherweise waren sie und Salomon sich gestern Abend einig gewesen, dass es keinen Sinn hatte, die Polizei zu rufen. Er hatte erstaunlich besonnen reagiert, angesichts der schaurigen Entdeckung. Und er hatte als Erster ausgesprochen, was sie beide dachten.

»Wir sollten machen, dass wir verschwinden«, hatte er gesagt. »Und zwar ohne Spuren zu hinterlassen. Wenn irgendwas von dem hier später gerichtsverwertbar sein soll, darf nie herauskommen, dass wir diesen Raum betreten haben.«

Ihr Plan war, diskret Erkundigungen über die Familie einzuziehen, um mit etwas Glück genug Verdachtsmomente für einen Durchsuchungsbeschluss zusammenzukriegen. Erst dann würden sie die portugiesische Polizei ins Boot holen. Auch Vítor Fidalgo wollten sie nicht einweihen, nicht in alles zumindest. Mit ihm wollte Lydia als Erstes telefonieren.

Es dauerte fast dreißig Sekunden, bis er endlich abhob. »Ja bitte?«

»Lydia Louis hier, können Sie sprechen?«

»Guten Tag, wie kann ich Ihnen helfen?«, fragte Vítor förmlich zurück. Er war also nicht allein.

»Wir brauchen Informationen über diese Familie de Melo«, sagte Lydia. »Und über das Haus, in dem sie wohnt. Aber die sollten möglichst nicht erfahren, dass wir ihnen hinterherschnüffeln.«

»Gibt es einen besonderen Grund für Ihr Interesse?«

Lydia hörte Stimmen im Hintergrund. »Das erkläre ich Ihnen später in Ruhe.«

»Wir sind die Abteilung für Tötungsdelikte«, sagte Vítor laut. »Ich fürchte, Sie sind falsch verbunden.« Er legte auf.

Lydia seufzte. Diese ganze Geheimnistuerei gefiel ihr nicht, zumal sie nicht sicher sein konnte, auf welcher Seite ihr portugiesischer Kollege tatsächlich stand. Aber sie musste ihm vertrauen, sie hatte keine Wahl.

Und jetzt der zweite Anruf. Der würde nicht leichter werden. Lydia suchte die Nummer unter ihren Kontakten und drückte auf »Wählen«.

Kriminalhauptkommissar Klaus Halverstett meldete sich nach dem ersten Klingeln.

»Lydia Louis hier. Du musst mir einen Gefallen tun.« Es brachte nichts, um den heißen Brei herumzureden.

»Oh, hallo. Ich dachte, du wärst in Portugal.« Der Kollege klang nur mäßig überrascht.

»Bin ich auch.«

»Aha.«

»Du wirst in den nächsten Tagen ein Päckchen von mir erhalten. Es ist an dich persönlich gerichtet, du darfst den Inhalt auf keinen Fall jemandem zeigen.«

Halverstett brummte etwas.

»In dem Päckchen sind zwei Plastiktüten mit Haarproben«, fuhr Lydia rasch fort. »Sie sind beschriftet: Probe eins und Probe zwei. Ich möchte, dass du die DNA abgleichen lässt. Ich muss wissen, ob Probe eins der Vater von Probe zwei ist.« Sie hielt die Luft an, darauf gefasst, dass Halverstett sie zusammenfaltete.

Sie hatte gestern Abend heimlich ein Haar vom Kopfkissen gezupft, als sie das seltsame Zimmer nach Spuren untersucht hatten. Ohne Salomon einzuweihen. Sie war noch immer nicht sicher, ob er wirklich die Wahrheit herausfinden oder sich einer Illusion hingeben wollte, um vor der Verantwortung für seine neue Familie zu fliehen. Bestimmt hätte er Einwände erhoben, sie darauf hingewiesen, dass die Haare auf dem Kopfkissen womöglich gar nicht von dem Mädchen stammten, das hier gefangen gehalten wurde, sondern von einem der Entführer. Oder von der Putzfrau.

Lydia hatte keine Lust auf Diskussionen gehabt. Sie würde Salomon vor vollendete Tatsachen stellen, wenn sie die Antwort hatte. Heute Morgen hatte sie ihm im Spaß die

Haare zerzaust und ihm dabei ein paar ausgerissen. Als er sich in sein Zimmer zurückzog, um mit Sonja zu telefonieren, hatte sie sich mit ihrer Beute auf den Weg zum Postamt gemacht.

Halverstett antwortete nicht sofort. »Sag mal, was macht ihr zwei eigentlich da unten?«, fragte er schließlich. »Ein Urlaub ist das nicht, oder?«

»Nein.«

»Geht es um Salomon? Um seine Tochter?«

»Du darfst niemandem davon erzählen.«

»Wie stellst du dir das vor? Ich habe kein Privatlabor bei mir zu Hause. Und wenn ich die Proben im LKA abgebe, muss ich die entsprechenden Unterlagen dazu einreichen.«

»Du findest einen Weg.«

Halverstett seufzte.

»Du stehst dich doch gut mit der Leiterin der Rechtsmedizin, dieser Lahnstein.« Das war die Untertreibung des Jahres. Die beiden lebten zusammen, aber nicht offiziell, die Sache war etwas delikat.

»Ach ja?«

»Bitte!«

»Ich dachte, Salomons Frau ist hochschwanger. Sollte er nicht hier bei ihr sein?«

»Sie ist nicht seine Frau!« Lydia biss sich auf die Lippe. Was für eine kindische Reaktion.

»Wie auch immer«, brummelte Halverstett.

»Tu mir den Gefallen«, bat Lydia. Sie wusste, dass sie dem Kollegen blind vertrauen konnte. Wenn er ihr sein Wort gab, würde er es halten. Was auch immer geschah.

»Meinetwegen. Aber es kann ein paar Tage dauern. Ich melde mich, wenn ich etwas weiß.«

»Danke.«

»Ich hoffe, ich bereue das nicht, Louis!«

Chris legte den Kopf in den Nacken und betrachtete die riesige Stahlkonstruktion. Mit den zwei knallroten Stützpfeilern, zwischen denen die Tragseile gespannt waren, sah sie aus wie eine Zwillingsschwester der Golden Gate Bridge in San Francisco. Es gab kaum einen Ort in der Stadt, von dem aus man die Brücke nicht sehen konnte, doch erst wenn man so dicht davorstand, begriff man, wie riesig sie war.

»Gigantisch«, sagte er mit erhobener Stimme, um den Lärm zu übertönen.

Die Brücke gab ein seltsam monotones Geräusch von sich, eine Mischung aus Rauschen und Singen, das man kilometerweit hören konnte. Direkt darunter war es ohrenbetäubend.

»Der Größenwahn eines Diktators«, erwiderte Lydia mit einem Achselzucken. »Bei ihrer Eröffnung hieß die Brücke *Ponte Salazar*. Später wurde sie dann nach dem fünfundzwanzigsten April benannt, dem Tag der Nelkenrevolution.«

Chris sah sich um. Sie standen an einem Hafenbecken im Stadtteil Alcântara, in dem früher einmal Waren verladen wurden. Inzwischen waren Restaurants und Bars in die ehemaligen Lagerhäuser eingezogen, und Segelboote wiegten sich am Steg.

»Nett hier«, sagte er und blickte Lydia an. Er hatte sich vorgenommen, nicht noch einmal so auszurasten wie gestern Nachmittag. Lydia hatte ihr Geld und ihre Zeit geopfert, um ihn auf dieser Mission ins Ungewisse zu begleiten, um ihm zu helfen, obwohl sie bestimmt große Zweifel hatte, dass Ana de Melo seine Anna war, und dafür musste er ihr dankbar sein.

Lydia deutete auf ein Café am Ende des Hafenbeckens, das trotz der noch kühlen Märztemperaturen Stühle nach draußen gestellt hatte. Einige Leute saßen dort und ließen sich von der Sonne wärmen.

»Kaffee?«, fragte sie.

Er nickte.

Nachdem sie bestellt hatten, blickte Chris wieder zu der Brücke hoch. »Von hier kommt man nicht da rauf, oder?«

»Nein. Man muss weiter im Norden die Autobahnauffahrt nehmen.«

»Und es gibt keinen Bürgersteig?«

»Das ist eine Autobahn, die A2 an die Algarve.«

»Also herrscht dort Tag und Nacht Verkehr, und ein Kind, das über den Seitenstreifen läuft, müsste auffallen«, sagte Chris nachdenklich. »Vor allem, wenn es nur ein Nachthemd trägt.«

»Scheint aber nicht passiert zu sein.«

»Vielleicht wurde sie gesehen, aber niemand hat angehalten oder die Polizei verständigt. So was passiert leider. Die Frage ist: Wurde im Nachhinein nach Zeugen gesucht? Gab es Aufrufe in der Zeitung?«

»Das sollten wir Vítor fragen.«

Vítor. Chris schluckte eine bissige Bemerkung herunter. Er wusste selbst nicht, was er gegen den Mann hatte, oder gegen die Art, wie Lydia seinen Namen aussprach. Er riss sich zusammen und drehte den Kopf, um dem Verlauf der Brücke zu folgen. »Sie muss mindestens einen Kilometer über die Autobahn gelaufen sein.«

»Es gibt noch eine andere Möglichkeit.« Lydia zog ihr

Smartphone hervor und schoss ein Foto. »Unter der Fahrbahn verläuft eine Eisenbahnlinie, siehst du?« Sie deutete nach oben.

Chris kniff die Augen zusammen und erkannte, dass das, was er für einen Teil der Stahlkonstruktion gehalten hatte, ein weiteres Geländer war. Dahinter mussten die Gleise liegen. »Züge fahren seltener.«

»Genau.«

»Dann ist sie von den Gleisen gesprungen.«

»Oder sie ist von der Bahnlinie hochgeklettert.« Lydia hielt ihm einen vergrößerten Ausschnitt des Handyfotos hin. »Da sind Leitern, die beide Ebenen verbinden. Vermutlich für die Techniker, die Wartungsarbeiten ausführen.«

Sie schwiegen eine Weile. Der Kaffee kam. Chris nippte und verbrannte sich die Zunge. »Shit!«

»Alles in Ordnung?« Lydia stockte, presste die Lippen zusammen. »Entschuldige. Blöde Frage.« Sie streckte die Hand aus, zog sie aber wieder zurück.

Chris ergriff sie. »Danke, dass du das mit mir durchstehst.«

»Schon okay.«

»Du bist meine beste Freundin.« Und seine einzige.

»Nun werd mal nicht sentimental.« Sie starrte auf seine Hand, die ihre umfasst hielt. Die Berührung schien ihr unangenehm zu sein.

Er ließ los. »Ich würde gern heute noch mal zu dem Haus fahren. Wir könnten uns als deutsche Journalisten ausgeben, die eine Reportage über Ana schreiben wollen.«

»Wusstest du, dass das Aquädukt, von dem sich eines der anderen Mädchen stürzte, genau über diese Autobahn führt, ein Stück weiter oben im Norden?«, fragte Lydia, so als hätte sie ihn gar nicht gehört. »Ich glaube nicht, dass das ein Zufall ist.«

»Was für ein Aquädukt? Was Römisches?«

»Nein, aus dem achtzehnten Jahrhundert. Ein echt fettes Teil. Nicht mehr in Betrieb, aber man kann es besichtigen, darauf spazieren gehen und die Aussicht genießen.«

»Vielleicht handelt es sich um eine Nachahmungstat. Das Mädchen hat was über Ana im Fernsehen oder Internet gesehen, und die Konsequenzen waren ihr nicht klar. Ana hat ja schließlich überlebt.«

»Das Mädchen war zehn, ich bin mir sicher, dass sie genau wusste, was passiert, wenn sie aus siebzig Meter Höhe auf eine Autobahn springt.«

Chris starrte auf das Hafenbecken. Nachdenklich fuhr er mit den Fingern in die Jackentasche und berührte den Gegenstand darin. Ein kleines, offenbar selbst genähtes Püppchen, das er gestern aus dem unheimlichen Gefängnis entwendet hatte. Er hatte Lydia nichts davon erzählt, sie waren sich einig gewesen, dass sie nichts in dem Raum verändern durften, für den Fall, dass er später offiziell von der portugiesischen Polizei durchsucht wurde. Aber es war wie ein Zwang gewesen. Mit dem kleinen Spielzeug in der Tasche fühlte er sich Anna näher. Er unterdrückte ein Seufzen. Er wollte sich nicht in diese andere Geschichte reinziehen lassen, sie hatte nichts mit ihm und Anna zu tun.

»Andererseits«, fuhr Lydia fort, »bildete sie sich womöglich ein, ins Wasser zu springen. Oder sie fühlte sich verfolgt. Mit Scopolamin im Blut ist vieles möglich.«

»Scopolamin?«

»Der Stoff wurde in ihrem Körper gefunden, ebenso wie eine geringe Dosis Atropin. Nicht gerade die Drogen, die ein zehnjähriges Mädchen mal eben so aus dem Medizinschränkchen seiner Eltern entwenden kann.«

Chris sah sie an. Jetzt hatte sie ihn, und sie wusste es. Sie kannte ihn gut.

»Ich habe gegoogelt. Scopolamin und Atropin kommen in Nachtschattengewächsen vor, unter anderem im Stechapfel, in der Tollkirsche oder im Bilsenkraut, sie können aber auch künstlich hergestellt werden. Scopolamin wirkt sedierend und macht willenlos. Früher wurde es als Wahrheitsserum benutzt. Zu den Nebenwirkungen gehören Sehstörungen. Und Halluzinationen bis hin zum Delirium. Auch Atropin kann zu Rauschzuständen führen, wenn es hoch dosiert eingenommen wird.«

»Und dieses Zeug wurde im Körper des Mädchens gefunden, das von dem Aquädukt sprang?« Widerwillig musste Chris sich eingestehen, dass sein Ermittlerinstinkt angesprungen war. Zwar war es nicht ausgeschlossen, dass jemand etwas zur Beruhigung nahm, bevor er sich tötete, aber diese speziellen Mittel, und noch dazu bei einem Kind …

»Es war reiner Zufall, dass die Stoffe überhaupt nachgewiesen wurden. Auf Scopolamin und Atropin wird nicht routinemäßig getestet. Einem Zeugen war Stunden zuvor aufgefallen, dass das Mädchen erweiterte Pupillen hatte.«

»Was für ein Zeuge?«

»Ein Nachbar. Er begegnete ihr, als sie das Haus verließ. Ihr Name war übrigens Beatriz Ferreira.« Lydia zog den Reißverschluss ihres Rucksacks auf und holte die zwei grauen Mappen hervor, die Vítor Fidalgo ihnen geschickt hatte.

Chris unterdrückte ein Grinsen. »Ich habe mich schon gewundert, warum du mit dem Rucksack herumläufst wie eine Touristin, passt gar nicht zu dir.«

Lydia warf ihm einen unergründlichen Blick zu, dann schlug sie eine der Mappen auf. »Beatriz sprang am vergangenen Mittwoch, einen Tag nach Ana.« Sie nahm ein Foto heraus und hielt es ihm hin.

Dichte dunkelblonde Haare, blitzende braune Augen, trotzig vorgeschobenes Kinn.

Chris wandte den Blick ab. Traurigkeit übermannte ihn bei der Vorstellung, wie dieses Gesicht jetzt aussehen mochte.

»Vielleicht tat sie es doch spontan, als sie das mit dem anderen Mädchen in den Nachrichten hörte«, sagte er nachdenklich. »Möglich, dass sie schon länger daran dachte, sich umzubringen, und Anas Vorbild ihr den letzten Anstoß gab.«

»Denken Zehnjährige an Suizid?« Lydia runzelte zweifelnd die Stirn.

»Ich weiß es nicht«, gab Chris zu. »Da müssten wir einen Psychologen fragen. Möglicherweise lassen sie sich dazu überreden, von jemandem, der sehr manipulativ ist. Oder die Mädchen bringen sich gegenseitig dazu.«

»Ich glaube nicht, dass Beatriz und das andere Opfer sich kannten. Sie lebten in unterschiedlichen Stadtteilen. Und sie waren nicht gleich alt. Die andere, Valentina, war erst acht. Und Ana war bestimmt keine Freundin von den beiden, sie ist ja nur zu Besuch in Portugal.«

»Heutzutage muss man nicht in der gleichen Stadt wohnen, um sich zu kennen«, gab Chris zu bedenken. »Und erst recht nicht auf die gleiche Schule gehen.«

»Du meinst, sie könnten sich aus dem Internet gekannt haben? So eine Art Selbstmordclub im Netz?«

Chris schauderte. »Hoffentlich nicht.«

»Leider haben wir nur die Akten von Beatriz und Valentina«, sagte Lydia und klappte die Mappe zu. »Und auch die sind nicht vollständig. Bei Valentina fehlen die Labordaten im Gutachten der Rechtsmedizin. Deshalb weiß ich nicht, ob sie auch Scopolamin und Atropin im Blut hatte. Oder vielleicht eine andere Droge.«

»Fragt sich, ob es Schlamperei ist oder gezielte Vertuschung. Oder …« Chris mied Lydias Blick, als er seinen Verdacht laut aussprach. »Oder ob dieser Vítor uns absichtlich nur einen Teil der Akten kopiert hat.«

»Warum sollte er das tun?« Lydia, die gerade die Mappen in ihren Rucksack stopfen wollte, hielt mitten in der Bewegung inne.

»Keine Ahnung. Aber findest du es nicht merkwürdig, dass er ausgerechnet uns um Hilfe bittet?«

»Wir sind halt gut.«

Chris zog die Brauen hoch.

Lydia zuckte mit den Achseln. »Ein Grund mehr, der Sache auf den Grund zu gehen. Ich will mir die anderen beiden Orte anschauen.« Sie zog ihre Geldbörse hervor und kramte ein paar Münzen heraus.

»Was für Orte?«, fragte Chris, obwohl er genau wusste, was sie meinte.

»Das Aquädukt und das Haus in der Alfama, von dessen Dach die kleine Valentina gesprungen ist.« Lydia legte die Münzen auf den Tisch und sah ihn herausfordernd an. »Du musst zugeben, dass die ganze Geschichte äußerst merkwürdig ist. Und dass es etwas mit Anas Sprung von der Brücke zu tun haben muss. Auch wenn wir noch nicht wissen, was.«

Chris seufzte, aber es war nur zum Teil gespielt. »Du gibst doch ohnehin keine Ruhe, bis ich eingewilligt habe.«

»Genau wie du.« Sie lächelte.

Er blickte zu der singenden Brücke. »Und danach fahren wir zu dem Haus.«

»Was, wenn Ana dort ist?«, fragte Lydia. »Traust du dir das zu? Du bist dir hoffentlich darüber im Klaren, dass wir sie nicht einfach entführen können.«

Chris starrte sie an.

Anna entführen. Die Vorstellung ließ sein Herz schneller schlagen. Obwohl es natürlich Wahnsinn wäre. Absoluter Wahnsinn.

Trotzdem hakte sich der Gedanke in ihm fest, so fest, dass ihm plötzlich ganz leicht im Kopf wurde. Ein Schwindel erfasste ihn, die Welt fing an sich zu drehen, erst langsam, dann immer schneller. Eine warme Welle überrollte ihn, gurgelte um ihn herum, schnürte ihm die Kehle zu. Er schnappte ein paarmal nach Luft, dann versiegte das Strudeln und Gurgeln um ihn herum. Zurück blieben ein flaues Gefühl im Magen und ein leichtes Zittern in den Fingern.

»Ich krieg das hin«, krächzte er und hoffte, dass es nicht gelogen war.

Der Friedhof »Alto de São João« war einer der größten und ältesten der Stadt und lag auf einem Hügel, so wie fast alle Friedhöfe Lissabons. Vítor reichte seiner Schwester den Arm, als der Leichenwagen sich in Bewegung setzte. Sie roch nach billigem Wein, und ihr Gang war leicht schwankend. Wie eine Ertrinkende krallte sie sich an ihn. Vítor konnte sich selbst kaum auf den Beinen halten, doch um ihretwillen musste er stark sein.

Das Gefährt mit den gläsernen Wänden ruckelte vor ihnen her. Zum Glück war es nur ein kurzes Stück vom

Friedhofseingang bis zum Krematorium. Rosa hatte beschlossen, Valentinas Leichnam einäschern zu lassen. Bei der Vorstellung, wie der zarte kleine Körper von den Flammen erfasst wurde, krampfte sich Vítors Herz zusammen. Er hätte nicht so entschieden. Aber er hatte kein Mitspracherecht. Rosa war Valentinas Mutter, zumindest vor dem Gesetz. Und der Nichtsnutz von ihrem Exehemann hatte nur zu gern eingewilligt. Hauptsache, er hatte nichts mit der Angelegenheit zu tun. Er war nicht erschienen, nicht einmal dazu hatte er sich herabgelassen. Berufliche Verpflichtungen, die die weite Anreise von Porto unmöglich machten. Was für eine lächerliche Entschuldigung. Was für ein erbärmlicher Jammerlappen.

Der Leichenwagen kam zum Stehen. Rosa konnte sich kaum noch aufrecht halten, ihre Beine zitterten unkontrolliert. Als der kleine weiße Sarg herausgehoben wurde, brach sie in lautes Weinen aus.

Eine ältere Frau trat hinzu, die Vítor flüchtig vom Sehen kannte. Sie wohnte im gleichen Haus wie seine Schwester. »Kann ich helfen?«

Vítor schüttelte den Kopf. »Danke, es geht schon. Ich glaube, ich bleibe mit ihr draußen.« Er blickte zu der gläsernen Eingangstür des Krematoriums, dann zu den Menschen, die dem Sarg schweigend bis hierher gefolgt waren. Rosa hatte die Beerdigung klein halten wollen. Dennoch zählte Vítor mehr als drei Dutzend Personen. Die meisten waren Nachbarn, Freunde, Eltern von Mitschülerinnen.

Die Frau nickte und ließ sie allein. Vítor führte Rosa zu einer Bank unter einem Baum. Er nahm sie in die Arme und hielt sie fest, während sie all ihren Kummer und ihre Verzweiflung herausschluchzte.

»Mein kleines Mädchen«, lallte sie mit schwerer Zunge. »Mein armes, armes kleines Mädchen.« Valentina war ihr einziges Kind gewesen. Sie würde nie darüber hinwegkommen.

Es kostete Vítor unendlich viel Kraft, die Fassung zu wahren. Er starrte auf den Trauerzug, der dem Sarg ins Krematorium hinterherschritt. Valentina hatte sich nicht umgebracht. Sie hatte nicht sterben wollen. Das konnte nicht sein. Es durfte nicht sein.

Er musste herausfinden, was geschehen war, aber er hatte nur noch einen Tag. Morgen sollten die beiden Selbstmorde zu den Akten gelegt werden. Vítor hatte noch nichts entdeckt, das seinen Chef davon überzeugen würde, dass weitere Ermittlungen notwendig waren. Vielleicht hatten die beiden deutschen Ermittler mehr Glück. Hauptsache, sie konzentrierten sich nicht nur auf diese Ana.

Vítor stöhnte auf und strich seiner Schwester über das Haar. Es war seine Schuld. Er hatte Valentina auf dem Gewissen. Er hatte sie nicht vom Dach gestoßen, aber er hatte es nicht verhindert. Mehr noch, er hatte zugelassen, dass es geschah.

Nádia telefonierte mit ihrem Freund, schon seit mehr als einer halben Stunde. Wenn Rúben anrief, schloss Nádia sich immer auf dem Klo ein. Einmal hatte Clara an der Tür gelauscht, aber außer albernem Kichern hatte sie nichts mitbekommen.

Clara langweilte sich. Es würde noch ewig dauern, bis Nádia vom Klo kam, und selbst dann würde sie sich kaum dazu überreden lassen, etwas mit Clara zu spielen.

Clara hauchte gegen die Scheibe und malte Figuren in die feuchte Wolke, die ihr Atem hinterlassen hatte. Wenn sie wenigstens rauskönnte, zu dem grünen Haus. Aber am Sonntag hätte Mama sie beinahe erwischt, und seither traute sie sich nicht mehr, durch das Loch im Zaun zu kriechen.

Clara wandte sich von der Scheibe ab und schlich zur Toilette. Sie presste ihr Ohr an die Tür.

»Du bist völlig verrückt, das mache ich nicht. Nein!«, quietschte Nádia.

Clara seufzte und trottete zurück ins Wohnzimmer. Und wenn sie doch, nur für ein paar Minuten …

Kurz entschlossen zog sie ihre Schuhe an, schob die Glastür auf und rannte zu dem Busch, hinter dem das Loch war. Wenig später stand sie vor dem grünen Haus und klopfte an die hölzerne Tür mit der abblätternden Farbe.

Drinnen rührte sich nichts.

Clara klopfte noch einmal.

Wieder nichts.

Sie hämmerte mit der Faust gegen das Holz. Es musste doch jemand da sein!

Aber im Haus blieb alles still.

Clara ließ die Schultern hängen und schlenderte langsam zurück zur Straße. Sie wollte nicht nach Hause, also schlug sie die andere Richtung ein. An der nächsten Kreuzung bog sie rechts ab. Vor ihr, am Fuß des Hügels, glitzerte der Tejo im Sonnenlicht, und im Wasser stand der dicke Turm, der *Torre de Belém*, den sie vor einigen Wochen mit der Schulklasse besichtigt hatten. Er war früher einmal ein Gefängnis gewesen, hatte der Mann erklärt, der sie herumgeführt hatte, und Clara, die nicht schwimmen konnte, hatte ein kitzeliges Kribbeln im Nacken gespürt bei der Vorstellung, in einem Kerker zu hocken, der ringsum von Wasser umgeben war.

Lydia und Chris nahmen im *Mercado da Ribeira*, der neu gestalteten Markthalle gegenüber des Flussbahnhofs *Cais do Sodré*, ein verspätetes Mittagessen zu sich. Lydia schimpfte über die unverschämten Preise, aber das Essen war okay und das quirlige Markttreiben lenkte Chris für eine Weile von seinen Grübeleien ab.

Jetzt, wo er die beiden anderen Unglücksorte gesehen hatte, das Aquädukt in dem von Schnellstraßen und Schienen zerschnittenen Viertel im Westen der Stadt und die schmuddelige Sackgasse in der Alfama, ließ auch ihn das Schicksal der beiden anderen Mädchen nicht mehr los. Ihm war klar, dass Lydia genau darauf spekuliert hatte. Aber das störte ihn nicht. Vermutlich hatte sie recht, und sie kamen nur an Ana heran, wenn sie herausfanden, wie die drei Fälle zusammenhingen.

Nach dem Essen machten sie sich zu Fuß auf den Weg zum Haus der Familie de Melo. Unterwegs versuchte Lydia zum wiederholten Mal, Vítor zu erreichen, doch er meldete sich nicht.

Chris schwitzte, als sie den steilen Hügel ins Lapa-Viertel hinaufstiegen. Er fühlte sich nicht wohl. Sein Mund war trocken, seine Augen brannten, vermutlich von dem hellen Licht, das er nach dem langen deutschen Winter nicht mehr gewohnt war. Er nahm sich vor, sich bei nächster Gelegenheit eine Sonnenbrille zu besorgen.

Schließlich erreichten sie das schmiedeeiserne Tor. Diesmal stand ein Wagen im Hof, eine dunkle Mercedes-Limousine, ein älteres Modell, aber gut gepflegt.

Chris blickte zu der langen Reihe Fenster hinauf, hinter denen, wie er jetzt wusste, fast ausschließlich leere Räume lagen. Sein Magen zog sich zusammen, als er daran dachte, wie sie gestern Abend durch das Haus geschlichen waren und was sie in dem Zimmer am Ende des langen Korridors entdeckt hatten. Gerade als er sich abwenden wollte, entdeckte er hinter einer der Scheiben ein Gesicht.

Anna! Sein Herz explodierte.

»Da!« Er packte Lydia am Arm. »Siehst du das?«

Lydia folgte seinem ausgestreckten Arm mit den Augen. »Wo?«

»Hinter dem …« Er zählte hastig. »Hinter dem fünften Fenster von links.«

»Ich sehe nichts.«

Chris reckte den Hals. Jetzt sah er auch nichts mehr. Aber da war jemand gewesen, ein Mädchen mit bleichen Wangen und großen blauen Augen, das zu ihnen heruntergeschaut hatte. Oder war es nur eine Lichtspiegelung gewesen? Chris presste die Finger auf die brennenden Augen.

Lydia sah ihn besorgt an. »Alles in Ordnung?«

»Ja«, erwiderte er knapp.

Sie drückte auf die Klingel.

Schneller als erwartet ertönte ein Summen und das Tor ließ sich aufdrücken. Ein Mann trat vor die Haustür. Er war noch keine fünfzig, aber sein Gesicht war grau und eingefallen. Lydia begrüßte ihn auf Portugiesisch und ging mit ausgestreckter Hand auf ihn zu.

Als Chris neben sie trat, fing er ihren warnenden Blick auf. Er deutete ein Nicken an. Er würde sich zurückhalten, er würde es zumindest versuchen. Aber er konnte nicht versprechen, dass er stark bleiben würde, wenn seine Tochter, seine Anna plötzlich vor ihm stünde.

Lydia sprach noch immer mit dem Mann. Es sah nicht so aus, als hätte er vor, sie ins Haus zu bitten.

Chris knetete ungeduldig die Finger.

Endlich stieß der Mann die Tür auf und ließ sie eintreten. Er führte sie in das Wohnzimmer im unteren Stockwerk.

»Was hast du ihm erzählt?«, fragte Chris seine Partnerin im Flüsterton, während sie nebeneinander auf dem Sofa Platz nahmen. »Was wir abgesprochen haben. Wir sind deutsche Journalisten und möchten über Anas wundersame Rettung berichten.«

Der Mann fragte etwas.

»Wäre es Ihnen recht, wenn wir von nun an Englisch sprechen würden?«, fragte Lydia auf Englisch. »Mein Kollege spricht kein Portugiesisch.«

»Selbstverständlich.« Der Mann reichte Chris die Hand. »Ich bin Paulo de Melo, Anas Onkel.«

»Chris Salomon.«

»Wie ich Ihrer Kollegin schon sagte, sind mein Bruder und seine Frau nicht hier. Sie müssen also mit mir vorliebnehmen.«

Chris öffnete den Mund. Lydia legte ihm die Hand auf den Oberschenkel. »Können wir vielleicht später noch mit Ana und ihren Eltern sprechen?«, fragte sie.

Chris zwang sich, den Mund zu halten. Geduld, ermahnte er sich. Hab Geduld.

»Nein, das geht nicht, fürchte ich. Manuel, also mein Bruder, er möchte nicht, dass Ana mit Reportern redet. Das können Sie sicherlich nachvollziehen. Die Sache war schlimm genug für sie.«

»Das verstehen wir natürlich«, sagte Lydia mit warmer Stimme. »Bestimmt ist es für die ganze Familie eine schwere Belastung, ein Kind zu haben, das sich durch Schlafwandeln derart in Gefahr bringt.«

In Paulo de Melos Gesicht zuckte es. »Da haben Sie recht«, sagte er rasch. »Manuel und Joana passen wirklich gut auf sie auf, Ana ist ihr einziges Kind, müssen Sie wissen. Sie ist ihr Ein und Alles. Aber sie können die Kleine ja nicht ständig einsperren.«

»Tun sie das denn?«, hakte Lydia rasch nach. »Das Mädchen nachts einsperren, meine ich. Wird sie eingeschlossen? Ist ein Gitter vor ihrem Fenster?«

»Um Himmels willen, nein! Wo denken Sie hin!«

Lydia tauschte kurz einen Blick mit Chris, der die Fäuste ballte und Paulo de Melo ansonsten keine Sekunde aus den Augen ließ.

»Ich dachte ja nur«, sagte Lydia. »Wenn es meine Tochter wäre …«

»Ana ist noch nie nachts aus dem Haus gelaufen«, sagte de Melo. »Damit konnte niemand rechnen. Es muss der fremde Ort gewesen sein. Das fremde Bett.«

Chris hielt es nicht mehr länger aus. »Entschuldigen Sie«, sagte er und erhob sich. »Dürfte ich Ihre Toilette benutzen?«

De Melo zog argwöhnisch die Brauen zusammen, dann nickte er. »Einfach den Gang hinunter. Es ist die vierte Tür auf der rechten Seite.«

Chris vermied es, Lydia anzusehen, und verließ das Wohnzimmer. Vor der Tür wartete er, bis er hörte, dass Lydia den Gesprächsfaden wieder aufnahm, dann lief er mit langen Schritten auf die Treppe zu und stieg in den ersten Stock. Oben blieb er einen Moment verunsichert stehen. Ihm war ein wenig schwummerig und es fiel ihm schwer, sich zu orientieren. Bei Tageslicht sah das Haus völlig anders aus. Auf welcher Seite war das Gefängnis gewesen? Nacheinander stieß er Türen auf, doch hinter keiner versteckte sich das

Zimmer mit dem vergitterten Fenster und der schaurigen Wandbemalung. Auch von dem Mädchen, das er am Fenster gesehen zu haben glaubte, entdeckte er keine Spur. Er rannte hin und her, öffnete wahllos weitere Türen, die Reihe von leeren Räumen schien kein Ende zu nehmen.

Panik stieg in Chris auf. Er fasste sich an den Kopf. Sein Herz schlug hart, seine Augen tränten, der Korridor verschwamm vor seinem Blick.

Plötzlich hörte er unten laute Stimmen.

»Vielen Dank, dass Sie uns Ihre Zeit geopfert haben«, rief Lydia laut auf Englisch.

Chris stürzte zur Treppe und beugte sich über das Geländer.

Lydia und ihr Gastgeber standen im Flur. Keine Chance, ungesehen nach unten zu schleichen. Mit einem charmanten Lächeln schlenderte Chris die Treppe hinunter, obwohl er die Stufen nur verschwommen wahrnahm.

Paulo de Melo starrte ihn finster an. »Was haben Sie da oben gemacht?«

»Die Toilette gesucht«, sagte Chris und blickte arglos drein. »Hatten Sie nicht gesagt, dass sie im ersten Stock ist?«

»Nein, hatte ich nicht.« Er fixierte erst Chris und dann Lydia mit finsterem Blick. »Von welcher Zeitung waren Sie noch mal?«

»Wir sollten jetzt gehen.« Chris tippte auf seine Armbanduhr. »Wir haben noch einen Termin.« Er schob sich an de Melo vorbei und öffnete die Haustür. »Wann erwarten Sie Ihren Bruder und Ihre Schwägerin zurück? Wir würden wirklich gern mit den beiden sprechen.«

»Ich bedaure«, erwiderte de Melo mit einem dünnen Lächeln. »Aber Sie sind vierundzwanzig Stunden zu spät.«

Chris umkrallte die Türklinke, um nicht in den Abgrund zu stürzen, der sich auf einmal unter ihm auftat. »Wie meinen Sie das?«, fragte er mit heiserer Stimme.

»Ich habe die drei gestern Abend zum Flughafen gebracht. Inzwischen dürften sie wieder zu Hause in Brasilien sein.«

Zuerst hatte Clara Steine gesammelt und in den Fluss geworfen. Sie hatte versucht, sie so zu schleudern, dass sie mehrfach auf der Wasseroberfläche aufsprangen, bevor sie untergingen, so wie sie es bei den Jungen beobachtet hatte, als sie den Klassenausflug zum *Torre de Belém* gemacht hatten. Aber es war ihr nicht gelungen.

Nachdem ihr das Steinewerfen langweilig geworden war, hatte sie lauter Sachen, die sie unterwegs gefunden hatte, eine Münze, ein Haargummi und ein buntes Bonbonpapier, in eine Bierflasche gestopft, sie mit einem Stück Holz verschlossen und die Flaschenpost abgeschickt. Leider hatte sie weder Zettel noch Stifte dabei, sodass sie keine Nachricht dazulegen konnte. Sie hoffte dennoch, dass irgendwo in Amerika ein Mädchen oder Junge die Flasche finden und sich über die Schätze darin freuen würde.

Langsam schlenderte Clara am Ufer entlang. Es dämmerte bereits. Sicherlich hatte Nádia das Telefonat längst beendet und suchte sie im ganzen Haus. Oder auch nicht. Womöglich hatte sie gleich danach eine ihrer Freundinnen angerufen, um ihr haarklein zu berichten, worüber sie mit Rúben gesprochen hatte. Allerdings kam Mama bestimmt bald nach Hause. Und dann würde Nádia richtig Ärger kriegen. Der Gedanke machte Clara ein flaues Gefühl im Bauch. Einerseits wollte sie nicht, dass Nádia Ärger bekam, andererseits hatte sie es nicht besser verdient. Warum spielte sie auch nie mit ihr?

Aus dem Dämmerlicht tauchte das Denkmal der Entdeckungen vor ihr auf, rundherum von einem Baugerüst umgeben. Mama schimpfte immer über den hässlichen Klotz, für dessen Restaurierung jetzt auch noch so viel Geld verschwendet wurde. Aber Papa sagte, sie dürfe ruhig ein bisschen mehr Stolz auf die Geschichte ihres Landes zeigen.

Clara betrachtete das riesige Denkmal. Man konnte mit einem Aufzug bis ganz nach oben fahren und weit über den Tejo und die Stadt blicken. Vielleicht sogar bis zum Meer. Papa hatte ihr versprochen, das eines Tages mit ihr zu machen. Aber immer wenn er da war, dachte sie nicht daran, ihn an sein Versprechen zu erinnern.

Mit einem Mal frischte der Wind auf, eine Böe blies Clara ins Gesicht. Sie fröstelte. Zeit, nach Hause zu gehen.

Sie drehte sich um, nahm aus den Augenwinkeln eine Bewegung auf dem Baugerüst wahr und blickte zurück. Nichts. Doch! Da! Eine Gestalt bewegte sich zwischen dem Metallgestänge direkt über dem Wasser.

Clara beobachtete sie verwundert. Ein Bauarbeiter konnte es nicht sein, der würde doch nicht im Dunkeln dort herumkraxeln. Oder?

Da! Wieder sah Clara eine Bewegung. Doch diesmal kam es ihr vor wie zwei Gestalten. Was machten die da oben? Waren das Einbrecher? Aber was konnte man an einem Denkmal schon klauen?

Jetzt sah Clara wieder nur eine Person, die sich vorsichtig in ihre Richtung bewegte. Plötzlich fielen Clara all die gruseligen Geschichten ein, die sie in der Schule aufgeschnappt hatte. Geschichten von Untoten und Zombies, die in der

Dämmerung aus ihren Gräbern stiegen und einem das Blut aussaugen wollten. Sie schrie.

Die Gestalt hielt mitten in der Bewegung inne und blickte zu ihr hinunter.

Clara schrie erneut und rannte um ihr Leben.

»Dieses verfluchte portugiesische Bier enthält Alkohol, wusstest du das?«, nuschelte Salomon.

»Ich weiß vor allem, dass du schon viel zu viel davon intus hast«, antwortete Lydia.

»Echt? Scheiße!« Er sah sie mit wässrigen Augen an. »Was heißt ›Scheiße‹ auf Portugiesisch?«

»Merda.«

»Merda!«

Ein paar Köpfe schossen herum. Sie saßen in einem Lokal, halb Restaurant, halb Kneipe. An den Tischen konnte man essen, an der Theke konnte man sich die Welt schönsaufen. Genau das taten sie gerade.

Lydia lächelte entschuldigend. »Er lernt unsere Sprache«, erklärte sie mit einem schiefen Grinsen auf Portugiesisch.

Einige lachten.

»Was hast du gesagt?«, wollte Salomon wissen.

»Dass ihr Deutschen keinen Alkohol vertragt.«

»Das ist nicht wahr.« Er hob sein leeres Glas und hielt es dem Kellner auffordernd entgegen.

Der stellte ihnen zwei frisch gefüllte Biergläser hin, ohne mit der Wimper zu zucken.

»Siehst du, Louis. Dieser Mann versteht mich.«

»Ja.«

»Was heißt ›verdammt‹?«

»Porra.«

»Und ›verdammte Scheiße‹?«

»Caralho.«

»Caralho!« Salomon schlug mit der Faust auf die Theke, sodass das Bier überschwappte.

»Interessante Lektion«, rief jemand von den anderen Gästen. »Die hatten wir in der Schule nicht.«

Lydia beachtete ihn gar nicht. »Ach, Salomon«, seufzte sie. »Das ist alles so verdammt verfahren.«

»Hey, Mädchen, mach nicht so ein bedröppeltes Gesicht. Ich habe gerade meine Tochter verloren. Kein Grund, sich aufzuregen, schließlich habe ich noch einen Sohn, jawohl!« Er hob das Glas und nahm einen großen Schluck. »Diese Verbrecher haben meinen Engel entführt. Meine süße kleine Anna.« Er setzte das Glas ab. »Was glaubst du, was sie gerade mit ihr machen?« Mit einem Mal wurden seine Augen feucht. »Diese Dreckschweine!« Er begann zu weinen, vergrub sein Gesicht in den Händen.

Lydia legte ihm den Arm um die Schultern. »Schon gut«, murmelte sie. »Schon gut.«

»O Gott, o Gott, was tun diese Verbrecher ihr an?«

»Schscht.« Sie zog ihn an sich, strich ihm sanft über den Kopf.

Sein Weinen wurde leiser.

Lydia hielt ihn trotzdem weiter fest, hätte ihn am liebsten nie wieder losgelassen. Während sie weiterhin beruhigende Worte murmelte, wanderte ihr Blick durch das Lokal und schließlich zum Schaufenster, in dem Fische und Meeresfrüchte auslagen. Jemand stand auf der anderen Seite der Scheibe und starrte genau in ihre Richtung. Ein bleiches, von dunklen Haaren gesäumtes Gesicht. Lydia hätte nicht einmal sagen können, ob es ein Mann oder eine Frau war.

Vorsichtig schob sie Salomon von sich weg. Doch als sie aufstehen wollte, um nachzusehen, wer dort draußen stand, war das Gesicht verschwunden.

»Was ist los?«, nuschelte Salomon.

»Nichts.« Lydia kramte Geld aus ihrer Tasche. »Komm, wir gehen heim. Du musst ins Bett.«

Er rieb sich die Tränen aus dem Gesicht. »Glaubst du, dass ich sie je finden werde?«

»Ich weiß es nicht«, gab Lydia zu. Sie starrte auf ihre Fußspitzen. Sie hatte den Gedanken lange hin und her gewälzt. Immer mit dem gleichen Ergebnis. Egal von welcher Seite sie die Sache betrachtete, sie mussten nach Deutschland zurückfliegen. Ana war nicht mehr in Portugal. Selbst wenn sie wirklich Salomons Anna war, nützte es ihnen nichts hierzubleiben. In Brasilien Nachforschungen anstellen konnten sie genauso gut von Deutschland aus. Und dort warteten Sonja und Salomons anderes Kind auf ihn. Wenn jemand ihn wieder aufbauen konnte, war es seine Familie.

»Wir fliegen morgen nach Hause«, sagte sie. »Ich habe die Flüge schon gebucht.«

Salomon starrte sie an. Er sah plötzlich sehr nüchtern aus. »Was würde ich nur ohne dich machen, Louis?«

Mittwoch, 8. März

Lissabon

Chefinspektor João Pinto deutete auf Vítor. »Dann lassen Sie mal hören.«

Vítor zuckte zusammen. Natürlich wusste er, dass es um den Fall ging, dass der Chef erfahren wollte, ob es neue relevante Spuren gab, denen sie nachgehen mussten, bevor sie die Akten schlossen. Trotzdem nagte das schlechte Gewissen an ihm.

Sie hatten sich in ihrem gemeinsamen Büro versammelt, der Chef hockte an Mario Nunes' Schreibtisch, der schon seit Wochen wegen seines Rückenleidens fehlte. Vítor und sein Kollege Rui Oliveira saßen an ihren jeweiligen Arbeitsplätzen, und das fünfte Mitglied der Ersten Brigade, die Psychologin Teresa Duarte, hatte es sich zwischen den Akten auf ihrem Schreibtisch bequem gemacht, die Füße auf ihren Stuhl gestellt, und pustete in einen Kaffeebecher.

Vítor räusperte sich umständlich. »Zwei Mädchen haben sich in der vergangenen Woche von hohen Gebäuden gestürzt, drei, wenn man Ana de Melo mitzählt, das Mädchen, das überlebte.«

»Dieser Fall ist abgeschlossen«, ermahnte ihn Pinto.

»Aber er könnte mit den anderen beiden zusammenhängen«, gab Vítor zurück. »Sie selbst haben mich auf den Werther-Effekt hingewiesen.«

Pinto kniff die Augen zusammen, doch er sagte nichts mehr, wedelte nur mit der Hand, um anzudeuten, dass Vítor weitersprechen sollte.

»Ana de Melo, neun Jahre alt, sprang am vergangenen Mittwoch, also vor genau einer Woche, von der Brücke, die zehnjährige Beatriz Ferreira nur einen Tag später vom *Aqueduto das Águas Livres*. Am vergangenen Samstag sprang die kleine Valentina Lobato in einer Sackgasse in der Alfama vom Dach eines leer stehenden Wohnhauses.« Vítor rang nach Luft. Seine Kehle fühlte sich an wie zugeschnürt. »Sie war acht Jahre alt.«

Er blinzelte, senkte den Blick auf seine Unterlagen. Nach einigen Sekunden fing er sich wieder. »Ich habe das Wort ›springen‹ benutzt. Aus rechtsmedizinischer Sicht ist es jedoch genauso gut möglich, dass die Mädchen gestoßen wurden. Im Blut von Beatriz wurden die Wirkstoffe Scopolamin und Atropin gefunden. Sie wirken sedierend, können zu Halluzinationen führen. In Valentinas Blut wurde nichts dergleichen nachgewiesen. Allerdings wurde hier der Bluttest erst vierundzwanzig Stunden nach dem Auffinden der Leiche angeordnet, nachdem eine mögliche Parallele zum Fall Beatriz Ferreira in Erwägung gezogen wurde. Also waren die Stoffe möglicherweise schon abgebaut. Ob das Blut von Ana getestet wurde, ist mir nicht bekannt.« Vítor blickte seine Kollegen fragend an.

Allgemeines Kopfschütteln.

»Vielleicht könnten wir das Ganze etwas abkürzen«, sagte Pinto. »Schließlich sind die Fakten allen Mitgliedern der Brigade bekannt. Haben Sie Hinweise auf etwas anderes als Suizid gefunden?«

»Nicht direkt, aber …«

»Also nicht. Dann gibt es nichts mehr für uns zu ermitteln.«

»Bringen sich Kinder in diesem Alter wirklich aus freien Stücken um?«, fragte Rui und warf Vítor einen Blick zu. Er wusste als Einziger, welche Verbindung Vítor zum zweiten Opfer hatte. Und er hatte versprochen zu schweigen. Das würde er auch tun, davon war Vítor überzeugt. Allerdings nur so lange, wie seine Karriere dadurch nicht bedroht war. »Sind sie überhaupt schon alt genug, um zu begreifen, wie endgültig das ist, was sie da tun?«

Pinto sah zu Teresa. »Ich schätze mal, das ist eine Frage für unsere Psychologie-Inspektorin.« Sein Tonfall zeigte mehr als deutlich, was er von Psychologen generell und von Psychologinnen im Polizeidienst im Besonderen hielt.

Wenn Teresa Duarte sich darüber ärgerte, ließ sie es sich nicht anmerken. Sie stellte ihren Kaffeebecher ab. »Kinder haben noch keine Vorstellung davon, was ›tot‹ bedeutet, für sie ist es gleichbedeutend mit ›nicht da‹ oder ›verreist‹. Erst mit etwa acht Jahren entwickeln sie ein Todesverständnis, das dem eines Erwachsenen nahekommt, erst dann begreifen sie die damit verbundene Endgültigkeit. Das bedeutet, dass eine Sechsjährige keinen bewussten Suizid begehen kann, eine Achtjährige jedoch im Prinzip schon. Es kommt allerdings so gut wie nie vor. Wenn Kinder in dem Alter sich selbst etwas antun, sich selbst verletzen zum Beispiel, dann ist das ein Hilferuf. Sie wollen nicht sterben. Sie wollen ein besseres Leben.«

»Müssen wir demnach davon ausgehen, dass Beatriz und Valentina wussten, was sie taten, und sich aus freien Stücken entschieden haben zu sterben?«, hakte Rui nach.

Teresa nahm einen Zettel von ihrem Schreibtisch und

strich eine Strähne ihrer schulterlangen, stufig geschnittenen Haare hinters Ohr. »Beatriz war Waise und wurde seit frühester Kindheit von einer Pflegefamilie in die andere gegeben. Sie hatte also keine Chance, emotionale Bindungen aufzubauen. Hier steht etwas davon, dass sie verhaltensauffällig war, dass sie schon mehrfach mit dem Gesetz in Konflikt geraten ist. Ladendiebstahl. Sachbeschädigung. Vermutlich hat sie sich nur nach ein wenig Aufmerksamkeit gesehnt. Nach jemandem, dem sie nicht gleichgültig ist. Laut meinen Informationen sollte sie gerade wieder die Familie wechseln. Das könnte der Auslöser gewesen sein.«

»Da haben wir es ja.« Der Chefinspektor schlug mit der flachen Hand auf den Tisch. »Und als sie das von dieser Ana in den Nachrichten sah, wusste sie auch, wie sie es machen würde. Einmal im Leben die Aufmerksamkeit, die sie nie bekommen hatte.«

»Sie haben Ihre Berufung verfehlt, Chef«, kommentierte Rui trocken. »Sie hätten Psychologie studieren sollen.«

Vítor sagte nichts. Ihm war klar, dass Pinto die Psychologie nur so lange gut fand, wie sie ihm gelegen kam. Etwa um die beiden unangenehmen Fälle endlich abschließen zu können.

»Bei dem anderen Mädchen ist die Sache nicht so eindeutig«, fuhr Teresa fort, ohne sich um die Unterbrechung durch die beiden Männer zu scheren. Sie sah Vítor an, als wüsste sie, dass ihn dieser Fall besonders interessierte. Vermutlich stimmte das sogar, auch wenn sie den Grund dafür nicht kannte. »Valentina war ein Einzelkind, das mit seiner geschiedenen Mutter zusammenlebte. Der Vater des Mädchens wohnt in Porto.«

»Das passt doch: ein Scheidungskind«, rief Pinto dazwischen.

»Wenn sich jedes Kind umbringen würde, dessen Eltern sich scheiden lassen, wären die Straßen voller Kinderleichen«, hielt Teresa dagegen. »Aber es wäre natürlich möglich, dass Valentina in besonderem Maße unter der Scheidung gelitten hat. Ich habe mit der Mutter gesprochen, und ich hatte den Eindruck, dass sie … nun ja, dass sie ein Alkoholproblem hat. Es ist natürlich möglich, dass sie erst nach dem Tod ihrer Tochter angefangen hat zu trinken. Nüchtern kann wohl kaum jemand den Tod seines Kindes ertragen.«

Vítor presste die Zähne zusammen und fixierte einen Punkt auf dem Boden, um nicht zu schreien.

»Ich habe mit der Lehrerin gesprochen«, hörte er Teresa sagen. »Sie meinte, dass Valentina ein auffallend ruhiges Kind war. In sich gekehrt. Traurig. Sie hatte den Verdacht, dass sie vielleicht misshandelt wird. Oder missbraucht.«

Vítor fuhr zu ihr herum. »Das ist doch Blödsinn! Hast du auch nur einen Hinweis darauf gefunden, außer dem dämlichen Geplapper einer Lehrerin?«

»Vítor! Beruhige dich!«

Er spürte Ruis Hand auf seiner Schulter.

Teresa hielt seinem Blick stand. »Ich habe nur wiedergegeben, was die Lehrerin gesagt hat. Soviel ich weiß, ist bei der rechtsmedizinischen Untersuchung nichts gefunden worden, was diesen Verdacht erhärtet. Aber es gibt Formen der Misshandlung, die keine körperlichen Spuren hinterlassen, das brauche ich euch ja nicht zu erklären.«

Vítor sprang auf. Er hatte genug gehört. Er wollte nur noch weg. Raus hier. Wenn er den Raum nicht sofort verließ, würde er Teresa an die Gurgel springen. Oder Pinto, diesem selbstgefälligen, arroganten Arschloch.

In dem Moment schrillte Pintos Handy. Er blickte auf das Display und hob die Hand. »Da muss ich rangehen.«

Vítor blieb schwer atmend stehen, spürte die Spannung im Raum wie elektrischen Strom auf seiner Haut.

Das Gespräch dauerte weniger als eine Minute. Als Pinto geendet hatte, sah er sein Team an. »Wir müssen die Besprechung hier abbrechen. Es gibt Arbeit.«

Chris blickte auf die Uhr, dann auf die Anzeigetafel. Sie hatten jede Menge Zeit. Er rieb sich die Schläfen. Sein Schädel stand kurz davor zu explodieren. Seit Jahren hatte er sich nicht mehr so weggebeamt. Verfluchtes portugiesisches Bier. *Merda. Porra. Caralho.*

Zerstreut fuhr er sich durch das Haar, das noch feucht vom Duschen war. Er wusste nicht einmal mehr, wie er ins Bett gekommen war. Seine letzte Erinnerung drehte sich um eine grell beleuchtete Theke voller Biergläser und Lydias Stimme, die ihm portugiesische Schimpfwörter ins Ohr säuselte. Danach nichts mehr. Filmriss.

Lydia schien nicht einmal einen Kater zu haben. Zielstrebig steuerte sie auf die Schlange vor den Schaltern der portugiesischen Airline TAP zu, ihr Smartphone mit den Flugreservierungen in der Hand.

Lydias Tante war sehr enttäuscht gewesen, dass sie so bald schon wieder abreisten. Bei der Verabschiedung hatte sie Chris in den Arm genommen. »Passen Sie gut auf meine Kleine auf«, hatte sie ihm in gebrochenem Englisch zugeraunt.

Chris griff nach seinem eigenen Telefon. Er hatte Sonja seine Rückkehr noch nicht angekündigt. Er wollte erst sicher sein, dass nichts mehr dazwischenkommen konnte. Jetzt wäre der richtige Zeitpunkt.

Wenn bloß sein Schädel nicht so entsetzlich wehtun würde! Wenn es doch nur der Schädel wäre! Alles in ihm schrie, dass er Anna nicht hier zurücklassen, nicht im Stich lassen durfte. Da half es wenig, dass sein Verstand ihm sagte, dass er sie nicht zurückließ, weil sie ja gar nicht mehr in Portugal war. Es fühlte sich trotzdem so an, als würde er sich selbst das Herz herausreißen.

Auf der Taxifahrt zum Flughafen hatte er sich dennoch vorgenommen, sich von nun an besonders gut um Sonja und das Kind zu kümmern. Statt einem Phantom nachzujagen, sollte er sich lieber über die Familie freuen, die tatsächlich da war. Er würde seine Verbindungen nutzen und von Deutschland aus Informationen über die Familie de Melo einziehen. Er würde der Spur folgen. Aber mit Besonnenheit. Keine Zusammenbrüche mehr. Keine Abstürze.

Er wollte gerade Sonjas Nummer aufrufen, als er bemerkte, dass Lydia telefonierte. Auf Portugiesisch. Aber bestimmt nicht mit ihrer Tante.

Vítor.

Chris presste die Lippen zusammen.

Lydia beendete das Gespräch und sah ihn an.

»Was ist?« Noch während er die Frage aussprach, stieg eine Ahnung in ihm auf.

»Es wurde ein weiteres Mädchen gefunden. Ihre Leiche wurde aus dem Tejo geborgen. Noch ist nicht ganz klar, was passiert ist. Aber es gibt Hinweise darauf, dass auch sie gesprungen ist.«

Chris straffte die Schultern. »Das ist sehr bedauerlich, aber nicht unsere Angelegenheit.«

»Vítor bittet uns, zum Fundort zu kommen. Er will wissen, was wir von der Sache halten.«

»Er hat doch bestimmt fähige Kollegen.«

»Wir haben versprochen, ihm zu helfen.«

Unvermittelt stieg Wut in Chris auf. »Ach, haben wir das? Und was hat er für uns getan? Wir sind ihm gar nichts schuldig.« Er senkte die Stimme, als einige Leute sich zu ihnen umdrehten. »Ich verstehe ja, dass du helfen willst«, sagte er in versöhnlichem Ton. »Aber das geht nicht. Wir handeln uns nur Ärger ein. Ich habe keinen Bock, mich in irgendeinen Konflikt in diesem Team reinziehen zu lassen. Dieser Vítor will uns benutzen, merkst du das nicht?«

»Und das sagst gerade du? Wolltest du mich etwa nicht benutzen, als du mit mir hergeflogen bist?«

»Ich dachte, wir wären so was wie Freunde.«

Lydia packte ihre Reisetasche. »Mach, was du willst, Salomon. Flieg zu Frau und Kind nach Hause. Ich stehe zu meinem Wort.«

Kühler Wind blies Lydia ins Gesicht, als sie vor das Flughafengebäude trat. Es ist besser so, es ist besser so, es ist besser so, sagte sie in Gedanken wie ein Mantra vor sich hin. Sie sollte ganz in Portugal bleiben, sich bei der *Polícia Judiciária* bewerben. Dann konnte Salomon ihr nicht mehr das Herz brechen. Dann hätte sie eine Chance, ihn zu vergessen.

Sie lief auf den Taxistand zu, warf ihre Tasche auf den Rücksitz des ersten Fahrzeugs in der Schlange, stieg vorn ein und nannte dem Fahrer die Adresse.

»Das ist in Belém«, sagte der Fahrer.

»Ich weiß.«

Belém lag am entgegengesetzten Ende von Lissabon. Seine größte Attraktion war das Kloster *Mosteiro dos Jerónimos*, dessentwegen täglich Hunderte von Touristen in die kleine

Stadt strömten. Und der berühmte *Torre de Belém*. Er stand direkt am Tejo, nein im Tejo sogar. Zu seinen Füßen war das Mädchen aus dem Wasser gezogen worden. Ob es sich von dem Turm hinuntergestürzt hatte?

Plötzlich wurde die hintere Tür aufgerissen.

»Das Taxi ist besetzt«, schnauzte der Fahrer über die Schulter.

Lydia drehte sich um.

Salomon glitt auf die Rückbank, quetschte seine Reisetasche neben Lydias.

Ihr Herz setzte einen Schlag lang aus. »Ich dachte …«

»Wir sind doch ein Team, oder?«, sagte er.

Sie lächelte. »Ja. Das sind wir. Und zwar ein verdammt gutes.«

Sie schwiegen fast die ganze Fahrt. Lydia sah, wie Salomon eine längere SMS verschickte, vermutlich an Sonja, und dann irgendetwas aus seiner Jackentasche zog, damit herumspielte und dabei nachdenklich aus dem Fenster schaute, während das Taxi auf der Uferstraße Richtung Westen fuhr. Sie riskierte einen genaueren Blick und erkannte, dass es eine kleine handgenähte Stoffpuppe war. Hatte sie einmal seiner Tochter Anna gehört und er trug sie als Talisman mit sich herum? Oder hatte er sie für seinen Sohn gekauft?

Eine knappe halbe Stunde später liefen sie Seite an Seite auf den trutzigen Turm zu. Das Ufer war weiträumig abgesperrt, Lydia erkannte Gestalten in Schutzanzügen auf der Suche nach Spuren.

Jemand rief ihren Namen. Vítor stand an der Absperrung und winkte ihnen. Lydia blickte fragend zu Salomon, der darauf bestanden hatte, beide Reisetaschen zu tragen.

»Na los, worauf wartest du?« Er setzte sich in Bewegung.

Lydia folgte ihm. Sie hätte für ihr Leben gern gewusst, was in seinem Kopf vorging, warum er seine Meinung geändert hatte. Sie würde gern glauben, dass er sie nicht hängen lassen wollte, doch das war es nicht. Er konnte Anna noch nicht loslassen, den Ort noch nicht verlassen, an dem er ihre Spur verloren hatte.

»Sie reisen ab?« Vítor starrte die Reisetaschen an.

Jetzt, wo sie so dicht vor ihm standen, erkannte Lydia, wie grau sein Gesicht war, wie dunkel die Ringe unter seinen Augen. Der Tod seiner Nichte musste ihm gewaltig zusetzen.

»Wir waren schon am Flughafen«, erklärte Salomon.

»Oh. Das wusste ich nicht.« Vítor sah Lydia an. »Umso mehr bin ich Ihnen zu Dank verpflichtet.«

»Weiß Ihr Chef, dass Sie uns dazugerufen haben?« Salomon blickte sich suchend um.

»Nein.« Vítor betrachtete den Rasen zu seinen Füßen. »Falls er es herausfindet, nehme ich das auf meine Kappe.« Er hob den Blick. »Wollen wir? Lassen Sie das Gepäck hier stehen und kommen Sie!« Er hob das Flatterband an und bedeutete einem Kollegen, auf die Reisetaschen zu achten, dann reichte er ihnen Überzieher für die Schuhe.

Das Ufer war an dieser Stelle erst kürzlich neu gestaltet worden. Die Steinplatten, die in weiten Stufen zum Wasser führten, glänzten hell, eine ebenso neue hölzerne Brücke, die auf dicken Pfählen im Fluss stand, führte zum Eingang des Turms. Wo sich normalerweise die Touristen drängten, herrschte ruhige Geschäftigkeit.

Direkt neben der Brücke lag eine schmale Gestalt auf dem Boden, die außer einem fast transparenten Kleidchen nichts am Leib trug. Ein Mann, dessen schokoladenbraune Haut zwischen all dem Weiß, dem blassen toten Mädchen, den hellen Steinplatten und den Gestalten in Schutzanzügen besonders ins Auge fiel, kniete bei ihr. Neben ihm stand eine aufgeklappte Ledertasche.

»Sie wurde vor etwa einer Stunde entdeckt, hatte sich zwischen den Stützpfählen der Brücke verfangen«, sagte Vítor. »Sonst wäre sie höchstwahrscheinlich mit der Strömung ins Meer gespült worden.«

»Ist sie schon identifiziert?«, fragte Salomon kaum hörbar.

»Noch nicht. Ein Kollege geht gerade die Vermisstenmeldungen durch.«

Lydia blickte zu dem Turm hoch. »Könnte sie von dort gesprungen sein?«

Vítor zuckte mit den Schultern. »Möglich. Aber unwahrscheinlich. Da kommt man nur zu den Öffnungszeiten rein. Und dann sind immer jede Menge Zeugen vor Ort. Jemand müsste etwas gesehen haben.«

»Das würde man bei der Brücke auch annehmen.« Salomon blickte nach Osten, die riesige Stahlkonstruktion zeichnete sich scharf gegen den Himmel ab.

»Das stimmt«, räumte Vítor ein. »Ich habe trotzdem eine andere Vermutung. Sehen Sie das Baugerüst dort hinten? Das ist das Denkmal der Entdeckungen. Es wird gerade saniert. Ich habe eben zwei meiner Leute dorthin geschickt. Jemand hat sich am Bauzaun zu schaffen gemacht. Wenn man einmal auf der Baustelle ist, kann man ganz einfach am Gerüst hochklettern. Ohne Eintrittskarte und lästige Zeugen.«

»Guter Gedanke.«

Lydia merkte, wie Salomon seinen portugiesischen Kollegen mit neuem Respekt ansah. »Was ist mit der Todesursache?«, fragte sie.

»Das klären wir am besten mit dem Fachmann. António? Das sind zwei deutsche Kollegen«, sagte er auf Englisch zu dem Mann, der das Mädchen untersuchte. »Könntest du uns kurz mitteilen, was du schon weißt?«

Der Arzt sah zu ihnen hoch. »Aus Deutschland, ja? Schönes Land. Aber kalt.« Er deutete auf das Mädchen. »Sie ist höchstwahrscheinlich ertrunken«, sagte er. »Allerdings hat sie auch eine Reihe Hämatome, wie nach einem starken Aufprall. Deshalb nehme ich an, dass sie aus großer Höhe ins Wasser gefallen ist.«

Lydias Augen wanderten zu dem eingerüsteten Denkmal, dann zu der deutlich höheren Brücke dahinter. Schon merkwürdig, dass das eine Mädchen den Sprung aus viel größerer Höhe überlebt hatte, während das andere starb. Vielleicht konnte es nicht schwimmen.

Sie wandte sich in die entgegengesetzte Richtung, wo jede Menge Schaulustige versuchten, einen Blick auf den grausigen Fund zu erhaschen, und entdeckte ein Mädchen mit langen blonden Haaren, das etwas abseits stand. Anders als die übrigen Gaffer starrte sie nicht in Richtung des Turms, sondern zu dem eingerüsteten Denkmal.

Kurz entschlossen setzte sich Lydia in Bewegung.

»Hey, wo willst du hin?«, rief Salomon ihr hinterher.

Sie drehte sich zu ihm um. »Nur etwas überprüfen.«

Doch als sie sich wieder den Schaulustigen zuwandte, war das Mädchen verschwunden.

Düsseldorf

Sonja stellte die Kaffeekanne auf dem Tisch ab. »Danke, dass du gekommen bist.«

Gudrun lächelte. »Ist doch selbstverständlich.« Sie griff nach der Kanne, schenkte ihnen ein. »Geht es um Chris? Ist er noch immer in Portugal?«

Sonja nickte. »Ich weiß nicht, was ich tun soll. Einerseits verstehe ich ihn. Wenn mein Kind verschwunden wäre, würde ich auch jeder noch so vagen Spur folgen, um es wiederzufinden. Ich würde mein Leben lang nicht aufhören, nach ihm zu suchen. Einer der Gründe, warum ich Chris so liebe, ist ja genau, dass er Anna nicht aufgibt.«

»Aber?« Gudrun nippte an ihrem Kaffee. Sie trank ihn schwarz. Und ohne Zucker.

»Ich bin mir nicht sicher, ob es wirklich um Anna geht. Oder ob er vor mir und dem Baby auf der Flucht ist.«

Gudrun stellte die Tasse ab und betrachtete ihre schlanken Finger mit den kurz geschnittenen Nägeln. »Willst du meine Meinung wissen?«

»Deshalb habe ich dich ja hergebeten. Sag mir, was du an meiner Stelle tun würdest.«

Gudrun schob die Tasse zur Seite. »Da muss ich nicht lange überlegen. Ich würde Chris an die kurze Leine nehmen. Du darfst nicht zu viel Verständnis für ihn zeigen, sonst glaubt er, er könne sich alles erlauben. Mach ihm ruhig ein schlechtes Gewissen. Zeig ihm, wie enttäuscht du von ihm bist. Er muss wissen, wo die Grenzen sind. Sonst reißt das ein, und er erlaubt sich mehr und mehr Freiheiten. Er hat jetzt eine neue Familie, und für die hat er gefälligst da zu sein.«

Sonja senkte den Blick. »Ich möchte ihn nicht zu sehr unter Druck setzen. Schließlich …«

»Schließlich was?«

»Ach nichts.« Sonja griff nach der Kaffeetasse. Sie hatte ihrer Schwägerin nichts von ihrem großen Geheimnis erzählt. Sie hatte niemandem davon erzählt. Sie nahm einen Schluck und verzog angewidert das Gesicht. Viel zu stark. Gudrun hatte den Kaffee gekocht. Nach ihrem Geschmack.

»Sonja«, sagte Gudrun in beschwörendem Tonfall. »Du musst hart bleiben. Sonst bereust du es dein ganzes Leben. Ich verstehe nicht, warum du nicht darauf bestanden hast, dass ihr heiratet, bevor das Kind kommt. Du lässt dir viel zu viel von ihm gefallen.«

»Aber das …«

»Ich weiß, ihr wolltet das beide so. Ein Fehler, wenn du mich fragst. Aber deine Entscheidung, da mische ich mich nicht ein.« Gudrun griff nach Sonjas Hand. »Du hättest ihn nicht fahren lassen sollen. Aber das ist ja nun nicht mehr zu ändern. Wann kommt er zurück?«

»Er hat vorhin eine SMS geschickt. Er war schon am Flughafen, aber dann gab es einen neuen Hinweis.« Hilflos zuckte Sonja mit den Achseln. »Das ist alles so verworren. Am liebsten würde ich einfach auch hinfliegen. Wenn ich nur bei ihm sein könnte, dann wäre das alles kein Problem für mich. Aber das geht ja nicht.« Sie tätschelte ihren dicken Bauch.

»So weit käme es gerade noch, dass du dich und das Baby deswegen in Gefahr bringst«, sagte Gudrun in strengem Ton. »Du kommst doch wohl nicht auf dumme Gedanken, oder?«

»Keine Sorge, in meinem Zustand nimmt mich keine

Fluggesellschaft mehr mit.« Sonja lächelte schwach. »In ein paar Monaten lachen wir sicher über die ganze Sache.«

»Das hoffe ich.«

Sonja sah ihre Schwägerin an, und plötzlich kam ihr der Gedanke, dass das womöglich gelogen war. Gudrun hatte nie einen Hehl daraus gemacht, dass sie Chris nicht sonderlich mochte. Für sie war er »versehrt«. Sie betonte gern, dass sie niemals einen geschiedenen Mann geheiratet hätte, denn bei denen wüsste man nicht, wo ihre Loyalitäten wirklich lagen. Jetzt, wo sich ihr Verdacht zu bestätigen schien, musste sie doch triumphieren.

Sonja schob den finsteren Gedanken weg und setzte ein Lächeln auf. »Und jetzt lass uns über etwas Schönes reden«, sagte sie. »Erzähl mir von euren Urlaubsplänen für die Osterferien!«

Sie sprachen nicht mehr über Chris, doch Sonja ertappte sich dabei, wie sie alle paar Minuten auf das Display ihres Handys schaute, in der Hoffnung, eine weitere Nachricht von ihm vorzufinden.

Er meldete sich nicht.

Lissabon

»Es gibt unzählige Aussichtspunkte in dieser Stadt, aber das ist mir der liebste«, sagte Vítor und breitete die Arme aus wie ein Prediger. »Wenn ich bei einem Fall auf der Stelle trete, wenn ich das Gefühl habe, ich brauche Abstand, um das Problem aus einem neuen Blickwinkel zu betrachten, dann fahre ich hier herüber.«

Sie standen auf einer Aussichtsplattform in Almada, der Stadt am südlichen Ufer des Tejo. Links von ihnen sang die

Brücke ihr monotones Lied, gegenüber verstreute sich Lissabon auf seine sieben Hügel. Schräg hinter ihnen erhob sich die riesige Christusstatue *Cristo Rei*, unter ihnen, direkt am Wasser, lagen die heruntergekommenen, halb verfallenen, mit Graffiti besprühten Gebäude des ehemaligen Industriegeländes *Cais do Ginjal*.

»Keine besonders schicke Gegend«, stellte Salomon fest. »Da unten tut sich wohl nichts mehr.« Er deutete auf die leeren Produktionshallen und Lagerhäuser.

»Dort gibt es zwei nette Restaurants mit Blick auf die Stadt«, antwortete Vítor. »Aber die Firmen, die hier mal ansässig waren, haben alle dichtgemacht. Ein oder zwei Häuser sind noch bewohnt, glaube ich, und in einigen der Ruinen stellen die Angler ihre Utensilien unter. Ansonsten ist alles tot. Einer der vielen vergessenen Orte in dieser Stadt.«

Lydia kniff die Augen zusammen und blickte in Richtung Belém. »Theoretisch müsste man von hier alle Stellen sehen können, wo ein Mädchen in den Tod gesprungen ist«, meinte sie fröstelnd. Auf der Plattform, ungeschützt durch Mauern und Häuser, war der Wind unangenehm kalt. Sie drehte sich zu Vítor um. »Aber das ist bestimmt nicht der Grund, weshalb du uns hergebracht hast.« Irgendwo unterwegs hatten sie vom »Sie« zum »Du« gewechselt.

»Hm.«

»Er erwartet das Gleiche von uns wie von diesem Ort«, sagte Salomon. »Wir sollen ihm eine neue Perspektive auf den Fall bieten.«

»Ich brauche irgendwas, damit nicht auch der Tod dieses Mädchens als tragischer Suizid zu den Akten gelegt wird.«

»Glaubst du wirklich, dass das passieren könnte?«, fragte Lydia. »Drei tote Mädchen innerhalb einer Woche und keine Ermittlungen, ob etwas anderes dahinterstecken könnte als eine bedauerliche Häufung von Suiziden?«

»Ich bin mir nicht sicher. Mein Chef hält sich sehr bedeckt, ich habe den Eindruck, dass etwas vertuscht werden soll.«

»Etwas, das mit Ana zu tun hat.« Salomon drehte sich zu ihm um. »Mit ihr hat alles angefangen.«

Vítor zuckte hilflos mit den Schultern. »Schon möglich, aber ich weiß nicht, wie.«

»Wasser«, murmelte Salomon.

»Wasser?«, fragten Lydia und Vítor gleichzeitig.

»Alles hat irgendwie mit Wasser zu tun. Zwei Mädchen sind ins Wasser gesprungen, eine von einem Aquädukt.«

»Bei Valentina gab es kein Wasser«, sagte Vítor leise.

»Nicht so wie bei den anderen«, räumte Salomon ein. »Aber auf dem Platz, von dem die Sackgasse abgeht, steht ein Brunnen. Ein in die Mauer eingelassener Löwenkopf, aus dem Wasser in ein Becken läuft.«

»Und was könnte das bedeuten?« Vítor starrte auf den bleigrau schimmernden Fluss.

»Keine Ahnung.«

Sie schwiegen eine Weile.

»Was hast du über die Familie de Melo herausgefunden?«, fragte Lydia schließlich und strich sich die Haare aus dem Gesicht. Ein sinnloses Unterfangen bei dem Wind. Gewöhnlich trug sie ihr blondes Haar kurz geschnitten, doch sie war seit Wochen nicht beim Friseur gewesen, hatte sich gerade mit der ein wenig längeren, femininеren Frisur angefreundet. Keine gute Idee.

»Nicht viel«, gab Vítor zu. »Der Vater, Manuel de Melo, hat im Wirtschaftsministerium gearbeitet, bevor er nach Brasilien ging. Was er jetzt dort macht, weiß ich nicht. Das letzte Jahr vor seinem Umzug war er jedenfalls für die portugiesische Regierung in Brüssel tätig. Aber fragt mich nicht nach Details. Das Haus in Lapa gehört seinem Bruder Paulo de Melo. Manuel und seine Frau Joana Miranda haben nur diese eine Tochter.«

Lydia hörte Chris scharf die Luft einziehen, als Vítor Brüssel erwähnte. Und sie wusste auch, warum. Als Anna Salomon in den Niederlanden verschwand, lebte die Familie de Melo womöglich in Brüssel. Nicht mehr als zweitausend, sondern weniger als zweihundert Kilometer von jenem schicksalhaften Strand entfernt.

»Wann genau sind sie nach Brasilien gegangen?«, hakte Lydia nach.

»Das ist noch nicht lange her, ungefähr drei oder vier Jahre.«

»Nicht länger? Fünf Jahre vielleicht?«

»Ich weiß das genaue Jahr nicht. Aber ich suche weiter. Habt ihr denn inzwischen mit den de Melos sprechen können? Habt ihr das Mädchen gesehen?«

Lydia sah, wie Salomons Hände sich um das Geländer krallten, bis die Knöchel weiß hervortraten.

»Das war leider nicht möglich«, sagte sie. »Die Familie ist nämlich wieder nach Brasilien zurückgekehrt.«

»Wann?«

»Vorgestern.«

»Wer sagt das?« Vítor runzelte die Stirn.

»Paulo de Melo. Wir waren gestern Abend bei ihm.«

Vítor sagte nichts.

Salomon packte ihn an den Schultern. »Was ist los?«

»Was habt ihr de Melo erzählt?«, fragte Vítor zurück. »Habt ihr gesagt, dass ihr von der Polizei seid?«

»Nein.« Lydia trat vom Geländer weg, ihre Finger waren fast taub vor Kälte. »Wir haben schließlich keinerlei Befugnisse in Portugal. Wir haben uns als deutsche Journalisten ausgegeben.«

»Das könnte der Grund sein.«

Salomon schüttelte Vítor beinahe. »Der Grund wofür? Spann uns nicht weiter auf die Folter!«

»Dass er gelogen hat. Die Familie hat das Land nicht verlassen. Manuel de Melo war heute Morgen beim Chef, um irgendwelche Formalitäten zu regeln. Seine Frau und seine Tochter haben ihn begleitet.«

Salomon riss die Augen auf. »Du hast Ana gesehen?«

»Nur flüchtig.«

»Fuck!« Salomon schlug mit der Faust auf das Geländer. »Wir hätten uns nicht abwimmeln lassen sollen!«

»Womöglich hat Paulo de Melo nur zum Teil gelogen.« Vítor betrachtete verlegen seine Schuhe.

»Was soll das heißen?«, fragte Lydia schnell, bevor Salomon erneut ausrasten konnte.

»Sie sind noch in der Stadt, aber möglicherweise nicht mehr in dem Haus. Mein Chef hat erzählt, dass er nun weiß, warum die Familie sich so bedeckt hält. Sie sind nicht einfach auf Familienbesuch in der Stadt.«

»Sondern?« Allmählich bekam Lydia ebenfalls Lust, ihren portugiesischen Kollegen zu schütteln. Warum bloß ließ er sich jede Information einzeln aus der Nase ziehen?

»Angeblich sind sie seit Anfang des Jahres im Land, weil Ana hier bei einem Spezialisten behandelt wird.«

»Sie ist krank?«, fragte Salomon mit rauer Stimme. »Was fehlt ihr?«

»Es handelt sich um eine psychische Erkrankung, wenn

ich das richtig verstanden habe.« Vítor mied Salomons Blick. »Das Schlafwandeln hängt wohl damit zusammen. Die Behandlung soll noch für einige Wochen fortgeführt werden. Angeblich wurde Ana zu ihrer eigenen Sicherheit in einer Klinik untergebracht, wo sie besser überwacht werden kann.«

Eine psychische Erkrankung.

Schlagartig sah Lydia wieder die Kritzeleien an den Wänden in dem vergitterten Zimmer vor sich, die hässlichen Fratzen, die Monster, die sinnlosen Reihen mit Zahlen und Buchstaben, und sie begann zu zittern.

Es war noch nicht spät, doch mit der dunklen Wolkendecke senkte sich eine frühe Abenddämmerung über die Stadt. Sie saßen in dem alten Rover Montego von Lydias Tante und beobachteten das rosa Haus an der Straßenecke hügelaufwärts. Sie hatten so geparkt, dass sie beide der Straße zugewandten Hausfronten im Blick hatten, vor allem die zwei Eingänge, den über den Hof mit dem schmiedeeisernen Tor ebenso wie die verwitterte Hintertür. Sie wussten, dass jemand zu Hause sein musste, denn der Mercedes stand im Hof, und vor einigen Minuten hatten sie eine Bewegung hinter einem der Fenster wahrgenommen.

Chris hatte eben mit Sonja telefoniert, die merkwürdig unterkühlt geklungen hatte. Er hatte damit gerechnet, dass sie wütend war. Oder traurig. Aber diese Kälte war ihm unheimlich. Mutete er ihr zu viel zu? Zerbrach ihre Liebe an seiner Suche nach Anna? Immerhin hatte sie keine weiteren Wehen gehabt. Das Kind schien sich noch ein wenig Zeit zu lassen, wofür Chris ihm dankbar war.

»Was machen wir, wenn sie das Haus heute gar nicht mehr verlassen?«, fragte er.

»Dann verlassen sie es morgen.«

Chris sah seine Partnerin von der Seite an. »Mir läuft die Zeit davon.«

»Sonja?«

»Ich fürchte, es geht ihr nicht gut.«

Lydia trommelte mit den Fingern auf das Lenkrad. »Was würde geschehen, wenn du nach Deutschland zurückkehren würdest, ohne die Wahrheit herausgefunden zu haben?«

»Ich würde Tag und Nacht an nichts anderes denken.« Er seufzte. »Wenn nur das schlechte Gewissen nicht wäre.« Instinktiv griff er nach dem Püppchen in seiner Jackentasche, strich mit den Fingern über den dünnen Stoff, tastete nach den Körnern, mit denen der kleine Körper gefüllt war. Wie oft Anna wohl genau auf diese Weise bei dem Spielzeug Trost gesucht haben mochte?

»Manchmal kann man es nicht allen recht machen.« Lydia unterbrach ihr Trommeln. »Schau mal! Da oben!«

Chris blickte zum Haus. In einem der oberen Fenster war ein blasses Gesicht aufgetaucht. Ein Mädchen mit langen dunklen Haaren. Auf die Entfernung war ihr Alter schlecht abzuschätzen, aber das brauchte Chris nicht. Er wusste, dass es Anna war.

Er ließ die Puppe fallen und stieß die Wagentür auf.

»Halt! Wo willst du hin?«, rief Lydia.

Er rannte einfach los. Nach ein paar Schritten holte Lydia ihn ein und packte ihn am Arm.

»Lass mich!«, fuhr er sie an, den Blick unverwandt auf die Gestalt am Fenster gerichtet.

Anna.

»Wir haben eine Vereinbarung. Keine unüberlegten Handlungen mehr«, zischte Lydia ihn an. »Wenn wir jetzt klingeln und verlangen, das Mädchen zu sehen, sind sie vorgewarnt. Oder glaubst du ernsthaft, sie lassen uns mit ihr sprechen, wenn sie wirklich deine Tochter ist?«

Chris schüttelte Lydias Hand ab. Aber er lief nicht weiter, riss seinen Blick von dem Mädchen los und wandte sich Lydia zu. »Vorgewarnt sind sie doch längst. Oder warum, glaubst du, hat de Melo behauptet, dass sein Bruder mit seiner Familie nach Brasilien zurückgekehrt ist?«

»Das könnte er auch getan haben, weil er uns geglaubt hat, dass wir von der Presse sind. Um die Familie seines Bruders zu schützen.« Wieder packte Lydia ihn am Arm. »Und jetzt komm. Wenn sie uns hier entdecken, rufen sie am Ende die Polizei. Das hätte uns gerade noch gefehlt.«

»Die rufen bestimmt nicht die Polizei«, stieß Chris zwischen den Zähnen hervor. »Denen ist nämlich klar, was sie getan haben.«

Lydia sah ihn an. »Vergiss bitte nicht: Noch wissen wir nichts mit Sicherheit. Ja, in diesem Haus gibt es ein Zimmer mit vergittertem Fenster, aber wir haben keine Ahnung, wer dort gefangen gehalten wird oder wurde.« Sie holte tief Luft, bevor sie weitersprach. »Auch wenn es gut möglich ist, dass die Eltern Ana dort eingesperrt haben, damit sie sich beim Schlafwandeln nicht selbst in Gefahr bringt.«

Chris rieb sich das Gesicht, aber die dumpfe, taube Angst ging davon nicht weg. Seit Vítor ihnen von Anas psychischer Erkrankung erzählt hatte, musste er ständig an die Bilder denken. Die Zeichnungen an den Zimmerwänden. Vor allem eine ließ ihn nicht los. Das Bild eines Engels, mit schwarzer Farbe grob skizziert, zu dessen Füßen leuchtend rote Flammen züngelten. Chris wusste nicht, warum er gerade dieses Bild nicht aus dem Kopf kriegte.

Sie gingen zum Wagen zurück, saßen eine Weile einfach stumm da. Chris griff wieder nach dem Püppchen, seine Gedanken rasten wie auf einer Achterbahn.

»Ich frage mich gerade, wie lange es dauert, ein ganzes Zimmer vollzumalen«, sagte er irgendwann in die Stille hinein. »Doch bestimmt mehr als ein paar Wochen. Was, wenn die ganze Geschichte mit Brasilien nicht stimmt?«

Lydia sah ihn an. »Hm, ich weiß nicht. Dass Paulo de Melo uns einen Bären aufgebunden hat, kann ich ja noch nachvollziehen. Aber warum sollte Vítor uns anlügen? Er ist doch derjenige, der unbedingt will, dass wir ihn bei den Ermittlungen unterstützen. Glaubst du, das ist alles nur gespielt, damit wir ihm vertrauen? Warum sollte er das tun?«

»Vielleicht wird er ebenfalls angelogen. Er ist doch derjenige, der behauptet, dass da was vertuscht werden soll. Was läge näher, als vor der Öffentlichkeit so zu tun, als wäre die Familie nur als Touristen im Land, wenn man nicht will, dass irgendwer unangenehme Fragen stellt?«

»Aber de Melo ist eine öffentliche Person. Er hat für das Wirtschaftsministerium gearbeitet. Für so jemanden kann man doch nicht einfach eine neue Backstory erfinden.«

»Hm.« Chris starrte nachdenklich nach draußen. Er war sicher, dass seine Anna in diesem Zimmer gefangen gehalten worden war. Er hatte ihre Anwesenheit gespürt. Oder war das nur Wunschdenken gewesen?

»Wir können ja mal schauen, was das Internet über Manuel de Melo weiß«, schlug Lydia vor. »Da finden wir vermutlich schnell heraus, ob wir belogen werden. Und ob Vítor ein falsches Spiel spielt.«

»Glaubst du denn, dass er uns die volle Wahrheit erzählt hat?«, fragte Chris zurück.

»Nein«, gab sie zu.

»Merda!« Chris schlug mit der Faust gegen die Beifahrertür. Dann kam ihm ein Gedanke. »Was heißt ›Mädchen‹ auf Portugiesisch?«

»Menina.«

»Und ›Tochter‹?«

»Filha.«

»›Meine Tochter‹?«

Lydia runzelte die Stirn. »Minha filha.«

»Und was heißt ›Ana ist meine Tochter‹?«

»Was hast du vor?«

»Sag es mir einfach.«

»A Ana é a minha filha.«

»A Ana é a minha filha«, wiederholte er. »Das klingt schön.«

»Und gefährlich.« Sie sah ihn warnend an.

»A Ana é …« Er stockte.

Die Hintertür hatte sich geöffnet, eine Frau trat auf den Bürgersteig. Zu alt für Ana. Zu jung für ihre Mutter.

Lydia hatte die Frau auch entdeckt. »Könnte die Putzfrau sein«, murmelte sie.

»Oder auch nicht.«

»Wir sollten es herausfinden.«

Gleichzeitig duckten sie sich, als die Frau den Rover passierte. Sie warteten einige Sekunden, dann stießen sie die Wagentüren auf. Sie folgten der jungen Frau in einigem Abstand die Straße hinunter. Am Ende bog sie rechts ab und verschwand für kurze Zeit aus ihrem Blickfeld. Sie beschleunigten ihre Schritte, ließen sich von der Fremden durch das Gassengewirr leiten, *Rua do Prior*, *Rua Conde*, *Rua Olival*. Als sie am *Largo José de Figueiredo* ankamen, einem großen Platz mit einem Brunnen im Zentrum, war die Frau verschwunden.

Sie trennten sich, suchten alle angrenzenden Straßen ab. Chris hatte das Gefühl, dass die Gassen immer enger wurden, dass die Häuser sich auf ihn zubewegten, ihn zwischen sich zerquetschen wollten. Sein Mund war trocken, sein Puls raste, Schweiß klebte ihm wie Sirup auf der Haut. Mehrfach hörte er Schritte in seinem Rücken, doch wenn er sich umdrehte, war da niemand. Er brauchte ewig, bis er den Platz wiederfand, wo Lydia ungeduldig auf ihn wartete.

Auch sie hatte keine Spur von der Unbekannten entdeckt. Frustriert ließen sie sich auf dem Brunnenrand nieder. Er war trocken, das Wasser war abgestellt.

»Und nun?«, fragte Lydia. »Sollen wir uns wieder auf unseren Wachposten begeben?«

»Bringt es denn was?« Chris rieb sich den kalten Schweiß von der Stirn. Es musste das Seeklima sein, das er nicht vertrug.

»Hast du eine bessere Idee? Ich meine eine, die nicht darin besteht, dass du in das Haus marschierst und behauptest, dass Ana deine Tochter ist.«

»Keine Sorge, das habe ich nicht vor.« Er verschränkte die zittrigen Arme vor der Brust.

Der Blick, den Lydia ihm zuwarf, zeigte deutlich, dass sie sich da nicht so sicher war. Wie auch? Er war es ja selbst nicht.

Clara starrte nach draußen. Bewegte sich da nicht etwas zwischen den Sträuchern? Neben der Garage? Sie kaute an ihren Fingern. Was, wenn es der schwarze Engel war?

Schnell kroch Clara in die Ecke zwischen Sofa und Bücherregal. Sie war der dunklen Gestalt entkommen, die sie auf dem Baugerüst entdeckt hatte. Sie war gerannt und gerannt, und zweimal hatte sie einen Schatten hinter sich gesehen, einen riesigen schwarzen Schatten mit etwas Wehendem auf dem Rücken, das aussah wie ein Paar Flügel. Deshalb nannte Clara ihren Verfolger den schwarzen Engel.

Sie hatte niemandem etwas von der Gestalt erzählt, und in der Nacht hatte sie Fieber bekommen, sodass sie nicht in die Schule konnte und vormittags allein zu Hause bleiben musste, bis Nádia Zeit hatte, auf sie aufzupassen. Zitternd hatte sie im Bett gelegen, jeden Augenblick darauf gefasst, dass der schwarze Engel vor ihrem Fenster auftauchte.

Dann war die Putzfrau gekommen und hatte erzählt, dass man am Flussufer eine Tote gefunden habe, und Clara hatte es nicht mehr ausgehalten. Sie war runtergerannt, bis zum Turm, um zu sehen, was geschehen war. Bis diese Frau sie entdeckt hatte, die Polizistin, und auf sie zugelaufen war. Sie hätte dableiben und der Polizistin von dem schwarzen Engel erzählen sollen. Bestimmt hatte er das Mädchen ins Wasser gestoßen. Aber dann wäre herausgekommen, dass sie ausgebüxt war, und Mama wäre sehr böse geworden. Sie hatte es nämlich gestern Abend noch nach Hause geschafft, bevor Mama eintraf. Nádia war in Panik geraten, nachdem sie das ganze Haus abgesucht und Clara nirgends gefunden hatte, und sie waren sich rasch einig gewesen, dass Claras Mutter nichts davon erfahren musste.

Plötzlich hörte Clara Schritte vor dem Haus, dann wurde die Tür aufgeschlossen. Sie schrie.

»Clara? Ich bin's, Mama.«

Erleichtert schluchzte Clara auf. Sie krabbelte aus der

Ecke hervor, stürzte ihrer Mutter entgegen und schwor sich, nie wieder durch das Loch im Zaun zu kriechen.

Sie saßen wieder in dem alten Rover. Inzwischen war es dunkel, und in dem Haus, das sie observierten, waren die Lichter angegangen. Die junge Frau war nicht wieder aufgetaucht. Lydia hatte versucht, Vítor zu erreichen, doch der portugiesische Kollege war nicht ans Telefon gegangen.

»Das bringt doch alles nichts«, sagte Chris. »Auf diesem Weg finden wir nichts raus.«

»Eigentlich müssten wir nur einmal kurz in Anas Nähe gelangen. Dann könnten wir DNA von ihr nehmen und sie mit deiner abgleichen lassen«, sagte Lydia und ließ Salomon dabei nicht aus den Augen. Sie hatte noch nichts von Halverstett gehört. Natürlich nicht, die Proben waren vermutlich noch nicht einmal in Deutschland angekommen.

Salomon antwortete nicht.

»Es wäre der einfachste Weg«, fuhr Lydia unbeirrt fort. »Wir warten, bis sie mit dem Mädchen das Haus verlassen, dann inszenieren wir irgendwas, wobei wir sie versehentlich anrempeln – und schon haben wir, was wir brauchen.«

»Mit einer Probe, die wir auf diesem Weg gewinnen, können wir offiziell nichts ausrichten.«

»Aber wir hätten zumindest Gewissheit, wüssten, ob diese Ana wirklich deine Anna ist. Oder willst du das am Ende gar nicht wissen?«

»Wie kommst du denn auf den Blödsinn?«, fuhr er sie an. »Natürlich will ich es wissen!«

Lydia hob entschuldigend die Hände. Noch bevor sie etwas erwidern konnte, meldete sich ihr Handy.

Vítor. Endlich.

Lydia nahm das Gespräch an und stellte das Telefon laut. »Hallo Vítor, mein Partner hört mit, okay?«

»Ja natürlich.« Er räusperte sich.

»Wir müssen wissen, wer alles in dem Haus in der *Rua do Prior* wohnt«, sagte Lydia. »Kannst du das herausfinden?«

»Müsste gehen.« Er klang zerstreut, als wäre er mit den Gedanken woanders. Kein Wunder. Lydia dachte an den kleinen bleichen Körper, den sie heute Morgen am Ufer des Tejo gesehen hatten. »Ist das Mädchen schon identifiziert?«

»Ja. Ihr Name ist Inêz de Abreu. Neun Jahre alt, wohnhaft in Belém, nur wenige Hundert Meter von der Stelle entfernt, wo ihr Leichnam gefunden wurde. Sie hat eine, hm, eine Vorgeschichte.«

»Was bedeutet das?«, fragte Salomon.

»Missbrauch. Durch einen Onkel. Ging wohl über Jahre so, bevor es rauskam. Jedenfalls hat Inêz schon einmal versucht, sich das Leben zu nehmen. Es war allerdings eher ein Hilferuf als ein ernsthafter Suizidversuch. Auch im Wasser übrigens. Sie hat sich die Taschen mit Steinen gefüllt und sich in die volle Badewanne gelegt.«

Lydia schluckte hart.

»Und da ist noch etwas«, erzählte Vítor weiter. »Auch bei ihr wurden Scopolamin und Atropin im Blut gefunden.«

»Dann gibt es vielleicht doch so etwas wie einen Selbstmordclub«, murmelte Salomon.

»Einen was?«, fragte Vítor.

»Einen Selbstmordclub«, erklärte Lydia. »Womöglich im Internet. Mädchen, die sich auf einer Website zusammenfinden, weil sie alle mit dem Gedanken spielen, sich das Leben zu nehmen. Sie tauschen dort Ideen aus, wie man es am besten in die Tat umsetzen kann. Das könnte eine Erklärung für die ähnliche Vorgehensweise sein. Und dafür, dass sie es so kurz hintereinander getan haben. Sie könnten miteinander in Kontakt stehen, sich gegenseitig in ihrem Vorsatz bestärken.«

Vítor schwieg.

»Bist du noch dran?«, fragte Lydia nach einer Weile.

»Inêz und Valentina haben sich tatsächlich gekannt«, sagte er leise.

»Ihr habt eine solche Website gefunden?« Lydia tauschte einen Blick mit Salomon.

»Nein. Die Smartphones der Mädchen wurden untersucht, doch dort wurde nichts Auffälliges entdeckt. Einen eigenen Computer hatte keine von ihnen.«

»Aber woher …?«

»Sie kannten sich aus dem Ballettunterricht«, sagte Vítor. »Und nicht nur das. Ich kannte Inêz ebenfalls, ich habe Valentina manchmal von dort abgeholt, wenn meine Schwester … wenn sie nicht dazu in der Lage war.« Etwas raschelte am anderen Ende. »Ich kannte sie, aber als sie heute Morgen dort lag, habe ich sie nicht erkannt.«

»Das ist nicht verwunderlich«, sagte Lydia mitfühlend. »Der Tod kann einen Menschen sehr verändern.«

Salomon beugte sich vor. »Hat Beatriz auch Ballettstunden genommen? Vielleicht ist das die Verbindung.«

»Nein, das glaube ich nicht. Beatriz war nicht die Art Mädchen, die sich für so etwas interessiert hätte.« Gemurmel ertönte im Hintergrund. Vítor sprach mit einer anderen Person. »Ich muss Schluss machen, ich melde mich morgen«, sagte er dann abrupt und unterbrach die Verbindung.

»Denkst du auch, was ich denke?«, fragte Salomon, den Blick auf das rosa Haus geheftet.

»Vítor Fidalgo kannte zwei der Mädchen.«

»Und er hat uns noch immer nicht alles gesagt, was er weiß.«

Donnerstag, 9. März

Lissabon

Vítor wusste sofort, dass etwas nicht stimmte, als er die Tür zu dem Großraumbüro aufstieß, wo er mit seinen Kollegen von der Ersten Brigade arbeitete. Rui und Teresa murmelten eine Begrüßung, doch keiner von beiden sah ihn an.

Kaum hatte er seine Jacke ausgezogen, steckte sein Chef den Kopf zur Tür herein. »Vítor, kommen Sie bitte in mein Büro.«

Mit einem Kloß im Hals folgte Vítor dem Chefinspektor und zog die Tür hinter sich zu. »Gibt es Neuigkeiten zum Fall?«, fragte er, wohl wissend, dass es nichts half, den Ahnungslosen zu spielen. Vermutlich hatte Pinto herausgefunden, dass sein Untergebener hinter seinem Rücken mit den Nervensägen aus Deutschland paktierte. Oder … Nein, das bitte nicht!

»Setzen Sie sich.« Pinto deutete auf den Stuhl vor seinem Schreibtisch.

Vítor gehorchte.

»Sicher freut es Sie zu hören, dass der CIC und ich beschlossen haben, nun doch eine Mordermittlung einzuleiten.« Der CIC war der *Coordenador de Investigação Criminal*, der oberste Ermittlungsleiter. »Nachdem nun bei einem weiteren Mädchen Scopolamin und Atropin im Blut nachgewiesen wurden, müssen wir andere Optionen als eine tragische Suizidwelle in Erwägung ziehen. Zumal wir diese Information nicht an die Presse weitergegeben haben. Diese Inêz kann es also nicht aus der Zeitung oder dem Internet erfahren haben. Die Mädchen müssen miteinander in Kontakt gestanden haben. Oder mit ihrem Mörder.«

Erleichtert streckte Vítor die Finger. »Das sehe ich genauso.« Er setzte sich aufrecht hin, mit einem Mal von neuer Energie durchflutet. »Es gäbe auch die Möglichkeit eines Selbstmordclubs. Also einer Plattform im Internet, wo die Mädchen sich über ihre Erfahrungen, ihre Suizidabsichten und die besten Methoden austauschen.« Ihm gefiel der Gedanke nicht, dass Valentina ihren eigenen Tod herbeigesehnt haben könnte, aber seine Professionalität verlangte von ihm, dass er diese Möglichkeit in Erwägung zog.

»Ein guter Gedanke.« Pinto nickte. »Es wäre mir sehr viel wohler, wenn wir ausschließen könnten, dass ein Erwachsener die Hände im Spiel hat, der die Mädchen zum Selbstmord verführt. Oder sogar persönlich nachhilft. Aber das können wir leider nicht. Drei tote Mädchen. Ich hoffe, wir sind schnell genug und finden heraus, was dahintersteckt, bevor noch mehr Kinder zu Schaden kommen.«

»Drei Mädchen? Was ist mit dem ersten, mit Ana?«

Pinto kniff die Augen zusammen. »Ich weiß nicht, welchen Floh Ihnen die beiden Deutschen ins Ohr gesetzt haben, Vítor. Aber es gibt kein vermisstes Mädchen in Deutschland, auf das die Beschreibung von Ana de Melo zutrifft. Ich habe keine Ahnung, was die zwei im Schilde führen, aber sie sind nicht dienstlich hier, das habe ich abgeklärt.«

Vítor räusperte sich umständlich, um Zeit zu gewinnen. Er wusste nicht, wie viel er seinem Chef sagen durfte, ohne den Kollegen in den Rücken zu fallen. »Das Mädchen ist

Deutsche, aber sie ist in den Niederlanden verschwunden«, sagte er dann. »Sie wurde offiziell für tot erklärt, deshalb ist sie wohl nicht mehr in der Vermisstendatenbank. Aber ihre Leiche wurde nie gefunden.«

Pinto zog die Brauen hoch. »Ist das so?«

»Das haben die beiden mir erzählt. Ich sollte ihnen doch auf den Zahn fühlen.«

Pinto winkte ab. »Schon gut.«

»Dann mache ich mich jetzt mal wieder an die Arbeit.« Vítor erhob sich.

»Moment. Ich bin noch nicht fertig.«

Schlagartig kehrte das ungute Gefühl zurück. Langsam ließ Vítor sich wieder auf den Stuhl sinken. »Ja?«

»Sie sind von dem Fall abgezogen, Vítor.«

»Aber …«

»Stopp! Lassen Sie mich ausreden. Sie sind persönlich involviert, und ich bedaure zutiefst, dass ich das nicht von Ihnen selbst erfahren habe. Ich hatte mehr von Ihnen erwartet.«

Vítors Blick schoss zu der Scheibe, zu Rui, der sich tief über eine Akte beugte.

»Ich habe großes Verständnis dafür, dass Sie herausfinden wollen, was mit Ihrer Nichte geschehen ist. Deshalb werde ich auch keine weiteren Maßnahmen gegen Sie ergreifen. Vorläufig.« Pinto ließ seine Worte drohend in der Luft hängen.

Vítor öffnete den Mund.

Pinto hob die Hand. »Sie haben sehr fähige Kollegen, Vítor. Die werden herausfinden, was passiert ist, auch ohne Ihre Hilfe. Für Sie liegt eine Akte auf dem Schreibtisch. Eine alte Dame, die unter ungeklärten Umständen zu Tode gekommen ist. Es gilt zu ermitteln, ob sie eines natürlichen Todes starb oder ob ihr Sohn nicht abwarten konnte, das Erbe anzutreten.«

»Chef, ich kann …«

»Keine Diskussion, Vítor! Wenn Sie nicht einsichtig sind, wenn ich mitbekomme, dass Sie sich in irgendeiner Form doch an den Ermittlungen in der Suizidserie beteiligen, bleibt mir nichts anderes übrig, als Sie zu suspendieren.«

Vítor starrte seinen Chef fassungslos an. Wie konnte dieser selbstherrliche Ignorant von ihm verlangen, sich aus den Ermittlungen rauszuhalten? Es ging um Valentina, um sein kleines Mädchen. Er musste wissen, was mit ihr geschehen war.

Und nicht nur das.

Eine eiserne Klammer legte sich um Vítors Brustkorb und schnürte ihm die Luft ab. Wie sollte er verhindern, dass seine Kollegen Dinge erfuhren, die sie nicht erfahren sollten, wenn er nicht auf dem Laufenden gehalten wurde? Was sollte er tun, wenn sie herausfanden, dass Valentina aus seiner Wohnung verschwunden war, dass er der Letzte war, der sie lebend gesehen hatte?

»Da ist er.« Chris deutete aus dem Fenster der Pastelería, wo sie auf Vítor Fidalgo warteten.

Sie hatten gerade ihre Tostas Mistas verspeist, getoastete Käse-Schinken-Sandwiches, und dabei den Fall diskutiert. Vítor hatte sie vor einer Stunde angerufen und ein Treffen vereinbart, angeblich wusste er Neuigkeiten über Ana.

Vorhin hatten sie an den öffentlichen Computern einer Bibliothek im Bairro Alto, der Altstadt von Lissabon, versucht, im Internet mehr über die Familie de Melo herauszufinden. Ohne nennenswerten Erfolg. Der Name Manuel de Melo war einfach zu häufig, und die Informationen, die sie über ihn besaßen, waren zu dürftig. Zwar hatte Lydia einige Erwähnungen des Namens im Zusammenhang mit Berichten über das Wirtschaftsministerium gefunden. Doch das half ihnen nicht weiter. Sie wussten nicht einmal, ob der Manuel de Melo, der in den Pressemeldungen zitiert wurde, derselbe war, dessen vermeintliche Tochter in der vergangenen Woche in den Tejo gestürzt war. Im Zusammenhang mit den Meldungen über das Unglück wurde jedenfalls kein einziges Mal erwähnt, was die Eltern des Mädchens beruflich machten.

Chris beobachtete, wie der portugiesische Kollege einen Kaffee an der Theke bestellte und sich zu ihnen setzte. Er schien gleichzeitig darauf zu brennen, mit ihnen zu sprechen und dieses Gespräch hinauszögern zu wollen. Außerdem sah er so aus, als hätte er schlecht geschlafen. Da war er nicht der Einzige. Chris hatte in der vergangenen Nacht wieder einmal kein Auge zugetan, obwohl er so erschöpft gewesen war, als hätte er einen Marathonlauf absolviert.

»Und?«, fragte Lydia, kaum dass Vítor auf seinem Stuhl saß. »Was hast du über Ana rausgefunden?«

Vítor fummelte eine zerknickte Mappe aus der Innentasche seiner Jacke. »Zunächst zu eurer Frage: In dem Haus in der *Rua do Prior* ist nur eine Person gemeldet, und zwar Anas Onkel, Paulo de Melo. Der Mann ist Witwer.«

»Dann war die Frau, die wir gesehen haben, vermutlich doch die Putzfrau«, stellte Chris fest.

»Oder seine neue Flamme«, sagte Lydia.

»Die ist doch mindestens zwanzig Jahre jünger als er!«

»Hat das je einen Mann abgehalten?«

Chris zuckte mit den Schultern. »Was noch?«

Vítor schlug die Akte auf. »Ana hatte ebenfalls Scopolamin im Blut.«

»Ist das wahr?« Lydia starrte ihn an.

Chris spürte ein Kribbeln im Nacken. Und den Impuls, sofort aufzuspringen und das Mädchen aus diesem merkwürdigen Haus zu befreien. Es kostete ihn seine ganze Selbstdisziplin, ruhig sitzen zu bleiben.

»Dann gibt es jetzt endlich offizielle Ermittlungen?«, hakte Lydia nach.

»Im Fall der drei Selbstmorde ja«, erwiderte Vítor.

»Und Ana?«, fragte Lydia mit ungläubigem Gesichtsausdruck. »Das Scopolamin beweist doch, dass da ein Zusammenhang besteht.«

»Ja«, räumte Vítor ein. »Doch diese Information ist nicht offiziell zugänglich. Die Akte ist gesperrt. Ich habe sie – nun ja – ohne Genehmigung ausgeborgt. Den Teil zumindest, an den man als Ermittler der PJ herankommt. Einige Informationen der Akte sind selbst für uns unter Verschluss.« Er tippte auf die aufgeschlagene Mappe. »Hieraus geht jedenfalls hervor, dass Ana einen ganzen Drogencocktail im Blut hatte. Und zwar ärztlich verschrieben. Auch ein Antidepressivum war darunter. Und Diazepam. Das sind Mittel, die üblicherweise bei schweren Schlafstörungen gegeben werden. Das hat also alles seine Richtigkeit, angesichts Anas spezieller Krankheit.«

»Ich finde nichts richtig daran, einem Kind solche Hammermedikamente zu verabreichen«, stieß Chris aufgebracht hervor. »Außerdem ist das noch lange kein Grund, einen Zusammenhang mit den anderen Fällen auszuschließen.«

»Ich habe doch erklärt, dass Manuel de Melo gute Verbindungen hat. Wenn einer wie er nicht will, dass ermittelt wird, warum seine Tochter einen Grund haben könnte, sich umzubringen, dann wird nicht ermittelt.« Vítor warf Chris rasch einen Blick zu. »So was gibt's bei euch in Deutschland doch auch.«

»Ich sage dir, warum der keine Ermittlungen will«, gab Chris zurück. »Weil das Mädchen nicht seine Tochter ist und das keinesfalls herauskommen darf.«

Als keiner der beiden anderen darauf etwas erwiderte, fügte er hinzu: »Ich weiß es! Auch wenn ihr mir nicht glaubt!«

In dem Augenblick stürzte ein Mann in das Café und hielt auf sie zu. Er war etwa in Vítors Alter, aber korpulent, mit gewellten braunen Haaren und Brille.

Mit einer raschen Bewegung ließ Vítor die Akte unter seiner Jacke verschwinden, noch bevor der Mann sie erreicht hatte.

Der Neuankömmling sagte etwas auf Portugiesisch zu Vítor. Offenbar war er sehr verärgert. Ein Kollege, vermutete Chris, der das Verschwinden der Akte bemerkt hatte.

Jetzt deutete der Mann auf Lydia und ihn und fragte etwas.

»Halt bloß die Klappe«, zischte Lydia auf Deutsch, dann redete sie auf Portugiesisch auf den Fremden ein.

Nach und nach beruhigte der sich, bis er Vítor eine letzte bissige Bemerkung zuwarf und wieder nach draußen stapfte. Vítor erhob sich hastig und folgte ihm.

»Wer war das denn?«, fragte Chris perplex.

»Irgendein Rui, wenn ich das richtig verstanden habe«, erklärte Lydia. »Jedenfalls ein Kollege von Vítor. Offenbar ist aufgefallen, dass er die Akte mitgenommen hat. Und nicht nur das. Vítor ist von dem Fall abgezogen worden. Chefinspektor Pinto hat rausgekriegt, dass eines der Opfer seine Nichte war.«

»Interessant, dass er uns das verschwiegen hat.« Chris blickte durch die Scheibe auf die Straße. Keine Spur von Vítor und dem aufgebrachten Kollegen. »Bei dem Kerl ist doch was faul.«

»Immerhin hat er uns die Akte besorgt.«

»Ach, wo ist sie denn?« Chris schnitt eine Grimasse. »Er hat uns ein paar Brocken hingeworfen und die Akte wieder eingesteckt.«

»Ja, weil dieser Rui aufgetaucht ist.«

»Sicher?«

Lydia antwortete nicht, sie studierte ihre Fingerspitzen.

»Was hast du ihm eigentlich erzählt?«, fragte Chris. »Er war ja plötzlich ganz friedlich.«

»Wir sind ein frisch verheiratetes Pärchen, das von Aveiro nach Lissabon ziehen will. Vítor hat eine Bekannte, die eine Wohnung zu vermieten hat.«

»Aha.« Unwillkürlich musste er schmunzeln.

Lydia zuckte mit den Schultern. »Ich bin mir nicht sicher, ob er mir die Geschichte abgekauft oder nur so getan hat und gleich zu seinem Chef rennt, um zu petzen. Er saß an einem Schreibtisch in dem Großraumbüro, als wir mit Pinto gesprochen haben. Könnte sein, dass er uns wiedererkannt hat.«

Es dämmerte bereits, als sie vor dem Haus in der *Rua do Prior* aus dem Wagen stiegen. Vítor war irgendwann in die Pastelería zurückgekehrt, wütend, aber auch wild entschlossen, sich nicht ausbooten zu lassen. Er hatte ihnen gebeichtet, dass er von dem Fall abgezogen worden war, jedoch heimlich weiterermitteln wollte, weil es ja schließlich um seine Nichte ging. Wenig später hatte er einen Anruf von seinem Chef erhalten. Er war suspendiert, sollte sich nicht mehr im Büro blicken lassen, außer um am nächsten Tag seinen Dienstausweis abzuliefern. Aber heute hatte er ihn noch. Und er hatte vor, ihn zu benutzen.

Lydia war nicht ganz wohl bei der Sache. Was sie vorhatten, war doppelte Amtsanmaßung. Zwei ausländische Polizeibeamte, die in Portugal keinerlei Befugnisse hatten, und ein vom Dienst suspendierter portugiesischer Kollege. Wenn dieser Manuel de Melo wirklich so gute Connections hatte, wie Vítor behauptete, wäre es ein Leichtes für ihn, sie nicht nur auflaufen zu lassen, sondern richtig in die Pfanne zu hauen. Sie riskierten alle drei ihren Job.

Hinzu kam, dass sie noch immer nicht so recht wussten, was sie von Vítor halten sollten. Während er mit seinem Chef telefoniert hatte, hatte Lydia im Flüsterton mit Salomon die Optionen erwogen. Leider hatten sie nicht viele. Vítor war ihre einzige Möglichkeit, an Informationen zu den Fällen zu gelangen. Auch wenn er jetzt suspendiert war, standen ihm noch immer viele Türen offen, die für sie beide gar nicht existierten. Andererseits waren sie sicher, dass es Dinge gab, die er ihnen verschwieg. Sie konnten ihm nicht vertrauen, mussten wachsam bleiben und alles, was von ihm kam, hinterfragen.

Trotzdem hatte Lydia nicht gezögert, als Vítor vorgeschlagen hatte, gemeinsam zu dem Haus in der *Rua do Prior* zu fahren und Anas Eltern zu befragen. Zum einen schuldete sie es Salomon, nichts unversucht zu lassen. Er hatte schon einmal das Gleiche für sie getan. Und selbst wenn nicht, wollte sie ihn in dieser Situation keinesfalls allein lassen, nicht zuletzt weil es ihr Vorschlag gewesen war, nach Lissabon zu fliegen. Zum anderen war der Fall rätselhaft genug, um ihre Neugier anzufachen.

Blieb die Frage, ob sich Anas Eltern überhaupt in dem Haus aufhielten, womöglich waren sie nicht einmal in der Stadt. Diese Klinik, in der ihre Tochter angeblich untergebracht war, konnte überall sein.

Als Vítor neben das Tor trat und klingelte, warf Lydia Salomon einen prüfenden Blick zu. Was würde er tun, wenn das Mädchen plötzlich vor ihm stand? Wäre er stark genug, sich nichts anmerken zu lassen?

Das Tor schwang auf. Paulo de Melo erwartete sie an der Tür. Er trug ein weißes Hemd, das er bis zu den Ellbogen hochgekrempelt hatte, sein Gesichtsausdruck war schwer zu deuten.

»Sie schon wieder?«, sagte er ärgerlich, als er sie erkannte. »Ich habe Ihnen doch gesagt, dass mein Bruder und meine Schwägerin nicht zu sprechen sind!«

»Das sehe ich anders«, verkündete Vítor gelassen und zog seinen Dienstausweis hervor. »*Polícia Judiciária*. Dürfen wir bitte reinkommen?«

De Melo warf Salomon einen bösen Blick zu. »Sind Sie auch von der Polizei? Haben Sie sich vorgestern unter einem falschen Vorwand hier eingeschlichen?«

»Nun lassen Sie uns erst einmal ins Haus gehen«, sagte Vítor beschwichtigend.

Erstaunt registrierte Lydia, wie gut er sich im Griff hatte. Ihr selbst hatte schon wieder eine scharfe Bemerkung auf der Zunge gelegen.

Schweigend ließ Paulo de Melo sie ein und führte sie in das gleiche Zimmer wie bei ihrem letzten Besuch. Doch diesmal war es nicht leer. Eine Frau Ende vierzig saß auf der Kante eines Stuhls. Sie war elegant gekleidet und dezent geschminkt, doch Lydia erkannte, dass sie sich nur mit Mühe aufrecht hielt. Allerdings war sie längst nicht so klein und zerbrechlich, wie sie auf den ersten Blick wirkte, sondern hatte einen drahtigen, durchtrainierten Körper. Vermutlich besuchte sie regelmäßig ein Fitnessstudio.

An ihrer Seite stand ein Mann in Anzug und Krawatte. Die Ähnlichkeit mit Paulo de Melo war unverkennbar, doch seine Züge waren kälter. Abgebrühter. Das musste Paulos Bruder Manuel de Melo sein.

Paulo de Melo bot ihnen keine Sitzplätze an, also blieben sie stehen. Lydia stellte sich dicht neben Salomon. Für ihren Partner war Manuel de Melo der mutmaßliche Entführer seiner Tochter. Oder zumindest der Mann, der sie ihren Entführern abgekauft hatte. Es musste ihn ungeheure Beherrschung kosten, einfach nur ruhig dazustehen.

»*Polícia Judiciária*«, sagte Paulo entschuldigend zu seinem Bruder.

»Ich dachte, es wäre alles geklärt.« Manuel de Melo fixierte sie mit feindseligem Blick.

»Könnten wir das Gespräch auf Englisch führen?«, bat Vítor. »Der Kollege aus Deutschland spricht kein Portugiesisch.«

»Ein Polizist aus Deutschland?«, fragte Manuel de Melo mit schneidender Stimme. »Was hat das zu bedeuten?«

Vítor lächelte. »Er ist ein Experte für besondere Fälle. Wir haben ihn um Hilfe gebeten.«

»Was für besondere Fälle?«, fragte Manuel auf Englisch und blickte Salomon direkt an.

»Verbrechen gegen Kinder«, erwiderte er, scheinbar vollkommen ruhig.

Doch Lydia spürte die Anspannung in seiner Stimme.

Die Frau, die bisher wie versteinert dagesessen hatte, zuckte zusammen. »Was hat das alles zu bedeuten?«, fragte sie mit schriller Stimme. »Was haben wir mit Verbrechen gegen Kinder zu tun?«

»Nichts, soweit wir wissen«, erklärte Vítor in beschwichtigendem Tonfall. »Meine Kollegen und ich haben nur ein paar Routinefragen bezüglich Anas … Unfall.« Er schaute sich im Raum um. »Sie ist nicht zufällig hier? Wir würden auch gern mit ihr selbst sprechen.«

»Kommt nicht infrage.« Manuel de Melo verschränkte die Arme.

»Sie müssen verstehen«, sagte Paulo de Melo rasch. »Es geht ihr nicht gut, sie ist krank und steht unter Medikamenten. Der Schock, das kalte Wasser.«

»Wir haben nur ein paar kurze Fragen an Ihre Tochter. Und Sie dürften selbstverständlich dabei sein.« Vítor sah die Frau beschwörend an. »Sie verstehen doch sicher, wie wichtig das für uns wäre. Bestimmt haben Sie davon gehört, dass weitere Mädchen, hm, verunglückt sind. Auf ganz ähnliche Weise wie Ana. Leider ist es für sie nicht so glimpflich ausgegangen.« Er beugte sich vor. »Es sollen doch nicht noch mehr Kinder sterben. Oder?«

Lydia bemerkte, wie mühsam sich Vítor beherrschte. Kleine Schweißperlen glänzten auf seiner Stirn. Sie rief sich in Erinnerung, dass auch er persönliche Gründe hatte, weshalb er unbedingt mit Ana sprechen wollte. Sie rieb sich nervös die Hände. Sie war mit zwei tickenden Zeitbomben in dieses Haus eingedrungen.

»Was hat Ana damit zu tun?«, fragte die Frau in schwerfälligem Englisch.

»Es gibt Hinweise darauf, dass die Fälle zusammenhängen«, erklärte Vítor. »Möglicherweise hatten die Mädchen Kontakt miteinander. Oder sie wurden von derselben Person überredet zu springen. Ana ist die Einzige, die überlebt hat. Nur sie kann uns dazu etwas sagen.«

Abrupt erhob sich die Frau. »Ana ist nicht gesprungen, sie ist gestürzt«, fuhr sie Vítor auf Portugiesisch an. »Sie ist Schlafwandlerin, sie wusste nicht, was sie tat. Und zu diesen anderen Kindern hatte sie mit Sicherheit keinen Kontakt. Wir leben in Brasilien. Verlassen Sie dieses Haus! Ich will mir Ihre Unverschämtheiten nicht länger anhören!«

»Aber …«

»Sie haben meine Frau gehört!« Manuel de Melo baute sich vor Vítor auf. »Mein Bruder wird Sie nach draußen begleiten. Ich wünsche Ihnen einen guten Abend.« Er wandte sich ab, fasste seine Frau bei den Schultern und redete beschwörend auf sie ein.

Lydia hörte Salomon heftig atmen. Sie wandte sich ihm zu, um ihm beruhigend die Hand auf die Schulter zu legen, doch sie war nicht schnell genug.

Mit zwei langen Schritten war ihr Partner bei Manuel de Melo und zwang ihn, sich zu ihm umzudrehen. »Ich gehe nicht, bevor ich mit Ana gesprochen habe. Ich will sie sehen. Sofort.« Seine Stimme war ruhig, doch Lydia hörte die mühsam unterdrückte Wut.

»Machen Sie sich nicht lächerlich.« Manuel de Melo zog sein Smartphone hervor. »Ich fordere Sie noch einmal auf, sofort zu gehen. Wenn Sie meiner Aufforderung nicht auf der Stelle Folge leisten, rufe ich die Polizei. Sie haben in diesem Land keinerlei Befugnisse. Ich sorge dafür, dass Sie noch heute nach Deutschland zurückfliegen müssen.«

»Das wagen Sie nicht.«

De Melo tippte eine Nummer in sein Telefon.

Salomon schlug ihm das Gerät aus der Hand. »A Ana é a minha filha!« Er packte den Portugiesen bei den Armen und schüttelte ihn.

De Melo starrte ihn an. In seinem Gesicht mischten sich Fassungslosigkeit und Zorn.

Seine Frau kreischte los.

»A Ana é a minha filha!«, brüllte Salomon erneut, ohne die schreiende Frau zu beachten. »Ana ist meine Tochter, und ich will sie sehen. Auf der Stelle.«

Lydia packte ihn von hinten und versuchte, ihn von de Melo wegzuzerren. Vítor half ihr, blickte dabei entschuldigend zu Paulo de Melo, der mit offenem Mund dastand.

Kaum war Manuel de Melo aus Salomons Klammergriff befreit, fuhr er herum und verpasste seiner Frau eine schallende Ohrfeige, die daraufhin auf die Knie sank, den Kopf in den Händen vergrub und leise wimmerte.

Dann wandte sich Manuel de Melo ihnen zu. »Das hat Konsequenzen!«, drohte er. »Das wird Sie teuer zu stehen kommen!«

Lydia hörte gar nicht zu. Gemeinsam mit Vítor schaffte sie es, Salomon nach draußen zu bugsieren. Er wiederholte unermüdlich den einen Satz, mal auf Englisch, mal auf Portugiesisch, bis seine Stimme sich überschlug. Als sie endlich vor dem Tor standen, brach er schluchzend auf dem Bürgersteig zusammen.

Als Lydia ihn auf die Bank drückte und sich neben ihn setzte, war es für Chris, als würde er aus einem Albtraum erwachen. Die grausigen Bilder spukten noch in seinem Kopf herum, aber allmählich nahm er auch wieder seine Umgebung wahr. Sie waren an dem Platz mit dem Brunnen, wo sie die Spur der geheimnisvollen Frau verloren hatten. Vítor war nicht bei ihnen.

Chris erinnerte sich dunkel, dass Lydia es abgelehnt hatte, sich von dem Portugiesen nach Hause fahren zu lassen. »Mein Kollege braucht frische Luft«, hatte sie erklärt, sich bei Chris untergehakt und ihn weggeführt.

Was davor geschehen war, lag im Dunkeln. Chris wusste noch, dass sie in dem Haus mit Paulo de Melo, seinem Bruder und seiner Schwägerin gesprochen hatten. Sie hatten nach Ana gefragt, aber die drei wollten sie nicht mit dem Mädchen reden lassen.

Chris erinnerte sich vage, dass ihm schwindelig geworden war. Er hatte nicht das Bewusstsein verloren, aber viel hatte nicht gefehlt. Das Zimmer war vor seinen Augen verschwommen, die Stimmen der anderen hatten verzerrt in seinem Schädel widergehallt. Und dann? Waren sie einfach unverrichteter Dinge abgezogen?

Da waren diese Worte in seinem Kopf gewesen, die er in Gedanken wieder und wieder gesagt hatte, wie ein Mantra, um nicht den Verstand zu verlieren.

A Ana é a minha filha. A Ana é a minha filha.

Oder hatte er sie laut ausgesprochen?

O Gott, nein! Bloß das nicht!

Er warf Lydia einen Blick zu. »Was habe ich getan?«, fragte er mit heiserer Stimme.

Sie runzelte die Stirn. »Du erinnerst dich nicht?«

»Ich habe wohl so was wie einen Blackout.« Nicht den ersten, seit sie in Lissabon waren. Aber das behielt er lieber für sich.

»Kein Wunder.«

»Ich habe es also wirklich gesagt?«

Sie nickte.

Stück für Stück wurde ihm klar, was für einen kapitalen Fehler er begangen hatte. Wenn das Mädchen tatsächlich nicht die leibliche Tochter der de Melos war, wenn sie auf irgendeinem illegalen Weg an Ana gekommen waren, wären sie nun gewarnt.

»Es tut mir so leid«, flüsterte er. »Ich habe die Nerven verloren.«

»Nicht deine Schuld«, antwortete Lydia. Sie hatte die Hände in den Taschen ihres Parkas vergraben und studierte den Boden vor ihren Stiefeln. »Wir hätten dich nicht mit reinnehmen dürfen. Uns hätte klar sein müssen, dass das nicht gut gehen kann.«

Uns. Wir. War Vítor jetzt ihr bester Freund? Chris starrte sie an. Was sollte dieses überhebliche Wir-Getue mit dem Portugiesen? Ihm lag eine scharfe Erwiderung auf der Zunge. Aber er schluckte sie runter. Lydia hatte recht. Hätten sie und Vítor allein mit der Familie gesprochen, hätten sie vielleicht etwas herausgefunden. Aber wie konnte er vernünftig bleiben in dem Wissen, dass sich irgendwo in diesem Haus ein Mädchen aufhielt, das sein Kind sein konnte?

»Hältst du mich für einen schlechten Menschen, weil ich einem Phantom nachjage, das meine Tochter sein könnte, obwohl zu Hause ein realer Sohn auf mich wartet, der mich braucht?«

»Ich bin nicht in der Position, dich für irgendetwas zu verurteilen«, sagte Lydia steif.

»Ich möchte trotzdem wissen, was du denkst.«

»Ich habe keine Kinder«, sagte Lydia zögernd. »Aber ich

kann dich gut verstehen. Und ich würde vermutlich das Gleiche tun.«

»Und wenn sich alles als Hirngespinst entpuppt?« Er fuhr sich durch das Gesicht. »Ich kann nicht mehr. Ich halte das nicht mehr aus.«

Sie hob den Blick. »Heißt das, du willst heimfliegen?«

»Nein!«

»Gut. Ich auch nicht.«

Er schwieg.

Plötzlich packte Lydia seinen Arm. »Da!« Sie deutete in eine dunkle Gasse.

Chris kniff die Augen zusammen. »Ich sehe nichts.«

»Ich dachte, ich hätte einen Schatten gesehen.«

»Du meinst, jemand ist uns gefolgt?«

Lydia zuckte mit den Schultern. »Könnte auch sein, dass uns jemand ausrauben will. Zwei unvorsichtige Touristen, die im Dunkeln auf einem einsamen Platz herumsitzen.« Sie erhob sich. »Komm. Lass uns heimgehen und darüber schlafen.«

Chris folgte zögernd ihrem Beispiel. Als sie in die düstere Gasse *Travessa Dom Brás* einbogen, glaubte Chris, Schritte hinter sich zu hören. Doch als er sich umdrehte, war niemand zu sehen.

Behutsam strich Vítor über den rosa Stoff. Valentina hatte das Kleid geliebt. Er schluckte die Tränen herunter und stopfte es in den Müllsack zu den anderen Sachen.

Jeder einzelne Gegenstand war ein kleines Stück Valentina, das nun im Müll landen würde. Weggeworfen wie Abfall. Entsorgt.

Aber er hatte keine Wahl. Jetzt, wo die Kollegen offiziell

wussten, dass Valentina seine Nichte war, könnten sie auch die anderen Dinge herausfinden, könnten sie auf die Idee kommen, sich bei ihm umzusehen, und sich wundern, was all die Mädchensachen in seiner Wohnung verloren hatten. Die viel zu vielen Dinge, die sich nicht damit erklären ließen, dass die Nichte gelegentlich eine Nacht bei ihrem Onkel verbrachte.

Der Gedanke war ihm gekommen, als dieser deutsche Polizist in dem Haus die Nerven verloren hatte. Er hatte das kurze Aufflackern von Panik in Manuel de Melos Augen gesehen und im gleichen Augenblick begriffen, dass er mehr mit diesem Mann gemeinsam hatte, als ihm lieb war. Sie beide hatten etwas zu verbergen. Sie beide würden alles tun für das Kind, das sie liebten, und wollten doch zugleich nicht, dass alle privaten Details ans Licht gezerrt wurden.

Hastig stopfte Vítor die restlichen Sachen in den Müllsack. Eine Barbiepuppe, ein Mäppchen mit Stiften, einen Schlafanzug. Dann verschloss er den Sack mit einem Knoten und lief zur Wohnungstür. Er würde ihn in einem Müllcontainer entsorgen, der nicht in seinem Viertel lag. Vermutlich war das eine übertriebene Vorsichtsmaßnahme, aber er wollte auf Nummer sicher gehen. Ein letztes Mal schaute er sich um, ob er auch nichts vergessen hatte. Er zögerte. Vermutlich machte ihn diese Aufräumaktion erst recht verdächtig, wenn sie ans Licht käme.

Und wenn schon.

Er stand bereits im Treppenhaus, als ihm einfiel, was er vergessen hatte. Eilig stürzte er in die Küche und nahm das Foto vom Kühlschrank, das er mit Magneten an die Tür geheftet hatte. Im fahlen Licht, das die Straßenlaternen in die Wohnung warfen, betrachtete er die Mädchen auf dem

Bild. Fünf kleine Engel in rosa Tüllkostümen. Sie lächelten in die Kamera, voller Stolz und Zuversicht, die Zukunft vor ihnen ausgebreitet wie ein roter Teppich. Das Bild war erst vor wenigen Wochen geschossen worden. Jetzt waren zwei von ihnen tot.

Sie legten den Weg zur *Rua dos Navegantes* schweigend zurück. Als sie aus dem Gewirr enger Gässchen auf eine größere Avenida mit Straßenbahnschienen stießen, die auf einen der vielen Hügel hinaufführte, hatte Chris erneut das Gefühl, dass jemand hinter ihnen war. Doch als er sich umdrehte, war wieder niemand zu sehen.

Lydia schien nichts gehört zu haben, also schwieg er. Vermutlich spielten ihm seine Nerven einen Streich. Er hatte seit Tagen kaum geschlafen, und dann der Zusammenbruch eben. Kein Wunder, dass er sich Verfolger einbildete, die gar nicht da waren.

Sie folgten den Schienen, als diese in die *Rua de Buenos Aires* mündeten. Jetzt war es nicht mehr weit bis zum Haus von Lydias Tante. Rechts tauchte ein baufälliges Gebäude auf, das an der Einmündung einer kleinen Gasse lag. Die Fenster waren zugemauert, zur Seitenstraße hin war ein Bauzaun angebracht worden. Auf dem Dach und auf den winzigen Balkonen wucherten Grünpflanzen.

Der Anblick stimmte Chris traurig, auch wenn er nicht genau hätte sagen können, warum. In Lissabon gab es viele Häuser, die ähnlich aussahen, die ganze Stadt kämpfte gegen den Verfall an, es war fast so, als würde für jedes neue oder sanierte Gebäude irgendwo ein anderes zerbröckeln.

Als sie an dem Haus vorbeigingen, schepperte es über ihnen. Sie blieben stehen und spähten nach oben.

»Vermutlich eine Katze«, sagte Lydia, »die in der Ruine Mäuse jagt.«

Wieder kam von oben ein Geräusch. Diesmal klang es eher wie ein Kratzen oder Schaben.

»Ziemlich laute Katze«, murmelte Lydia und trat auf die Fahrbahn, um besser nach oben blicken zu können.

»Ein Einbrecher wird es wohl kaum sein.« Chris betrachtete die heruntergekommene Fassade. Selbst im schwachen Licht der Laternen war nicht zu übersehen, wie baufällig das Haus war.

»Dann vielleicht der Hausgeist, der dagegen protestiert, dass ihm sein Haus über dem Kopf zusammenfällt.« Sie legte den Kopf in den Nacken. »Hey, Hausgeist, jammern hilft nicht! Wenn du etwas verändern willst, musst du aktiv werden!«

Ein Auto näherte sich, Lydia trat zur Seite, um es passieren zu lassen.

»Komm lieber von der Straße runter«, sagte Chris. »In der Dunkelheit sieht man dich kaum.«

Noch während er sprach, bemerkte er, dass Lydias Gesichtsausdruck sich veränderte. Sie starrte nach oben, als hätte sie tatsächlich einen Geist gesehen. Dann weiteten sich ihre Augen.

»Scheiße! Komm …« Sie streckte die Arme aus.

Im gleichen Augenblick hörte Chris ein dumpfes Poltern. Er wollte sich umdrehen, doch ein Schlag auf den Kopf ließ ihn mitten in der Bewegung erstarren. Ein schneidender Schmerz durchfuhr ihn. Dann wurde es dunkel.

Freitag, 10. März

Lissabon

Lydia presste Salomons Jacke an sich und lief unruhig auf dem Krankenhauskorridor auf und ab. Das Gebäude war alt und schien langsam zu zerfallen. Putz bröckelte von der Decke, Farbe blätterte von den Wänden, durch die Marmorplatten zu ihren Füßen zogen sich lange Risse wie Flüsse auf einer Landkarte.

Immerhin war Salomon nicht so schwer verletzt, wie es auf den ersten Blick ausgesehen hatte. Als der Stein ihn getroffen hatte und er zu Boden gegangen war, war Lydia vor Schreck das Herz stehen geblieben. Sie war zu ihm gestürzt, voller Angst, er könnte tot sein, hatte mit zitternden Händen nach seinem Puls gefühlt. Als sie das Schlagen unter ihren Fingerspitzen gespürt hatte, waren ihr vor Erleichterung die Tränen gekommen.

Salomon hatte eine Platzwunde, die genäht werden musste, und eine leichte Gehirnerschütterung. Mit etwas Glück würde er morgen schon wieder aus dem Krankenhaus entlassen werden.

Blieb die Frage, was eigentlich passiert war.

Hatte sich der Stein zufällig aus der baufälligen Fassade gelöst, als sie an dem Gebäude vorbeigegangen waren? Hatte ein Einbrecher ihn losgetreten? Oder hatte jemand absichtlich auf ihn gezielt?

Abrupt blieb Lydia stehen. Wenn es ein Anschlag war, stimmten Salomons Verschwörungstheorien womöglich, und sie waren der Wahrheit näher, als ihren Gegnern lieb war. Lydia setzte sich auf eine hölzerne Bank, die vor einer blau gefliesten Wand stand. Gedankenverloren strich sie über das Leder der Jacke, atmete den Geruch ein, der ihr so vertraut war. Musste sie Sonja informieren? Erwartete Salomon das von ihr? Oder wäre er sauer über die Einmischung? Sie überlegte hin und her, bis ihr einfiel, dass sie nicht einmal die Nummer von Salomons Freundin hatte.

Irgendwo klirrte Glas. Lydia fuhr zusammen, blickte hektisch zur Seite. Aber da war nichts. Nur die Tür, hinter der Salomon behandelt wurde. Sie war noch immer fest verschlossen. Ein uniformierter Beamter der *Polícia de Segurança Pública* hatte Lydia kurz befragt. Sie hatte so getan, als wären sie gewöhnliche Urlauber, hatte die Sache heruntergespielt. Keinesfalls wollte sie, dass die *Polícia Judiciária* involviert wurde und sie Chefinspektor João Pinto erklären musste, was sie noch immer in Lissabon machten. Nicht ohne handfeste Beweise gegen die Familie de Melo. Oder die Person, die die Mädchen dazu brachte, in den Tod zu springen.

Danach hatte sie mit zwei Männern der Baupolizei gesprochen. Doch die hatten sich nur für die Absicherung der Ruine interessiert.

In der Jacke auf Lydias Schoß vibrierte es.

Erschrocken fuhr sie zusammen. Dann wurde ihr klar, dass es Salomons Handy sein musste. Sie griff in die Tasche und zog es hervor.

Sonja. Ausgerechnet.

Lydia zögerte, dann nahm sie das Gespräch entgegen.

»Hallo«, murmelte sie.

»Wer ist denn da?«, fragte eine argwöhnische Frauenstimme.

»Lydia Louis.«

»Oh. Hier ist Sonja. Ich möchte mit Chris sprechen.«

»Das geht im Augenblick nicht.«

»Warum denn nicht?« Noch mehr Argwohn.

»Er … er wird gerade genäht. Nur eine kleine Platzwunde. Nichts Schlimmes.«

»O mein Gott! Er hatte einen Unfall!«

Fuck! Warum hatte sie nicht die Klappe gehalten? »Kein Unfall, nein. Nur ein … Missgeschick.«

»Ein Missgeschick? Was soll das heißen?«, fragte Sonja mit schriller Stimme. »Was denn für ein Missgeschick?«

Lydia rieb sich die Stirn. »Er hat einen Stein abgekriegt, der sich aus einem Abbruchhaus gelöst hat. Aber es geht ihm gut. Wirklich.« Lydia hätte sich am liebsten selbst geohrfeigt. Warum war sie so blöd gewesen, den Anruf entgegenzunehmen?

»Ist er bei Bewusstsein?«, fragte Sonja.

Lydia ballte die Fäuste und löste sie wieder. »Natürlich. Ich sagte doch, dass alles in Ordnung ist. Ich richte ihm aus, dass Sie angerufen haben.« Lydia drückte auf das rote Hörersymbol und schob das Telefon zurück in Salomons Jacke. Das hatte sie gründlich verbockt.

Sie blickte auf die Uhr. Halb drei. Finsterste Nacht. Die Stunde, in der die Menschen am tiefsten schliefen. Lydia seufzte, dann durchzuckte sie ein Gedanke. Warum war Sonja um diese Zeit wach? Warum hatte sie überhaupt angerufen?

Vítor stieg keuchend die letzten Stufen hoch und trat ins Freie. Kalter Wind empfing ihn. Und gleißendes Sonnenlicht, das, trotz der frühen Stunde, von den hellen Bodenplatten des Dachs und den weißen Mauern der zwei riesigen Glockentürme reflektiert wurde. Das Kloster *São Vicente de Fora* thronte über der Alfama, und vom Dach der Kirche hatte man einen sensationellen Blick über die Stadt.

Suchend sah Vítor sich um und entdeckte den Mann, mit dem er verabredet war, am anderen Ende des Dachs, wo er an der mit Ziertürmchen geschmückten Balustrade stand und über die blau schimmernde Lagune blickte, die der Tejo kurz vor seiner Mündung ins Meer bildete.

Vítor trat neben ihn. »Interessanter Treffpunkt.«

Sein Chef starrte weiter auf das Wasser. »Hier ist nur Gott unser Zeuge.«

Unwillkürlich schnappte Vítor nach Luft. »Ich bin sehr gespannt.«

Chefinspektor João Pinto wandte sich ihm zu. »Der Oberstaatsanwalt hat mich heute um fünf aus dem Bett geklingelt. Manuel de Melo hat sich beim Innenminister beschwert. Offenbar sind die beiden deutschen Polizisten gestern Abend bei ihm aufgetaucht und haben ihn und seine Familie belästigt. Und zwar in Ihrer Begleitung, Vítor.«

Es hatte keinen Sinn zu leugnen. »Die beiden wollten mit dem Mädchen sprechen. Ich dachte, wenn ich dabei bin, habe ich die Sache unter Kontrolle.«

»Sie sind suspendiert, Mann!«

Vítor senkte den Blick. »Ich wusste nicht, dass das auch für den Auftrag gilt, die beiden im Auge zu behalten«, murmelte er kaum hörbar.

»Verarschen Sie mich nicht!«

»Es tut mir leid, Chef. Aber ich finde wirklich …«

»Was Sie finden, ist mir egal, Vítor!«, unterbrach ihn Pinto. »Wenn Sie unbedingt Ihre Karriere ruinieren wollen, können Sie das gern tun. Aber ohne mich! Wenn Sie Scheiße bauen, rollt auch mein Kopf. Das lasse ich nicht zu.«

»Aber …«

Pinto hob die Hand. »Ich fordere Sie hiermit nochmals ganz offiziell auf, die Finger von dem Fall zu lassen. Von allen Fällen, von den Suiziden und auch von dem Unfall auf der Brücke. Verstanden?«

»Ja, Chef.« Vítor rauschte der Kopf. Er sollte widersprechen, sollte Pinto davon überzeugen, dass die Fälle zusammenhingen, dass da irgendetwas Großes vertuscht werden sollte. Aber wie sollte er das hinkriegen?

»Die Suspendierung bezieht sich auch auf die Kooperation mit den deutschen Kollegen. Keinerlei Kontakt mehr, kein Austausch von Informationen. Und glauben Sie bloß nicht, ich hätte keine Ahnung, was die beiden hier suchen. Das war nicht schwer herauszufinden. Aber ohne offizielles Amtshilfeersuchen läuft da gar nichts. Die beiden sind als ganz normale Touristen hier, und genauso werden sie auch behandelt. Sie haben Glück, dass die Aktion gestern Abend nicht ausreicht, um sie auszuweisen. Sonst säßen sie bereits im Flieger.«

Vítor biss sich auf die Lippe.

João Pinto wandte sich wieder der Lagune zu. »Ich liebe diese Stadt«, sagte er, »in all ihrer verkommenen Schönheit.«

Vítor folgte seinem Blick, dachte an die Mädchen. Wasser, hatte Salomon gesagt, alle Todesfälle hatten irgendwie mit Wasser zu tun. Hatte das tatsächlich eine Bedeutung oder lag es nur daran, dass das Wasser in dieser Stadt allgegenwärtig war, dass man von jedem Hügel, hinter jeder Biegung den Fluss glitzern sah?

»So, das war der offizielle Teil.« Pinto drehte sich wieder zu ihm um. »Jetzt kommt der inoffizielle.«

Vítors Kehle wurde trocken.

»Ich kann es nicht leiden, wenn mir irgendwer in die Arbeit reinpfuscht. Wenn einer meint, weil er den Minister kennt, gälten für ihn Sonderrechte. Nicht nur das. Es macht mich misstrauisch.«

»Was bedeutet das für mich?«, fragte Vítor, obwohl er ahnte, worauf sein Chef hinauswollte.

»Bringen Sie mir Beweise, einen unwiderlegbaren Zusammenhang zwischen dieser Ana und den anderen Mädchen. Dann kann der Oberstaatsanwalt die Akte nicht länger unter Verschluss halten.« Er drückte Vítor einen Zettel in die Hand. »Das hier könnte Ihnen helfen. Bohren Sie weiter. Aber diskret. Lassen Sie sich nicht erwischen.«

»Und wenn ich auffliege?«

»Dann müssen Sie die Konsequenzen tragen. Das ist der Deal. Mehr kann ich Ihnen nicht anbieten. Sollte es hart auf hart kommen, lasse ich Sie fallen wie ein heruntergebranntes Streichholz, Vítor.«

Chris schloss die Augen und atmete den Geruch nach gestärkter Krankenhausbettwäsche ein. »Es geht mir gut, wirklich. Ich brauche nur ein bisschen Ruhe.«

Schweigen am anderen Ende der Leitung.

»Das heißt nicht, dass ich nicht mit dir reden möchte«, fügte er schnell hinzu. »Nur, dass du dir keine Sorgen machen sollst.«

»Das sagt sich so leicht.« Leise. Traurig.

Er presste die Finger auf die Augenlider. Warum hatte Lydia sie informiert? Sie hatte es sicherlich gut gemeint, aber es wäre besser gewesen, wenn Sonja gar nicht erfahren hätte, was passiert war.

»Du hast noch nicht einmal gefragt, warum ich mitten in der Nacht angerufen habe.«

»*Du* hast Lydia angerufen?«

»Nicht Lydia. Dich. Sie ist an dein Telefon gegangen.«

Ein heiß sprudelnder Schreck strömte durch seine Glieder. »Ist etwas passiert? Das Kind?«

»Ich hatte wieder Wehen. Fehlalarm. Aber ich brauchte jemanden zum Reden. Ich fühle mich so allein.«

Er stöhnte lautlos. »Du hast doch Gudrun. Und deine Familie.«

»Ich brauche dich, Chris.«

»Und ich bin für dich da«, flüsterte er und schaute sich hastig im Zimmer um. Einer seiner Bettnachbarn starrte mit ausdruckslosem Gesicht zur Decke, der andere las eine Zeitung mit fetten Überschriften und vielen Fotos. Zum Glück verstanden beide kein Wort von dem, was Chris sagte. Trotzdem hätte er dieses Gespräch lieber ohne Mithörer geführt.

»Dann komm nach Hause.«

Er erwiderte nichts. Wie könnte er jetzt fortgehen? In dem Wissen, dass er nicht allmählich den Verstand verlor, sondern auf der richtigen Spur war; dem Geheimnis so nah, dass jemand versuchte, ihn umzubringen, um es zu schützen? Irgendwer trieb die Mädchen in den Suizid, aus welchem Grund auch immer. Und Ana war das Opfer, das überlebt hatte. Deshalb war sie in großer Gefahr. Er musste sie retten, egal ob sie seine Tochter war oder nicht.

»Ich mache mir Sorgen um dich«, sagte Sonja. »Am liebsten würde ich zu dir kommen.«

»Das geht nicht«, entfuhr es ihm. »Nicht dass ich das nicht schön fände«, ergänzte er rasch. »Aber du darfst ja gar nicht mehr fliegen.«

»Ich weiß.« Sie seufzte.

»Mach dir bitte keine Sorgen. Ich bin bald zurück.«

»Ich habe das Gefühl, dass etwas Schlimmes passieren wird.« Ihre Stimme war kaum zu hören.

»Das ist doch Unsinn«, fuhr er sie an. Und dann sanfter: »Ich will, dass du dir heute einen schönen Tag machst. Geh einkaufen, ins Kino, mit einer Freundin essen. Unser Baby spürt, wenn du dich unwohl fühlst, und das soll es doch nicht, oder?«

Nachdem er aufgelegt hatte, versuchte er, sich auf den Fall zu konzentrieren, nach einer Erklärung für all die seltsamen Ereignisse zu suchen. Aber Sonjas Worte ließen ihn nicht los.

Ich habe das Gefühl, dass etwas Schlimmes passieren wird.

Er hatte sich nichts anmerken lassen. Aber er spürte es ebenfalls.

»Möchtest du wirklich keinen Kuchen, Liebes?«

Lydia zwang sich zu einem Lächeln. »Nein, danke, Tante. Tee genügt.«

Sie setzten sich in die äußerste Ecke des Cafés im »Corte Inglés«, dem großen Kaufhaus, in dem Lydia schon so oft mit ihrer Tante gewesen war. Teetrinken im »Corte Inglés« war ein Ritual, das ihnen beiden wichtig war.

»Wie geht es deinem Kollegen?«, fragte Maria und rührte Milch in ihren Tee. »Wirklich schrecklich, was passiert ist. Diese Stadt fällt auseinander.«

»Er ist okay«, sagte Lydia gedehnt. »Sie haben ihn nur zur Beobachtung dabehalten.«

»Du magst ihn.«

Lydia blickte in ihre Tasse. »Er hat eine Frau. Und demnächst einen Sohn.«

»Mein armes Mädchen.« Maria streckte die Hand aus und tätschelte Lydias Arm.

Es hatte keinen Sinn, ihrer Tante etwas vorzumachen, also versuchte sie es gar nicht erst. Stattdessen wechselte sie das Thema. »Wusstest du, dass in der *Rua do Prior* mal ein Kinderheim war?« Sie hatte den Vormittag noch einmal in der Bibliothek verbracht. Dabei hatte sie zwar nicht mehr über die Familie de Melo in Erfahrung gebracht, dafür aber über das Haus, in dem Paulo de Melo wohnte.

Bis vor wenigen Jahren hieß das Anwesen »Casa Madre de Deus« und war ein Kinderheim gewesen, ausschließlich für Mädchen. Bis ein Feuer ein Nebengebäude komplett zerstört hatte. Fünf Mädchen waren ums Leben gekommen. Daraufhin hatte man das Heim geschlossen, die verbliebenen Kinder auf andere Heime und Pflegefamilien verteilt.

»Ich erinnere mich.« Maria nickte. »Das Feuer. Eine tragische Geschichte.«

»Der ehemalige Heimleiter Paulo de Melo ist der Onkel des Mädchens, das von der Brücke sprang.«

»Ach, wirklich?«

Lydia nahm einen Schluck Tee. »Was weißt du über das Heim? Oder das Feuer?«

Maria zuckte mit den Schultern. »Nicht mehr als das, was in den Zeitungen stand. Angeblich wurden die Sicherheitsvorschriften nicht eingehalten. Es gab keine Feuerlöscher. Und die Haustür war verschlossen. Einige Mädchen versuchten, sich über das Dach zu retten, und sind in den Tod gesprungen.«

Lydia presste die Lippen zusammen. Schon wieder Mädchen, die in den Tod sprangen. »Hatte es Konsequenzen für de Melo?«

»Wenn ich mich richtig erinnere, wurde die Schuld hin und her geschoben, bis sich alle Verantwortlichen reingewaschen hatten. Das Heim wurde wohl zu gleichen Teilen von der Stadt und der Kirche betrieben. Und Paulo de Melo war nicht nur Heimleiter, sondern auch der Besitzer des Gebäudes. Irgendeine komplizierte Haftungsgeschichte, bei der am Ende niemand die Verantwortung übernehmen musste.« Maria seufzte. »Die armen Mädchen.«

»Weißt du, wie alt sie waren?«, fragte Lydia. »Ich meine die aus dem Heim, die sich vor dem Feuer retten wollten. Waren die im gleichen Alter wie die Mädchen, die in den letzten Tagen gesprungen sind?«

Maria beugte sich vor. »Du meinst, es könnte ein Zusammenhang bestehen, zwischen den Heimmädchen und den weißen Engeln?« Sie verwendete den Begriff, den die Presse für die Mädchen erfunden hatte, die in den Tod gesprungen waren, weil alle drei ein weißes Nachthemd getragen hatten.

Lydia schnitt eine Grimasse. »Ich weiß es nicht. Ich stochere nur im Nebel herum.« Ihr kam ein Gedanke. »Zu welcher Tageszeit brach das Feuer aus? Nachts, oder? Also trugen auch die Heimmädchen vermutlich Nachthemden.«

»Aber sie sprangen, um ihr Leben zu retten, nicht um zu sterben.«

»Stimmt.« Lydia spielte nachdenklich mit dem Zuckertütchen herum, das sie nicht benutzt hatte.

»Was hat das alles mit der Tochter deines Kollegen zu tun?«, fragte Maria mit Wärme in der Stimme.

Lydia hatte ihrer Tante den wahren Grund für ihren Besuch in Lissabon anvertraut. Sie hatte von Anna erzählt, von Salomons verzweifelter Suche, von seiner Überzeugung, sie wiedergefunden zu haben.

»Ich habe keine Ahnung«, gab sie zu.

»Du willst ihm helfen, das verstehe ich.«

»Es ist nicht nur das. Irgendetwas ist faul an dieser Selbstmordserie. Ich will herausfinden, was dahintersteckt.«

»Und du glaubst, die portugiesische Polizei schafft das nicht?«

»Ich habe den Eindruck, dass etwas vertuscht werden soll.«

Maria hob die Brauen.

»Wenn es einen Zusammenhang mit dem Feuer von damals gibt, möchte womöglich jemand verhindern, dass der Fall noch einmal aufgerollt wird. Jemand, der verantwortlich für die Sicherheitsmängel ist und der um seinen Posten fürchtet.«

»Ach Lydia.« Maria nahm ihre Hand und drückte sie. »Manchmal wünsche ich mir die Zeit zurück, als sich für dich alles darum gedreht hat, mir ein Pastel de Nata abzuschwatzen. Weißt du noch, wie sehr du diese Puddingteilchen geliebt hast?«

Lydia lächelte. »Manchmal wünsche ich mir das auch. Ich liebe Pastéis de Nata noch immer.«

»Dann solltest du mehr davon essen. Du bist mager geworden.«

Lydia wollte etwas Banales erwidern, doch ihr blieben die Worte im Hals stecken. Keine zwei Meter von ihr entfernt stand ein Mädchen mit langen blonden Haaren und schaute mit weit aufgerissenen Augen zu ihr herüber. Das Gesicht kam Lydia bekannt vor. Wo hatte sie das Mädchen schon einmal gesehen?

Dann fiel es ihr ein. Der Tatort in Belém, das Mädchen, das als Einzige zu dem Denkmal geschaut hatte, statt zu dem wuchtigen Gefängnisturm, als wüsste sie, wo das Opfer zu Tode gekommen war.

Lydia sprang auf. Der Tisch wackelte, der Tee schwappte über. Sie achtete nicht darauf, lief auf das Mädchen zu.

In dem Moment tauchte eine Frau auf, nahm es bei der Hand und zerrte es fort.

»Halt!«, rief Lydia. »Warten Sie!«

Die Frau runzelte die Stirn.

Lydia wandte sich an das Mädchen. »Erinnerst du dich an mich? Du warst unten am Fluss, als …« Sie verstummte.

Das Mädchen schüttelte den Kopf, sah sie aber weiterhin unverwandt an.

»Was wollen Sie von meiner Tochter?« Die Frau trug ein elegantes Kostüm und eine klobige Kette aus bunten Steinen. Kleine Falten um ihren Mund deuteten darauf hin, dass sie die Lippen häufig ärgerlich kräuselte. »Kennst du diese Frau, Clara?«

Wieder ein Kopfschütteln.

»Du warst am *Torre de Belém*«, versuchte es Lydia. »Ich habe dich gesehen.«

»Unsinn!«, fuhr die Frau sie an. »Meine Tochter war schon ewig nicht mehr dort. Das muss eine Verwechslung sein.« Sie zog das Mädchen weg. »Komm, Clara. Wir müssen los.«

Frustriert schaute Lydia den beiden hinterher. Sie hatte das Mädchen nicht verwechselt, ganz sicher nicht. Und auch die kleine Clara hatte sie erkannt. Aber das nützte nichts, wenn sie nicht bereit war zu reden.

Gehorsam rutschte Clara auf den Fensterplatz im Bus, die bunte Handtasche mit den Glitzerpailletten, die sie ihrer Mutter abgebettelt hatte, an die Brust gepresst. Eigentlich mochte sie die Tasche jetzt gar nicht mehr. Alles war verdorben. Wegen der Frau, der blonden Polizistin. Die war schuld, dass sie jetzt wieder an den schwarzen Engel denken musste und ihr der Bauch wehtat.

»Was für eine schreckliche Person«, murmelte ihre Mutter zum wiederholten Mal, während sie die Einkaufstüten auf dem Boden vor dem Sitz abstellte. »Die hatte doch nicht alle Tassen im Schrank.«

Clara kaute an ihrem Fingernagel. Sie wusste, dass sie der Polizistin hätte erzählen müssen, was sie beobachtet hatte. Aber das konnte sie nicht. Die Polizei war schlau. Die würde den schwarzen Engel auch so kriegen.

»Clara! Hörst du mir überhaupt zu?«

Clara schreckte auf. »Was denn?«

»Was möchtest du heute Abend essen? Du darfst dir was wünschen.«

»Pizza.«

»Hm.«

»Bitte!«

Ihre Mutter verdrehte die Augen. »Also gut. Aber mit mindestens einem Gemüse als Belag.«

Clara hörte schon gar nicht mehr hin. Der Bus hatte mehrfach gehalten, seit sie losgefahren waren, und inzwischen war er so voll, dass die Leute Stille Post hätten spielen können, ohne sich vorzubeugen. Trotzdem hatte Clara ihn entdeckt. Er stand ganz vorn beim Fahrer und blickte in ihre Richtung.

Der schwarze Engel.

Samstag, 11. März

Lissabon

Die Sonne strahlte von einem wolkenlosen blauen Himmel, als Lydia den Rover vor dem Krankenhaus parkte. Erst jetzt fiel ihr auf, dass das Gebäude in dem gleichen dunklen Rosaton gestrichen war wie das Haus der de Melos in Lapa. Und wie Hunderte andere Häuser in Lissabon.

Salomon erwartete sie bereits in der Eingangshalle. Er wirkte übernächtigt, aber entschlossen, und das Pflaster über der genähten Platzwunde auf der Stirn verlieh seinem Aussehen etwas Verwegenes.

»Ich will zu der Ruine fahren«, sagte er statt einer Begrüßung. »Ich muss wissen, was passiert ist.«

»Jetzt sofort?«

»Hast du etwas anderes vor?«

Sie grinste erleichtert. So kämpferisch war er ihr am liebsten. Und am ähnlichsten. »Dann mal los.«

Unterwegs erzählte Lydia ihrem Partner, was sie über das Haus der Familie de Melo in Erfahrung gebracht hatte. Sie hatte versucht, an eine Liste der Mädchen zu kommen, die damals dort gelebt hatten, sowohl derer, die bei dem Feuer umgekommen waren, als auch derer, die überlebt hatten. Bislang ohne Erfolg. Vielleicht konnte Vítor ihnen weiterhelfen, doch sie hatte ihn noch nicht erreicht.

Sie parkten in der *Rua dos Navegantes* und liefen das letzte Stück zu Fuß. Im hellen Sonnenlicht sah das baufällige Haus völlig harmlos aus. Etwa in Höhe des ersten Stocks war eine Art hölzerne Überdachung in das Baugerüst eingearbeitet, die Fußgänger vor Steinschlag schützen sollte. Der Stein war also entweder erst dort aufgeschlagen und dann abgeprallt oder jemand hatte ihn über diesen Schutz hinweg gezielt auf Salomon geworfen.

»Das war kein Unfall«, sagte Lydia.

»Das sehe ich genauso.« Salomon rüttelte an dem Gerüst. »Heute Morgen war ein Polizist bei mir im Krankenhaus. Wenn ich will, kann ich Schadenersatz vom Hausbesitzer fordern. Sie können aber nicht garantieren, dass ich was kriege, denn die Ruine ist ordnungsgemäß gesichert.«

»Na klasse.« Lydia schüttelte den Kopf. »Hat er durchblicken lassen, ob sie Einbruchspuren gefunden haben?«

»Nein. Ich habe jedoch nicht danach gefragt.«

Sie sahen sich an.

Eine alte Frau mit Hund drängte sich an ihnen vorbei. Ein Lieferwagen hielt zwei Häuser weiter vor einem Geschäft.

»Vielleicht sollten wir es besser von der Seitenstraße aus versuchen«, schlug Lydia vor. »Da ist weniger los.«

»Gute Idee.«

Sie bogen in die Gasse. Eine Bretterwand umgab hier das Grundstück.

»Du hilfst mir rüber und stehst Schmiere«, sagte Lydia.

Salomon öffnete den Mund.

»Keine Widerrede. Du hast eine Gehirnerschütterung. Außerdem bist du zu schwer, ich kann dich nicht über den Bauzaun hieven.«

»Du bist die Chefin.« Er lehnte sich mit dem Rücken

gegen die Bretterwand und faltete die Hände zur Räuberleiter.

»Wünsch mir Glück«, murmelte Lydia, griff nach seinen Schultern und stieg hoch.

Sekunden später war sie auf der anderen Seite. Der Raum zwischen Bretterzaun und Hauswand war kaum mehr als schulterbreit. Die Fenster im Parterre waren zugemauert. Aber nach wenigen Schritten entdeckte Lydia eine verwitterte Tür, die nur angelehnt war.

Sie quetschte sich ins Innere der Ruine. Leere Bierdosen und vergilbte Zeitungen auf dem Boden verrieten ihr, dass sie nicht die erste Besucherin war. Fragte sich, ob die anderen sich auch unbefugt Zutritt verschafft hatten oder ob es sich um Bauarbeiter gehandelt hatte.

Die Treppe in den ersten Stock sah wenig vertrauenerweckend aus. Aber Lydia hatte keine Wahl. Wenn jemand den Stein geworfen und dabei Spuren hinterlassen hatte, dann waren diese im oberen Teil des Hauses zu finden. Die morschen Stufen knarrten. Eine gab unter Lydias Gewicht nach und brach krachend in sich zusammen. Lydia musste sich rasch an das Geländer klammern, um nicht zu stürzen. Sie rieb sich den schmerzenden Knöchel, dann stieg sie weiter hinauf.

Der erste Stock war völlig leer, die Fenster zur *Rua de Buenos Aires* so fest verschlossen, dass sie mit Sicherheit schon seit Jahren nicht mehr geöffnet worden waren.

Fehlte das Dach. Eine schmale Stiege führte nach oben. Tapete blätterte von den Wänden, es roch nach Schimmel und Verwesung. Als Lydia die Luke zur Dachterrasse aufstieß, flatterten Tauben auf. Flügel schlugen, Federn wirbelten durch die Luft.

Lydia fuhr erschrocken zurück und hob schützend die Hände vors Gesicht. Dann betrat sie vorsichtig das Dach. Jede Menge lose Steine lagen herum, die Balustrade war bröckelig. Gut möglich, dass sich ein Stück aus dem Mauerwerk löste, wenn eine Katze darüberlief. Aber nicht mit so viel Wucht, dass es auf der Überdachung abprallte und von dort auf die Straße sprang. Oder doch?

Lydia suchte jeden Zentimeter ab. Ohne Erfolg. Das Dach sah aus, als wäre hier außer Tauben seit Jahren niemand mehr gewesen. Sie wollte schon aufgeben, als sie auf dem Boden etwas glitzern sah.

Vítor drückte den Anruf weg. Lydia Louis versuchte seit gestern ständig, ihn zu erreichen. Aber er durfte nicht mit ihr telefonieren, nicht von seinem regulären Handy jedenfalls. Er musste sich dringend ein Telefon mit Prepaid-Karte besorgen. Bis dahin musste er improvisieren.

Lydia Louis war jedoch im Augenblick seine geringste Sorge. Nach dem Gespräch mit seinem Chef gestern Morgen war er stundenlang durch die Straßen gelaufen und hatte überlegt, was er tun sollte. Wollte er wirklich für seinen Chef Kopf und Kragen riskieren?

Andererseits tat er es nicht für João Pinto, sondern für sich selbst. Er konnte sich nur von seiner eigenen Schuld reinwaschen, wenn er jemanden fand, der noch Schlimmeres getan hatte, jemanden, der seine kleine Valentina auf dem Gewissen hatte und der sie auch dann getötet hätte, wenn Vítor nicht …

Er presste die Faust vor den Mund und legte die letzten Schritte bis zur Haustür zurück. Das Mietshaus lag in der Nähe des *Praça Paiva Couceiro*, eines vom Verkehr umtosten

Platzes mit einem Straßencafé und hohen Bäumen, unter denen alte Männer Karten spielten.

Schon als Vítor die Wohnung betrat, roch er den Alkohol. Er sammelte die Flaschen auf, die auf dem Boden herumlagen, und setzte sich zu Rosa, die zusammengerollt auf dem Sofa lag und leise wimmerte.

»Hast du heute schon was gegessen?«, fragte er.

»Es ist meine Schuld«, lallte Rosa. »Ich habe sie umgebracht.«

Für den Bruchteil einer Sekunde rauschte das heiße Glück der Erleichterung durch Vítors Adern. Wenn Valentina vor ihrem Tod zu Hause gewesen war, wenn Rosa sie irgendwie …

Dann rief er sich zur Ordnung.

»Dich trifft keine Schuld«, sagte er sanft. »Bitte mach dir keine Vorwürfe.«

»Ich war eine schlechte Mutter.«

Vítor biss sich auf die Lippe.

Rosa setzte sich auf. Erst jetzt sah er, wie verwahrlost sie aussah. Strähnige Haare, bleiches, aufgeschwemmtes Gesicht, dunkle Ringe unter den Augen.

»Ich habe ihr nicht zugehört.« Rosa klang mit einem Mal völlig nüchtern. »Wenn ich auf das gehört hätte, was sie mir versucht hat mitzuteilen, wäre das alles nicht passiert.«

»Wovon sprichst du?« Plötzliche Angst umklammerte Vítors Brust.

Rosa rieb sich die Augen. »Valentina wollte mir etwas erzählen. Nur wenige Tage, bevor … bevor …«

»Schon gut.« Vítor tätschelte ihre Hand. »Wie kommst du darauf, dass das, was sie dir erzählen wollte, mit ihrem Tod zu tun haben könnte?«

»Sie war so ernst. Nein, nicht ernst, eher bekümmert. Mir ging es nicht gut, ich habe gar nicht richtig hingehört. Und dann …« Rosa brach in Tränen aus.

Vítor hielt sie fest und wartete, bis sie sich beruhigt hatte. »Vielleicht war es gar nicht so wichtig, wie du glaubst. Bestimmt hat sie sich nur mit einer Freundin gestritten. Oder sie hatte Ärger in der Schule.«

»Nein, das war es nicht.«

»Wie kannst du da so sicher sein?«

»Sie hat Andeutungen gemacht. Über einen Mann, der etwas von ihr verlangte, etwas, das sie nicht zulassen wollte, der ihr, hm, zu nahegekommen war.«

Vítor stöhnte auf.

»Ach, Vítor!« Tränen schimmerten in Rosas Augen. »Ich glaube, meine kleine Valentina ist missbraucht worden. Irgendein perverser Dreckskerl hat sie mit seinen schmutzigen Fingern angegrapscht, und ich war nicht da, um ihr zu helfen.«

»Zeig ihn mir noch mal!« Salomon streckte die Hand aus. Er hatte sich Einmalhandschuhe übergestreift.

Lydia ließ das Schmuckstück hineinfallen, das sie auf dem Dach der Ruine gefunden hatte, ein fein gearbeiteter silberner Herzanhänger. Sie waren auf dem Rückweg zum Haus von Lydias Tante, hatten kurz überlegt, ihren Fund der Polizei zu melden, dann jedoch anders entschieden.

»Ich kann mich einfach nicht erinnern, ob Anas Mutter eine Kette getragen hat.«

»Ihr Vater und ihr Onkel jedenfalls nicht, das wäre mir aufgefallen.« Lydia zog ihr Smartphone hervor. Noch immer keine Rückmeldung von Vítor. Was war nur los mit ihm?

Sie knetete ihre Schulter. Beim Zurückklettern über den Bretterzaun hatte sie eine falsche Bewegung gemacht. Der Schmerz war ihr heiß durch den ganzen Oberkörper geschossen, und für einen Moment hatte sie geglaubt, sie hätte sich das Gelenk ausgekugelt. Zum Glück war der schlimmste Schmerz rasch abgeklungen. Trotzdem war sie mit der gezerrten Schulter kaum über das Hindernis gekommen und entsprechend plump auf der anderen Seite gelandet.

Salomon reichte ihr den Anhänger. »Lange hat er jedenfalls nicht auf dem Dach gelegen, sonst wäre das Silber angelaufen.«

»Das bedeutet jedoch nicht, dass die Person, die den Stein geworfen hat, ihn verloren hat. Außerdem kann ich mir Joana Miranda nicht dabei vorstellen, wie sie über den Bretterzaun klettert.«

»Bleibt die Unbekannte, die wir aus dem Haus kommen sehen haben«, sagte Salomon. »Zu blöd, dass wir sie aus den Augen verloren haben!«

»Aber wer sollte das sein?«, wandte Lydia ein. »Und welches Motiv sollte diese Frau haben, dir etwas anzutun?«

Sie bogen um die Straßenecke. Der Rover stand genau vor Marias gelbem Haus. Etwas war anders, aber Lydia bemerkte nicht sofort, was es war. Dann sah sie es. Jemand hatte alle vier Reifen aufgeschlitzt.

»Foda-se«, stieß sie hervor.

»Da meint es jemand ernst mit seinen Warnungen.« Salomon nahm die Hände aus den Jackentaschen und schritt um den Wagen herum. »Sonst scheint aber alles okay zu sein.«

»Okay finde ich das nicht.« Lydia hatte bereits das Handy am Ohr. »Ich rufe den Abschleppdienst. Ich möchte nicht, dass meine Tante den Wagen so sieht. Sie hängt sehr daran, mein Onkel hat ihn bis zu seinem Tod gefahren.«

Nachdem Lydia das Gespräch beendet hatte, blickte sie die Straße hinauf und hinab. »Es gefällt mir nicht, dass unser Verfolger weiß, wo wir wohnen.«

»Vielleicht sollten wir doch die Polizei rufen?«

»Und was erzählen wir denen?«

Salomon hob die Schultern.

»Wenn nur Vítor endlich ans Telefon gehen würde!« Lydia trat gegen den kaputten Reifen.

»Der Kerl war mir von Anfang an suspekt.« Salomon berührte das Pflaster auf seiner Wunde. »Aber du wolltest ja nichts davon hören.«

»Ach, jetzt bin ich schuld?« Lydia starrte ihn fassungslos an.

Salomon hob die Hände. »Das wollte ich damit nicht sagen. Aber wir hätten ihm nicht blind vertrauen dürfen, sondern uns über ihn informieren sollen.«

Lydia unterdrückte den Impuls, erneut gegen den Wagen zu treten. »Du glaubst doch nicht, dass Vítor uns die Reifen aufgeschlitzt hat.«

»Natürlich nicht. Aber …« Salomon stockte.

»Was denn?«

Er deutete auf die Windschutzscheibe. Unter dem Scheibenwischer klemmte ein Blatt Papier. »Sieht so aus, als hätte unser Reifenfetischist uns eine Nachricht hinterlassen.«

Lydia trat näher. »Hast du die Handschuhe noch?«

»Weggeworfen.«

»Dann muss es so gehen.« Sie zog die Ärmel ihres Sweatshirts über die Hände, so wie sie es gemacht hatte, als sie den Herzanhänger vom Boden aufgelesen hatte.

Salomon hob den Scheibenwischer an, sie griff nach dem Zettel, legte ihn auf die Motorhaube und faltete ihn behutsam auseinander.

Eine Weile studierten sie schweigend die wenigen mit dickem Filzstift in Druckbuchstaben geschriebenen Worte auf dem Stück Papier.

»Ist das eine Adresse?«, fragte Salomon schließlich.

Die gelbe Straßenbahn kam mit einem lauten Quietschen zum Stehen. Lydia zupfte Salomon am Ärmel, doch der rührte sich nicht.

»Wow!« Staunend betrachtete er das altertümliche Gefährt. »Ein Wunder, dass die noch fährt.«

»Ich wusste gar nicht, dass du ein Straßenbahnfan bist.« Lydia zerrte ihn die Stufen hinauf und reichte dem Fahrer das abgezählte Geld. »Hast du etwa auch als Junge eine elektrische Eisenbahn gehabt?« Sie wollte nicht abschätzig klingen, es rutschte ihr einfach heraus. Es musste an der Angst liegen vor dem, was sie am Ziel ihrer kurzen Fahrt erwartete. Noch hatte sie ihrem Partner nicht erzählt, was die Adresse auf dem Zettel bedeutete.

Zuerst war der Abschleppdienst aufgetaucht, und Lydia hatte mit dem Fahrer die Formalitäten klären müssen, dann hatte Salomon einen Anruf von Sonja bekommen, der ihn irritiert hatte. Offenbar hatte seine Freundin am Telefon völlig aufgedreht geklungen. Nahezu euphorisch.

Die Straßenbahn setzte sich mit einem Ruck in Bewegung. Sie war, wie immer, gerammelt voll mit Touristen, die begeistert mit ihren Handys herumfotografierten.

Lydia quetschte sich bis zum Ende des kurzen Waggons durch, wo etwas mehr Platz war.

»Hatte ich nicht«, sagte Salomon, als er zu ihr aufgeschlossen hatte.

»Was?« Sie runzelte die Stirn.

»Eine Eisenbahn.«

»Ach so.«

»Dafür hatte ich eine Küche. Voll ausgestattet, du wärst vor Neid erblasst.«

»Das ist nicht dein Ernst.« Lydia fing den Blick eines dicken Mannes mit Halbglatze auf, der sie unverhohlen anstarrte. Verstand er, wovon sie sprachen, oder glotzte er sie einfach so an? Hinter dem Dicken stand halb verdeckt eine Gestalt, die Lydia vage bekannt vorkam. Sie musste an das Gesicht hinter der Scheibe denken, als sie sich in dem Restaurant die Kante gegeben hatten.

»Mein voller Ernst sogar. Meine Eltern wollten, dass ich nicht von traditionellen Rollenbildern geprägt werde.«

»Hat es funktioniert?«

»Nun ja, ich kann ungefähr genauso schlecht kochen wie du.«

Lydia grinste.

Die Straßenbahn kam mit einem lauten Klingeln zum Stehen.

»Endstation«, sagte Lydia und stieg aus, gefolgt vom Pulk der Touristen.

»Das war aber ein kurzes Vergnügen«, bemerkte Salomon und blickte sich suchend um. »Und nun?«

Sie standen auf einem kleinen begrünten Platz. Moderne Wohnhäuser, Bushaltestellen und ein großes klassizistisch anmutendes Eingangsportal.

Lydia deutete auf das Portal. »Da rein.«

Salomon sah sie ungläubig an. »Das ist ein Friedhof.«

»Genau.«

»Die Adresse auf dem Zettel?«

Lydia zog das Papier aus der Tasche und las laut vor, was darauf stand. *Prazeres. Rua 7. No. 1380.* Sie ließ den Arm sinken. »›Prazeres‹ ist der Name des Friedhofs. Die Straßen auf dem Gelände sind durchnummeriert. Die andere Zahl muss die Nummer der Grabstätte sein.«

»Aber warum klemmt uns jemand den Hinweis auf ein Grab unter den Scheibenwischer?«

»Keine Ahnung.«

Er rieb sich die Stirn. »Scheiße.«

»Möchtest du lieber nicht nachsehen?«

»Blödsinn«, fuhr er sie an. »Ich bin nur verwirrt.«

Sie setzten sich in Bewegung. Einige Touristen hatten sich ebenfalls in Richtung Friedhof aufgemacht, die meisten waren jedoch an der Haltestelle stehen geblieben, um direkt wieder mit der Bahn zurückzufahren. Hinter dem Eingangsportal entdeckten sie einen Plan des Friedhofsgeländes.

»Wir müssen uns links halten«, sagte Lydia. »Und dann den dritten Abzweig nach rechts nehmen.« Sie sah ihren Partner an. »Alles okay?«

Er nickte.

Nach dem Straßenlärm war die Stille auf dem Friedhof beinahe unheimlich. Nur das Singen der Brücke, der man hier oben ganz nah war, untermalte das Knirschen ihrer Schritte. Die *Rua 7* lag in dem Bereich mit den Familiengrüften, kleine weiße Häuschen säumten den Weg, manche winzig und bescheiden, manche protzig, manche halb verfallen, die Scheiben in den Türen zerschlagen, sodass man die morschen Särge im Inneren sehen konnte. Die Nummern der Grabstätten standen in der unteren Ecke der Häuschen und schienen keinem System zu folgen.

Erinnerungen stiegen in Lydia auf, während sie auf der Suche nach der richtigen Grabstätte den Weg entlangliefen. Als Kind war sie oft mit ihrer Tante hier gewesen. Ihre Großeltern lagen in einer solchen Gruft, und seit einigen Jahren auch ihr Onkel. Sie hatte ihrer Tante immer geholfen, das Häuschen zu säubern, Dreck und Laub zusammenzufegen, die Särge abzustauben und die weißen Häkeldecken neu darauf zu drapieren. Lydias Mutter hatte darüber geschimpft, dass Maria sie mitnahm, sie fand, dass das kein Ort für ein Kind war. Aber Lydia hatte die Ausflüge auf den Friedhof geliebt. Und sie hatte nie verstanden, warum die Toten in Deutschland in die dunkle kalte Erde kamen, während sie in Portugal in einem hübschen weißen Häuschen schlafen durften und regelmäßig Besuch von ihrer Familie bekamen.

Plötzlich blieb Salomon abrupt stehen. »Dreizehn achtzig. Korrekt?«

»Ja.« Von dunklen Ahnungen erfüllt trat Lydia neben ihn. Schweigend betrachteten sie ein erst kürzlich weiß getünchtes Häuschen mit einer schweren grünen Metalltür und einem großen Kruzifix auf dem Dach, das sich an eine mächtige alte Zypresse schmiegte. Im Giebel hing ein Schild: *Jazigo de Familia de Melo.*

»Was heißt ›Jazigo‹?«, fragte Salomon.

»Ruhestätte.« Lydia betrachtete die Marmorplatten links und rechts der Tür, die anzeigten, wer in den Särgen im Inneren ruhte.

Sie stockte.

Ana Julieta Miranda de Melo.

Laut Inschrift war das Mädchen vor etwa fünfeinhalb

Jahren gestorben. Im November. Und sie lag bereits länger in der Gruft, als sie gelebt hatte. Sie war nur vier Jahre alt geworden.

Aber wie war das möglich?

Salomon hatte die Marmorplatte ebenfalls entdeckt. Er hockte sich davor und strich behutsam über die Buchstaben. »Das ist der Beweis«, murmelte er.

»Was für ein Beweis?«

»Diese Ana war nur wenige Wochen älter als meine Anna. Und sie ist gestorben, acht Monate bevor meine Anna verschwunden ist.«

»Ich verstehe nicht.« Lydia fuhr sich durchs Haar.

»Sie haben ein Kind verloren und sich ein neues besorgt.« Salomon stand auf. Seine Augen leuchteten. »Das ist das fehlende Puzzleteil. Begreifst du nicht?«

»Aber wie …«

»Die Familie hat damals in Brüssel gelebt. Sie könnten in den Ferien nach Holland gefahren sein. Und dort trafen sie auf meine Anna, die ihrem toten Kind so ähnlich sah, und da …«

»… haben sie sie einfach mitgenommen?«

»So muss es gewesen sein.« Salomon hatte mit einem Mal feuchte Augen. »O Gott, Lydia, ich hätte nie gedacht, dass ich sie je finden würde. Ich habe sogar an meinem Verstand gezweifelt. Ich dachte, ich werde verrückt, weil ich Anna einfach nicht loslassen kann.« Er fasste sie bei den Schultern. »Aber ich bin nicht verrückt.« Tränen liefen über seine Wangen. »Ich bin nicht verrückt, Lydia.« Sein Griff wurde fester. »Danke, dass du mir nicht von der Seite gewichen bist, dass du zu mir gehalten hast. Bestimmt war es nicht immer einfach.«

Er zog sie in seine Arme.

Lydia hielt die Luft an. Ihr war schwindelig. Von seiner Umarmung. Von seinen Worten. Von seiner Überzeugung, endlich die Wahrheit entdeckt zu haben, die sie nicht so recht teilen konnte.

»Du sollst mich nicht Lydia nennen«, protestierte sie schwach.

»Louis. Chefin. Wie auch immer«, murmelte er in ihr Haar.

Außerdem ist der Name Ana in Portugal verdammt verbreitet, wollte sie hinzufügen. Und der Name Julieta auch. Und Miranda. Und de Melo.

Aber sie schwieg.

Argwöhnisch spähte Vítor durch den Türspalt. »Rui!« Er zog die Tür ein Stück weiter auf. Eigentlich war er erst am Abend mit Rui verabredet. In einer Kneipe gleich um die Ecke, in die sich selten Touristen verirrten. Vítor wohnte im Stadtteil Graça, von seinem Wohnzimmerfenster aus konnte er die berühmte Straßenbahnlinie 28 vorbeizockeln sehen, die von hier bis zum Friedhof »Prazeres« fuhr. Aber die Lokale für die Touristen lagen weiter unterhalb in der Alfama. Hier oben stiegen sie selten aus. »Ist was passiert?«

»Ich dachte, du könntest das hier gebrauchen.« Rui hielt eine graue Mappe hoch.

»Was ist das?« Vítor blickte über die Schulter. Obwohl er alles aus der Wohnung beseitigt hatte, das auf Valentina hindeutete, wollte er Rui lieber nicht reinlassen. Was, wenn er etwas übersehen hatte? Oder wenn der Kollege anhand irgendeines anderen Hinweises herausfand, was hier geschehen war?

»Vielleicht könnten wir drinnen weitersprechen.« Rui blickte vielsagend den Flur entlang zu den anderen Wohnungstüren.

Vítor fiel keine Ausrede ein. »Komm rein. Ich glaube, ich habe noch Bier im Kühlschrank.«

Sie machten es sich am Küchentisch gemütlich. Tranken schweigend ein paar Schlucke aus der Flasche.

»Tut mir leid, was passiert ist«, sagte Rui schließlich. »Aber ich muss auch an mich denken. Ich habe Familie.«

Vítor antwortete nicht.

»Ich hoffe, du glaubst nicht, dass ich dich verpfiffen habe.«

»Wer dann?«

»Keine Ahnung. Ich habe jedenfalls kein Wort gesagt. Auch nicht zu den Mappen, die du hast mitgehen lassen. Aber ich lasse mich nicht für dumm verkaufen. Dieses Pärchen auf Wohnungssuche, das waren die deutschen Kollegen, stimmt's?«

Vítor nickte.

»Du riskierst deinen Job.«

»Ich weiß.«

Rui seufzte. »Das neulich in der Pastelería war blöd, ich weiß. Aber ich muss mich absichern.«

»Du hast mich absichtlich vor Zeugen zusammengeschissen?« Vítor starrte ihn ungläubig an.

Rui nickte und senkte den Kopf. »Ich halte es für besser, wenn wir nicht zusammen gesehen werden. Nicht im Augenblick jedenfalls.«

Vítor fragte sich, ob der Chef Rui eingeweiht hatte. Ob er von dem Auftrag ohne Netz und doppelten Boden wusste. Aber würde er das nicht sagen? Vítor rieb sich die müden Augen. Ihm schwirrte der Kopf. Als er die Hände vom Gesicht nahm, fiel sein Blick in die Diele. Die Zimmertür! Ihm wurde heiß. Wenn Rui zur Seite blickte, wenn ihm auffiel, was mit der Tür geschehen war … wie sollte er das erklären?

Rui schob ihm die Mappe hin. »Die bisherigen Ermittlungsergebnisse zu Inêz de Abreus Tod. Viel ist es nicht. Aber ich dachte, du wärst vielleicht gern auf dem Laufenden.«

»Danke.« Vítor musste sich zwingen, nicht zu der Tür zu starren. Wie hatte er das vergessen können!

»Übrigens hat Valentina vor ihrem Tod einige Tage in der Schule gefehlt. Das hat die Lehrerin uns erzählt. Teresa hat noch einmal mit ihr geredet. Wusstest du das?«

Vítor unterdrückte ein Stöhnen. »Habt ihr mit meiner Schwester darüber gesprochen?«

Rui hob die Schultern. »Der geht es wohl nicht so gut.« Er schwieg abwartend.

»Ich kümmere mich, so gut ich kann.«

»Hatte sie vorher schon ein Alkoholproblem?«

Vítor funkelte ihn wütend an.

»Schon gut.« Rui hob die Hände. »Ich dachte ja nur …«

»Sie redet sich schon genug Schuldgefühle ein, dafür braucht sie euch nicht.« Vítor nahm einen Schluck Bier. Es war unfair, Rui so anzuschnauzen. Aber es tat gut.

»Keiner macht deiner Schwester Vorwürfe, Vítor.« Er zögerte. »Aber wir suchen noch immer nach einem Motiv.«

»Für Mord oder für Selbstmord?«

Rui legte die Hand auf die Mappe. »Ich sollte jetzt gehen. Wenn du etwas entdeckst …«

»Was dann?« Vítor knallte die Bierflasche auf den Tisch.

»Es wäre besser, du würdest keine weiteren Alleingänge unternehmen.«

Wenn du wüsstest, dachte Vítor.

Rui erhob sich. »Vielleicht kriegst du ja aus deiner Schwester raus, warum die Kleine in der Schule gefehlt hat. Womöglich ist in der Zeit etwas passiert, das sie …«

Unwillkürlich schoss Vítors Blick zu der demolierten Zimmertür. »Ich versuche es«, sagte er in versöhnlichem Ton und schob sich so an seinem Kollegen vorbei in die Diele, dass er ihm den Blick versperrte. Ein einziger Gedanke hämmerte wieder und wieder durch seinen Schädel, während er Rui verabschiedete.

Hätte ich sie nicht eingesperrt, wäre sie noch am Leben.

»Ich werde alles über die Familie recherchieren, was ich herausfinden kann. Sie haben eine Tochter verloren. Durch einen Unfall, eine Krankheit, was weiß ich. Es muss eine Datenspur geben, die belegt, dass die echte Ana de Melo seit über fünf Jahren tot ist.« Chris nahm einen Schluck von seinem Kaffee. Er fühlte sich noch immer berauscht vor Glück. Er hatte den Zipfel zu fassen bekommen, mit dem er das Rätsel um das Verschwinden seiner Tochter entwirren würde, mit dem er sie zurückbekommen würde. Jetzt lag es an ihm, das Richtige zu tun.

Sie saßen im »Ibo«, einem Café am *Cais do Sodré*, der Anlegestelle, von der die Fähren ans andere Ufer ablegten. Das »Ibo« hatte eine große Fensterfront, hinter der die Farbe Blau in den verschiedensten Schattierungen dominierte, der Himmel, der Fluss und das andere Ufer, das im weichen Licht des Nachmittags ebenfalls bläulich schimmerte.

Seit sie in Lissabon angekommen waren, hatte Chris sich nicht so zuversichtlich gefühlt. Er war kein Getriebener mehr, er konnte endlich handeln, wusste nun, was er tun musste. Er war Polizist, das Verfolgen von Spuren, das

Offenlegen von Hintergründen und das Sehen von Zusammenhängen, die nicht auf den ersten Blick erkennbar waren, diese Dinge waren sein täglich Brot. Er war gut darin. Einer der Besten. Aber er brauchte Lydias Hilfe.

»Du musst mir bei dieser Datenspur helfen«, sagte er. »Ich fürchte, ein paar portugiesische Schimpfwörter reichen als Wortschatz nicht aus. Bist du dabei?«

»Ich frage mich, wer uns den Zettel ans Auto geheftet hat«, sagte Lydia statt einer Antwort. »Und warum.«

»Das ist doch egal.«

»Da bin ich nicht so sicher. Was, wenn jemand versucht, uns auszutricksen? Jemand, der weiß, dass es ein Mädchen mit dem gleichen Namen gibt, das vor Jahren gestorben ist? Und der uns absichtlich auf die falsche Fährte locken will?«

Chris schüttelte heftig den Kopf. »Ich weiß, dass es keine falsche Fährte ist. Ich spüre es.« Es war richtig, dass Lydia alles infrage stellte. Er durfte sich nicht verrennen. Aber diesmal ging ihr Misstrauen zu weit. »Vielleicht hat noch jemand eine Rechnung mit der Familie offen, und er hofft, dass wir sie zu Fall bringen.« Ein Gedanke kam ihm. »Das Kinderheim! Vielleicht sind da noch mehr inoffizielle Adoptionen in die Wege geleitet worden!« Er beugte sich vor. »Ist ein Kinderheim nicht der perfekte Ort, um Adoptionen abzuwickeln, die nicht ganz sauber sind?«

Lydia starrte ihn an. Sie wirkte empört, doch da war ein Schimmern in ihren Augen, das ihm verriet, dass ihr der Gedanke auch schon gekommen war.

Sie wiegte nachdenklich den Kopf. »Auch jemand wie Manuel de Melo kann nicht einfach sein Kind beerdigen und kurz darauf von den Toten auferstehen lassen.«

»Er hat damals im Ausland gelebt. Was, wenn seine Tochter dort gestorben ist und er es gar nicht gemeldet hat? Kontrolliert irgendwer auf dem Friedhof, wer alles in den Grüften liegt und ob diese Personen regulär als verstorben gemeldet wurden?«

»Willst du etwa andeuten, die de Melos hätten die Leiche ihrer Tochter ins Land geschmuggelt und heimlich in der Familiengruft bestattet?«

»Warum nicht? Möglich wäre es, oder?«

»Hm.« Lydia zupfte an ihrer Unterlippe. »Das würde aber nur Sinn ergeben, wenn sie da schon vorhatten, ihre Tochter durch ein anderes Kind zu ersetzen.«

»Also wäre es möglich.«

»Das ist aber reine Spekulation. Wir sollten uns an die Fakten halten.«

»Eben.« Chris nahm einen Schluck Kaffee. Sein Handy klingelte. Sonja. Er holte tief Luft. »Hallo Liebling. Wie geht es dir?«

»Wunderbar.«

Ihm wurde warm ums Herz. »Das freut mich. Ich habe übrigens tolle Neuigkeiten.«

»Oh, das ist schön.« Sie klang noch euphorischer als vorhin, und für einen winzigen Augenblick schoss Chris der Verdacht durch den Kopf, sie könnte etwas genommen haben, um ihre Stimmung aufzuhellen.

»Ich habe …«, begann er.

Doch Sonja unterbrach ihn. »Wie wäre es, wenn du mir die Neuigkeiten beim Abendessen erzählen würdest?«

Chris erstarrte. Hatte er die Ironie in ihrer Stimme überhört? War sie sauer? »Ich verstehe nicht.«

Sonja lachte. »›Convento do Salvador‹. So heißt das Hotel. Es liegt in der Alfama. Ich warte in der Lobby auf dich.«

Lydia starrte auf das Haus und versuchte, nicht daran zu denken, was Salomon und seine Sonja wohl gerade machten. Nach dem Anruf war ihr Partner überstürzt aufgebrochen.

»Sonja ist in Lissabon«, hatte er gestammelt. »Sie wartet auf mich. Ich melde mich später.«

Sie hatte wie vom Donner gerührt dagesessen, auf das Wasser geblickt, äußerlich ruhig, während in ihrem Inneren ein Kampf tobte. Während sie mit der hässlichen, dummen Eifersucht rang wie mit einem bösen Dämon, der versuchte, von ihr Besitz zu ergreifen.

Irgendwann hatte sie es geschafft, einen vorübergehenden Waffenstillstand auszuhandeln, und entschieden, dass sie sich auf das konzentrieren musste, worin sie gut war, und sie war zum Haus der de Melos gelaufen. Während des mehr als zwanzigminütigen Fußmarsches hatte sich der Sturm ihrer Gefühle allmählich gelegt, der Dämon war in die Flucht geschlagen, aber nur, um einem schneidenden Schmerz Platz zu machen, der sich anfühlte, als hätte sie Glasscherben geschluckt.

Am schlimmsten war, dass sie sich ihr Elend selbst zuzuschreiben hatte. Was hatte sie sich denn eingebildet? Dass Lissabon alles veränderte? Dass diese Stadt ein spezielles Band zwischen Salomon und ihr geknüpft hatte, das Sonja nicht zerschneiden konnte?

Suchend blickte Lydia sich um. Ohne Auto war es schwierig, ein Haus zu observieren. Sie konnte nicht stundenlang auf der Straße herumlungern. Sie entdeckte keinen geeigneten Ort, der ihr als Tarnung dienen konnte. Kein Café, keine Bushaltestelle, keine Bank.

In dem Moment trat eine Gestalt aus dem Haus.

Lydia kniff die Augen zusammen. Es war eine Frau, jünger als Anas Mutter. Das musste dieselbe sein, die ihr und Salomon beim letzten Mal entwischt war. Diesmal würde ihr das nicht gelingen.

Rasch bückte sich Lydia und tat so, als würde sie ihre Stiefel neu schnüren, während die Frau an ihr vorbeilief. Sie folgte der Unbekannten durch die *Rua Garcia de Orta*. An der nächsten Ecke bog sie rechts ab und begann zu rennen. Erst dachte Lydia, die Frau hätte ihre Verfolgerin bemerkt, doch dann sah sie den Bus kommen und rannte ebenfalls los. Im letzten Moment stieg sie ein und postierte sich in der Nähe der hinteren Tür. Am *Largo do Chiado* stieg die Unbekannte aus. Bisher war ihr offenbar nicht aufgefallen, dass sie beschattet wurde. Während sie die *Rua Garrett* hinunterlief, sprach sie in ihr Handy, gestikulierte dabei heftig.

Lydia hätte gern etwas von dem Gespräch aufgeschnappt, aber sie wagte sich nicht näher heran. Als sie von der *Rua Garrett*, auf der sich wie immer die Menschen drängelten, nach links in Richtung *Elevador de Santa Justa* bog, kam Lydia nicht schnell genug hinterher. Die Frau war im Gewühl verschwunden, als Lydia die Straßenecke erreichte, fast so, als hätte sie absichtlich den Weg zu der beliebten Touristenattraktion eingeschlagen, um ihre Verfolgerin abzuhängen.

Lydia beschleunigte ihr Tempo, erreichte atemlos den *Largo do Carmo*. Sechs Straßen führten von dem Platz weg. Nacheinander suchte Lydia sie ab, lief erst in die *Travessa do Carmo*, machte kehrt, als sie dort niemanden entdeckte, und nahm sich die nächste Straße vor.

Zu spät bemerkte sie, dass die Frau direkt hinter der

Hausecke stand, den Blick auf den Bildschirm ihres Smartphones geheftet. Ungebremst prallte Lydia gegen sie.

»Entschuldigung«, murmelte sie auf Portugiesisch, hielt dabei den Blick gesenkt. Es war nicht auszuschließen, dass die Frau wusste, wer sie war, wenn sie mit den de Melos unter einer Decke steckte.

»Es war meine Schuld«, sagte die Fremde. »Ich hätte nicht hinter der Hausecke stehen bleiben sollen. Ich …« Sie stockte. »Aber Sie sind doch …«

Fuck. Fuck.

Lydia verschränkte die Arme. »Stimmt, die bin ich. Und wer sind Sie?«

Als er Sonja in der Lobby stehen sah, den Blick auf den Innenhof gerichtet, machte sein Herz einen Satz. Das war seine Familie, seine Frau und sein Sohn. Und bald würde auch seine Tochter wieder bei ihnen sein.

Lautlos trat er hinter sie, küsste behutsam ihren Nacken, atmete den Duft ihrer Haut.

Sie quiekte leise auf vor Schreck, dann warf sie sich in seine Arme. Er hielt sie lange fest, bedeckte ihr Haar mit Küssen.

»Du hast mich erschreckt«, sagte sie, machte sich los und betrachtete kritisch das Pflaster auf seiner Stirn.

»Du mich auch. Wie hast du es geschafft, an Bord eines Flugzeugs zu kommen?«

»Ich bin Gynäkologin. Es ist nicht schwer, einen Mutterpass zu fälschen. Ich bin erst im sechsten Monat, da ist Fliegen kein Problem.«

»Du siehst aber nicht nach sechstem Monat aus.« Chris betrachtete sie kritisch. Wenn das überhaupt möglich war, war sie in den letzten Tagen noch runder geworden.

»Na ja, die richtige Kleidung hilft, die Täuschung perfekt zu machen.«

»Du bist vollkommen verrückt.« Er küsste sie.

»Ich wollte bei dir sein. Und unser Sohn wird in Lissabon geboren. Warum nicht?«

Chris schüttelte ungläubig den Kopf.

»Du bist doch nicht sauer, oder?«

»Natürlich nicht.« Wieder küsste er sie. Verscheuchte dabei die Erinnerung an Lydias entsetztes Gesicht, als er sich eben von ihr verabschiedet hatte.

Sonja deutete auf das Pflaster. »Tut es weh?«

»Überhaupt nicht.«

»Wie ist es passiert?«

»Ein blödes Missgeschick. Wir sind unter einem Baugerüst hergelaufen, obwohl der Bürgersteig für Fußgänger gesperrt war.« Er hasste es, sie zu belügen, aber noch schlimmer wäre es, ihr Angst zu machen. »Und nun? Sollen wir etwas essen? Möchtest du die Stadt sehen?«

»Alles zu seiner Zeit.« Sonja nahm seine Hand und zog ihn in Richtung Aufzug. »Erst einmal möchte ich dich ganz für mich allein haben.«

Die Frau streckte die Hand aus. »Ich bin Teresa Duarte, eine Kollegin von Vítor. Und Sie sind die Polizistin aus Deutschland, richtig?«

»Lydia Louis.« Lydia drückte die ausgestreckte Hand und betrachtete die Frau. Sie war etwa Mitte dreißig, hatte ein freundliches, offenes, wenn auch nicht sonderlich hübsches Gesicht. »Sie sind die Psychologin?«

»Genau. Ich nehme an, das wissen Sie von Vítor.« Sie lächelte verlegen. »Sie sprechen sehr gut Portugiesisch.«

»Mein Vater war Portugiese.«

Teresa nickte. »Wo ist denn Ihr Kollege?«

»Vielleicht ist ihm die Freude an unserem schönen Land vergangen, nach dem hässlichen Unfall.« Mal sehen, wie die Portugiesin auf die Information reagierte.

»Was denn für ein Unfall?« Teresa Duarte wirkte ehrlich überrascht.

»Ein Stein, der vom Dach einer Ruine gefallen ist.«

»Du liebe Güte! Ist er schwer verletzt?«

»Zum Glück nicht.«

»Aber Sie glauben, dass es kein Unfall war.«

Lydia zuckte mit den Schultern.

Teresa Duarte runzelte die Stirn. »Wir sind uns doch nicht zufällig begegnet, oder?«

Es hatte keinen Sinn, das Offensichtliche abzustreiten. »Ich habe Sie aus dem Haus der de Melos kommen sehen.«

Teresa nickte. »Ich wollte noch einmal mit Ana sprechen. Offiziell zählt ihr Unfall nicht zu der Serie von ungeklärten Todesfällen. Aber es steht ja noch immer die Theorie im Raum, dass ihr Sprung von der Brücke der Auslöser für die anderen, hm, Todesfälle sein könnte. Deshalb wollte ich sie noch einmal befragen.«

»Sie haben mit ihr gesprochen?«

»Leider nein. Ihre Eltern haben sie in eine Klinik einweisen lassen. Dort wird sie wegen …« Teresa brach ab. »Ich weiß gar nicht, wie viel ich Ihnen sagen darf.«

»Wir wissen, dass Ana in Lissabon ist, um ärztlich behandelt zu werden. Irgendeine psychische Erkrankung. Es hat mit ihrem Schlafwandeln zu tun.«

»Okay. Dann erzähle ich Ihnen ja nichts Neues.«

»In welcher Klinik ist sie denn?«

Teresa musterte ihre Schuhspitzen. »Selbst wenn ich es wüsste, dürfte ich es Ihnen nicht verraten.« Sie blickte auf. »Mein Chef hat angedeutet, dass Ihr Partner … dass er nach seiner verschwundenen Tochter sucht.«

»Stimmt«, bestätigte Lydia knapp. Sie mochte die portugiesische Kollegin, doch sie spürte, dass diese ihr nicht alles sagte, was sie wusste.

»Es muss schrecklich sein, ein Kind zu verlieren.«

Lydia kam ein Gedanke. »Würde seine Tochter sich an ihn erinnern, wenn er sie wiederfinden würde?«

»Wie lange ist es her, dass sie verschwunden ist?«

»Fast fünf Jahre.«

»Wie alt war sie damals?«

»Fünf.«

»Hm. Dann könnten ein paar Dinge aus der Zeit vor ihrem Verschwinden in ihrem Gedächtnis abgespeichert sein. Aber Erinnerungen aus dieser Lebensphase sind oft sehr diffus. Wir fangen erst mit etwa vier Jahren an, Ereignisse in unserem Langzeitgedächtnis abzulegen. Alles, was davor geschehen ist, bleibt unwiderruflich gelöscht. Und auch nach dem vierten Geburtstag arbeitet das Gedächtnis noch nicht wie das eines Erwachsenen. Wenn das Mädchen sich überhaupt an etwas erinnert, sind es nicht mehr als ein paar verschwommene Bilder.«

»Sie würde sich also auch nicht an ihren Vater erinnern?«

Teresa schüttelte den Kopf. »Eher nicht, nein. Vielleicht käme er ihr vage vertraut vor. Aber mehr nicht.«

»Und wenn sie in ein anderes Land entführt worden wäre und seither nur noch diese fremde Sprache gehört und gesprochen hätte, könnte sie wohl auch kein Deutsch mehr.«

»Kein Wort, fürchte ich.« Teresa sah sie forschend an. »Sie

glauben wirklich, dass Ana de Melo die verschollene Tochter Ihres Kollegen ist?«

»Ich glaube gar nichts. Ich weiß nur, dass mit der Familie de Melo irgendwas nicht stimmt.«

»Wussten Sie, dass das Haus in der *Rua do Prior* früher ein Kinderheim war, das nach einem Feuer geschlossen wurde?«, fragte Teresa.

»Ja. Gab es damals Gerüchte über Unregelmäßigkeiten? Nicht ganz legale Adoptionen?«

Teresa zog die Augenbrauen hoch. »Davon höre ich zum ersten Mal. Allerdings …«

»Allerdings was?«, fragte Lydia ungeduldig.

»Es gab Andeutungen in der Presse, dass nie gründlich nach der Brandursache gesucht wurde.«

»Ja, weil möglicherweise Sicherheitsvorschriften nicht eingehalten wurden und Köpfe gerollt wären.«

»Ich habe da noch ein anderes Gerücht gehört.«

»Welches?«

»Dazu kann ich nichts sagen. Aber die Presseberichte waren damals voll davon. Und Sie wissen ja, das Internet vergisst nichts.« Teresa sah auf die Uhr. »Jetzt muss ich aber los. War nett, Sie kennenzulernen. Alles Gute für Sie und Ihren Kollegen.«

Noch bevor Lydia etwas erwidern konnte, hatte Teresa sich abgewandt und entfernte sich mit langen Schritten aus ihrem Blickfeld. Verwirrt blickte Lydia ihr hinterher.

In Gedanken noch mit den neuen Informationen beschäftigt, die sie von der portugiesischen Kollegin erhalten hatte, betrat sie eine kleine Bar und bestellte ein Bier. Sie zog ihr Smartphone aus der Tasche und googelte nach Zeitungsberichten zu dem Feuer, während sie trank. Zunächst entdeckte sie nichts, bis auf ein paar Andeutungen über fehlende Feuerlöscher und Fluchtwege. Erst in einem Artikel, der einige Wochen nach dem Brand erschienen war, stieß sie auf etwas Interessantes. Angeblich hatte jemand in dem Nebengebäude, in dem die Mädchen schliefen, Stromleitungen unfachmännisch verlegt. Das Feuer war durch ein durchgeschmortes Kabel entstanden. Offenbar hatte Paulo de Melo die Arbeiten selbst durchgeführt, um Geld zu sparen. Aber es gab keine Beweise.

Lydia suchte nach weiteren Berichten, doch der Verdacht schien nicht weiterverfolgt worden zu sein. Dafür stieß sie auf eine andere Meldung. Erst war sie gar nicht sicher, ob diese überhaupt mit dem Feuer in der *Rua do Prior* in Zusammenhang stand. Doch dann wurde die ausgebrannte Ruine erwähnt.

Atemlos las sie. Inzwischen war sie beim fünften Bier. Zu den Scherben, die ihr ins Herz schnitten, hatte sich ein heftiges Hämmern in ihrem Schädel gesellt, der alte vertraute Schmerz, der sie schon fast ihr ganzes Leben begleitete. Und sie wusste, dass es nur einen Weg gab, die Schmerzen zu betäuben: viel Alkohol und ein schnelles, anonymes Abenteuer.

Und sie hatte auch schon jemanden im Visier. Am anderen Ende der Bar saß ein junger Mann, der sie bei ihrer Ankunft abschätzend taxiert und seither nicht aus den Augen gelassen hatte. Sie stopfte ihr Handy in die Tasche, zupfte ihr T-Shirt zurecht und rutschte vom Barhocker.

Sonja räkelte sich. Seit Wochen hatte sie sich nicht so leicht und unbeschwert gefühlt. »Ach, Chris, ich bin so glücklich, hier bei dir zu sein.«

Er beugte sich über sie. »Und ich erst.«

Sie zog ihn zu sich herunter und küsste ihn. »Was wolltest du mir eigentlich vorhin erzählen?«

»Ich habe den Beweis dafür gefunden, dass das Mädchen, das von der Brücke sprang, nicht das ist, für das seine angeblichen Eltern es ausgeben. Die echte Ana de Melo ist nämlich schon vor fünfeinhalb Jahren gestorben.«

Sonja rieb sich die Schläfen. »Und du glaubst, dass …«

»… dass meine Anna entführt wurde, um das tote Kind zu ersetzen.«

»Und du hast tatsächlich Beweise dafür?«

»Noch nicht für die Entführung. Aber das ist nur eine Frage der Zeit.«

Sie wäre am liebsten im Boden versunken vor Scham. Wie hatte sie nur an ihm zweifeln können?

Er drückte ihr einen Kuss auf die Stirn. »Wie sieht es jetzt mit Essen aus?«

»Wunderbare Idee.«

»Dann verschwinde ich kurz im Bad.«

Sie blickte ihm hinterher, unterdrückte ein Seufzen, als er die Tür hinter sich zumachte. Er hatte sie ganz behutsam und doch mit so viel Leidenschaft geliebt, dass er damit alle Zweifel, seine Reise nach Lissabon könnte eine Flucht gewesen sein, hinweggefegt hatte. Und nun stand er tatsächlich kurz davor, seine Tochter wieder in die Arme zu schließen.

Umso mehr schämte sie sich für ihre eigene Unaufrichtigkeit. Sie fischte das Blatt aus dem Buch auf ihrem Nachttisch und betrachtete es. Im Flugzeug hatte sie einen Brief entworfen, in dem sie ihm die Wahrheit gestand. Sie hatte gedacht, dass es vielleicht einfacher wäre aufzuschreiben, was sie getan hatte. Doch dann war es ihr feige erschienen, es ihm nicht offen ins Gesicht zu sagen. Also hatte sie den angefangenen Brief in den Liebesroman geschoben, den sie für den Flug eingepackt hatte, und sich fest vorgenommen, bei der ersten Gelegenheit endlich reinen Tisch zu machen. Eben, als sie eng umschlungen im Bett gelegen hatten, noch träge vom Liebesspiel, wäre der richtige Zeitpunkt gewesen. Doch sie hatte den Moment nicht zerstören wollen.

Sie stand auf und holte frische Sachen aus dem Koffer. Eine schicke und dennoch bequeme Hose mit Gummibund und eine schwarze Tunika mit seitlicher Schnürung und silberner Stickerei. Sie betrachtete sich im Spiegel. Ihre Wangen waren gerötet, und da war ein Leuchten in ihren Augen, das heute Morgen noch nicht dort gewesen war.

Nachdenklich strich sie über ihren Bauch. Ihre Mutter pflegte zu sagen, dass die Liebe von den kleinen Lügen des Alltags genährt wurde. Zum ersten Mal in ihrem Leben glaubte Sonja, dass sie womöglich nicht ganz unrecht hatte. Sollte sie den Rat ihrer Mutter beherzigen? Wäre es nicht dumm, ihr Glück mit dem Bedürfnis nach einem reinen Gewissen aufs Spiel zu setzen?

Die Badezimmertür ging auf. Chris trat hinter sie und legte seine Hände auf ihren Bauch. »Wie geht es dem kleinen Racker?«

»Ich glaube, er schläft«, sagte sie. »Zumindest ist er ganz still.«

»Hoffentlich haben wir ihn eben nicht zu sehr erschreckt.«

Sonja lachte. »Bestimmt nicht.« Sie schob seine Hände zur Seite. »Dann springe ich auch schnell unter die Dusche.«

»Gut. Ich rufe in der Zwischenzeit Lydia an. Ich habe versprochen, mich bei ihr zu melden.«

»Warum fragst du sie nicht, ob sie mit uns essen will? Ich denke, es wird Zeit für mich, sie endlich kennenzulernen.« Und diese dumpfe Angst loszuwerden, sie könnte eine Nebenbuhlerin sein.

»Oh, ich weiß nicht, ob sie das möchte.«

Sonja küsste ihn auf die Nase. »Deshalb sollst du sie ja fragen.«

»Okay.«

Sonja schnappte sich die saubere Wäsche und ging ins Bad. Das heiße Wasser tat gut, trotzdem duschte sie nur kurz. Die Aussicht, Lydia Louis endlich persönlich zu begegnen, machte sie kribbelig. Dennoch, oder gerade deswegen, gab sie sich besonders viel Mühe mit ihrem Aussehen. Als sie schließlich wieder ins Zimmer trat, war Chris damit beschäftigt, auf seinem Smartphone herumzutippen.

Er blickte auf. »Wow! Du siehst umwerfend aus.«

»Und? Kommt Lydia mit?«

»Ich habe sie nicht erreicht. Aber morgen lernst du sie auf jeden Fall kennen. Heute Abend genießen wir die Zweisamkeit.«

Als Lydia nach draußen trat, war es längst dunkel. Ihr Kopf war schwer wie Blei und das Hämmern hinter ihrer Stirn war noch schlimmer geworden. Gerade in dem Moment, als sie neben den jungen Kerl auf den Barhocker gerutscht war und ihre Hand auf seinen Oberschenkel gelegt hatte, hatte ihr Handy geklingelt. Sie hatte es nicht geschafft, es zu ignorieren. Als sie Salomons Nummer erkannt hatte, war ihr jede Lust auf Abenteuer vergangen. Sie hatte den Anruf weggedrückt, war zu ihrem eigenen Barhocker zurückgekehrt und hatte ein weiteres Bier geordert.

Die kühle Nachtluft wirkte wie eine Faust ins Gesicht. Lydia brauchte einen Augenblick, um sich zu orientieren. Dann setzte sie sich in Bewegung. Unterwegs besorgte sie sich in einem Minimarkt eine Flasche billigen Branntwein. Je schlechter der Fusel schmeckte, desto besser. Als wollte sie sich selbst bestrafen.

Ihre Tante kam ihr entgegen, als sie die Haustür aufschloss. »O Gott, Lydia, was ist los?«

»Habe nur ein bisschen viel getrunken.«

»Und du hast noch nicht vor, damit aufzuhören.« Maria deutete auf die Flasche in Lydias Hand. »Kriege ich auch ein Glas?«

Lydia wankte hinter ihrer Tante ins Wohnzimmer, die zwei Gläser füllte und sie dann ansah. »Es ist wegen ihm, stimmt's?«

Lydia nahm einen Schluck und verzog das Gesicht. Sie setzte sich aufs Sofa und lehnte den schmerzenden Kopf gegen das weiche Polster.

Maria nahm neben ihr Platz und drückte ihre Hand. »Was ist passiert?«

Lydia wollte nicht darüber reden. Sie leerte ihr Glas und knallte es auf den Tisch.

Maria sagte nichts, hielt nur weiter ihre Hand.

Lydia schossen die Tränen in die Augen. »Seine Freundin ist ihm nachgereist.«

»Sie ist hier? In Lissabon? Ich dachte, sie wäre hochschwanger.«

»Das hat sie nicht abgehalten.«

»Mein armes kleines Mädchen.« Maria legte ihr den Arm um die Schultern und zog sie an sich.

Lydia ließ es geschehen, und für einen Moment war sie

wieder das Kind, dem das Eis auf den Boden gefallen war, das sich bei seiner Tante ausweinte und dann ein neues spendiert bekam.

Nur diesmal war es kein Eis, das man einfach so ersetzen konnte.

Lydia machte sich los und rieb sich das Gesicht trocken. »Ich bin ziemlich beschwipst, sonst würde ich nicht so rumheulen.«

Maria sagte nichts.

»Ich gehe jetzt ins Bett, und morgen stürze ich mich in die Arbeit.«

»Was denn für Arbeit? Fliegst du zurück nach Deutschland?«

»Noch nicht. Wir haben Hinweise darauf, dass mit dieser Familie de Melo etwas nicht stimmt. Wir haben ein Grab gefunden von einer Ana Miranda de Melo, die schon seit fünf Jahren tot ist.«

»Das Mädchen von der Brücke? Aber es könnte doch ein anderes Kind mit gleichem Namen sein.«

»Das auch zufällig am gleichen Tag geboren wurde?«

»Wann starb das Mädchen?«

»Einige Wochen nach dem Brand in dem Heim.« Lydia fühlte sich mit einem Mal erstaunlich klar. Sie war nicht schlagartig wieder nüchtern, im Gegenteil, sie spürte, wie der Alkohol in ihren Eingeweiden rumorte. Aber es tat gut, die Gedanken auf den Fall zu konzentrieren.

»Also kann es nicht sein, dass sie in der Nacht des Feuers bei ihrem Onkel war und zusammen mit den Heimmädchen ums Leben kam.«

»Das war auch meine Vermutung. Aber dann müsste jemand das Datum auf der Grabplatte gefälscht haben.«

»Wie schrecklich, im Leid anderer Menschen herumzustochern.« Maria seufzte. »Ich könnte das nicht. Das macht mich nur traurig.«

»Dann lass uns nicht weiter darüber reden.« Lydia umarmte ihre Tante. »Gute Nacht. Und danke.«

Oben in ihrem Zimmer überprüfte sie ihre Mails. Eine Nachricht von Klaus Halverstett. Lydia presste die Hand auf die Stirn. Sie sollte sie morgen früh lesen. Was auch immer drinstand, es würde ihr den Schlaf rauben, so viel war sicher. Aber die Ungewissheit war genauso unerträglich, also drückte sie auf »Öffnen« und wappnete sich.

Sonntag, 12. März

Lissabon

Chris sah sofort, dass seine Partnerin in der vergangenen Nacht abgestürzt war. Lydias Gesicht war noch blasser als sonst, tiefe Ringe ließen die blauen Augen riesengroß erscheinen.

Er presste die Lippen zusammen. Es war seine Schuld. Sie hatte alles für ihn stehen und liegen lassen, um ihm bei der Suche nach Anna zu helfen, riskierte sogar ihren Job, indem sie in Lissabon unbefugt Nachforschungen anstellte. Und was machte er? Anstatt sie dabei zu unterstützen, vergnügte er sich mit seiner Liebsten im Hotelbett.

»Hallo Louis«, murmelte er heiser. »Das ist Sonja.«

Er beobachtete, wie die zwei Frauen sich verlegen die Hand gaben, und eine Erinnerung durchzuckte ihn, von der er geglaubt hatte, sie wäre tief im dunkelsten Winkel seines Gedächtnisses vergraben. Er hatte mit Lydia Sex gehabt, ein einziges Mal, ein Ausrutscher, weil sie beide einsam und verzweifelt gewesen waren. Und am gleichen Abend, nur wenige Stunden später, hatte er ein Date mit Sonja gehabt. Sie waren zu dem Zeitpunkt noch kein Paar gewesen, er hatte Sonja nicht betrogen. Trotzdem fühlte es sich so an. Nur gut, dass Lydia das peinliche Intermezzo bestimmt längst vergessen hatte, dass sie keine Frau war, die sich in einen Mann verliebte und von einer Beziehung träumte.

»Schön, dass wir uns endlich kennenlernen«, sagte Sonja.

»Wurde ja auch allmählich Zeit.« Lydia grinste. »Ich dachte schon, dass es dich vielleicht gar nicht gibt.«

Chris bemerkte, wie sehr Lydia sich bemühte zu verbergen, was sie wirklich dachte. Er konnte sich lebhaft vorstellen, wie ihr zumute war. Bestimmt war sie stinksauer über Sonjas Überraschungsbesuch, so sauer, dass sie erst mal abgetaucht war. Den ganzen Vormittag hatte er versucht, sie zu erreichen. Ohne Erfolg. Er war kurz davor gewesen, ein Taxi zu Marias Haus zu nehmen, als sie sich endlich mit verschlafener Stimme gemeldet und ihm erzählt hatte, dass ihr Handy-Akku leer gewesen war. Eine Lüge, die verriet, wie eingeschnappt sie war.

Er straffte die Schultern. »Sonja hat an der Hotelrezeption einen Tipp bekommen für ein Restaurant auf der anderen Seite des Tejo. Man kann mit der Fähre rüberfahren. Es heißt ›Schmeiß dich in den Fluss‹. Kennst du es?«

Lydia runzelte die Stirn. »Ich glaube, ich weiß, wo das ist.«

»Sehr gut. Ich dachte, wir fahren rüber und besprechen bei einem späten Mittagessen …« Chris blickte auf die Uhr. Es war bereits halb fünf. »… oder einem frühen Abendessen, wo wir stehen und was als Nächstes zu tun ist.«

Er sah Lydia beschwörend an. Hoffentlich bestand sie nicht darauf, dass Sonja bei den Ermittlungen nichts verloren hatte, dass sie in ein Museum gehen sollte, während Lydia und er den Fall besprachen. Er hatte es Sonja vorgeschlagen, aber sofort einen Rückzieher gemacht, als sie enttäuscht das Gesicht verzogen hatte.

Lydia erwiderte seinen Blick mit unergründlicher Miene, nickte zögernd. »Meinetwegen.«

Während der Fahrt über den Fluss plauderte Sonja munter drauflos, fragte Lydia über Lissabon aus, und Chris war ihr dankbar dafür. Lydia gab erst wortkarge Antworten, schien aber allmählich etwas aufzutauen.

Der Weg zum Restaurant führte an den verlassenen Lagerhäusern am Flussufer entlang, die sie schon von oben gesehen hatten, als sie mit Vítor auf der Aussichtsplattform gestanden hatten. Von Nahem sahen sie noch schäbiger aus. Von vielen Gebäuden existierten nur noch die mit Graffiti besprühten Fassaden, deren leere Fensterlöcher wie traurige Augen auf den Fluss starrten. Die Bilder an den Wänden waren von sehr unterschiedlicher Qualität. Es gab hässliche Schmierereien, aber auch kunstvolle Gemälde wie das eines Piraten mit leuchtend rotem Bart oder das einer Schlange, deren Augen strahlten, als wären sie lebendig.

Hinter den Ruinen erhob sich ein steiler Hang. Auf halber Höhe lag nochmals eine Reihe eingefallener Gebäude, eine verlassene Fabrik, wie Chris vermutete.

Sie bogen um eine Ecke, die Ruinen endeten abrupt, und ein Stück weiter die Kaimauer entlang standen plötzlich Tische und Stühle auf der schmalen Hafenbefestigung sowie ein weiß verputztes Haus, das vor der Kulisse der mächtigen Brücke, die sich in der Ferne über den Tejo spannte, etwas Verwunschenes ausstrahlte.

»Da!« Lydia deutete auf ein Schild an der Hauswand. »›Atira-te ao Rio‹«, las sie vor. »Das ist es.«

»Wie schön!« Sonja blickte sich mit leuchtenden Augen um. »Ein wunderbarer Ort, er hat etwas Magisches. Genau so habe ich es mir vorgestellt.«

Obwohl es kühl war, beschlossen sie, draußen zu sitzen und die Aussicht zu genießen. Sie bestellten Aperitifs, mit dem Essen mussten sie noch warten, das wurde erst ab sechs serviert.

Sonja hob ihr Glas. »Ich möchte einen Toast ausbringen. Auf die Freundschaft.« Sie sah Lydia an. »Ich weiß, wie viel es Chris bedeutet, was du für ihn tust.«

Chris sah Lydia hart schlucken, bevor sie nach ihrem Glas griff. Sie stießen an, nippten an ihren Martinis. Dann fand Chris, dass es an der Zeit war, über den Fall zu sprechen.

»Ich habe darüber nachgedacht«, begann er, »wie wir vorgehen sollten. Es muss doch hier in Portugal Ämter geben, wo Geburten und Todesfälle registriert werden. Dort muss es Unterlagen über Ana de Melo geben. So finden wir schnell heraus, ob das Mädchen auf dem Friedhof die Tochter von Joana Miranda und Manuel de Melo ist oder nur zufällig den gleichen Namen trägt.« Er faltete die Hände. »Was ich nicht glaube.«

»Das glaube ich auch nicht«, sagte Lydia. »Ein gleicher Name mag ja noch angehen. Aber auf der Grabplatte stand das gleiche Geburtsdatum wie in der Akte, die Vítor uns kurz in dem Café gezeigt hat. Dass diese andere Ana auch noch am selben Tag geboren sein soll wie ihre Namensvetterin, kann ich mir nicht vorstellen.«

»Also ist die wahre Tochter dieser Familie seit Jahren tot?«, fragte Sonja. »Aber das ist doch der Beweis!«

»Falsch«, sagte Lydia. »Sie könnten völlig legal ein anderes Mädchen adoptiert und ihm den gleichen Namen wie ihrer toten Tochter gegeben haben.«

»Ein Mädchen, das zufällig am gleichen Tag geboren wurde?«

»Vielleicht haben sie den Geburtstag ihrer Adoptivtochter auf den ihres leiblichen Kindes verschoben, damit sie immer beide gleichzeitig feiern können. Das wäre ziemlich befremdlich und nicht legal, jedoch auch nicht gerade ein Kapitalverbrechen.«

»Aber wer macht denn so was?«

»Direkt neben meiner Tante wohnte früher eine Familie, deren ältester Sohn als Kleinkind verunglückte. Später bekamen sie noch einen Sohn, dem sie genau den gleichen Namen gaben. Und von da an weigerten sie sich, über den verstorbenen Sohn auch nur zu sprechen. Es war, als hätte er nie existiert, als hätte es immer nur dieses eine Kind gegeben.«

»Wie grauenvoll.« Sonja schüttelte sich.

»Vielleicht gibt es für manche Menschen keinen anderen Weg, mit ihrer Trauer fertigzuwerden.«

»Über eine solche Adoption müssen Unterlagen existieren.« Chris betrachtete das Wasser, die tief stehende Sonne ließ jede Welle funkeln wie einen Diamanten.

»Aber da müssen wir erst mal rankommen.« Lydia folgte seinem Blick. »Ich habe etwas anderes rausgefunden.«

»Was?« Chris riss sich vom Anblick der schimmernden Wasseroberfläche los und sah sie an.

»Der Brand in dem Heim ist durch schlampig verlegte Stromleitungen entstanden. Angeblich hat Paulo de Melo selbst Hand angelegt.«

»Und er wurde nicht zur Rechenschaft gezogen?«

»Man konnte ihm nichts nachweisen.«

Chris glaubte, sich verhört zu haben. »Das ist doch …

»Halt! Ich bin noch nicht fertig. Es kommt noch dicker: Ein paar Wochen nach dem Feuer stürzte ein Mädchen vom Dach der ausgebrannten Ruine.«

»Eines der Heimkinder?«

»Dazu schweigen die Zeitungsberichte.«

»Wurde wieder alles vertuscht, weil auch diesmal irgendwelche Sicherheitsvorkehrungen nicht eingehalten wurden? Das ist doch wohl nicht wahr! Was für ein korruptes Drecksloch!«

»Nun reg dich ab!«, fauchte Lydia ihn an. »Wir wissen doch gar nicht, was genau geschehen ist. Vielleicht haben die Zeitungen sich einfach nicht weiter für die Geschichte interessiert, weil alles ganz harmlos war.«

»Bestimmt«, stieß Chris sarkastisch hervor.

Sonja legte ihm die Hand auf den Arm. »Was immer dahintersteckt, Lydia kann ganz sicher nichts dafür.«

Er holte tief Luft. »Entschuldige, Louis. Manchmal habe ich das Gefühl, dass jeder Weg, den wir einschlagen, in einer Sackgasse endet. Also, hast du noch etwas über diesen Vorfall rausgefunden?«

»Nicht viel. Das Mädchen hat offenbar leicht verletzt überlebt. Aber wer sie war, hat nirgendwo gestanden.«

Chris nahm einen Schluck von seinem Martini. »Ana de Melo kann es jedenfalls nicht gewesen sein. Sie wohnte damals mit ihren Eltern in Belgien.«

»Falls Vítor uns die Wahrheit erzählt hat.«

Chris hob die Brauen. »Hast du ihn in der Zwischenzeit erreicht?«

Lydia schüttelte den Kopf. »Er geht nicht ans Telefon, und er ruft auch nicht zurück. Dafür bin ich seiner Kollegin begegnet, dieser Psychologin Teresa Duarte. Sie kam aus dem Haus der de Melos, wollte angeblich mit Ana sprechen, die aber nicht da war.«

»Also ermitteln sie doch auch in Anas Fall?«, fragte Chris.

»Angeblich nur, weil die Selbstmorde oder Morde von ihrem Unglück inspiriert sein könnten.«

»Das ist doch Blödsinn!«

»Chris.« Sonja sah ihn an.

Er wechselte einen Blick mit Lydia, spürte, wie Hitze in ihm aufstieg. Lydia und er kamen gut miteinander klar, auch wenn manchmal die Fetzen flogen. Sonja verstand das nicht.

Der Kellner brachte die Karten. Lydia übersetzte. Sie bestellten gegrillte Dorade. Während des Essens sprachen sie über andere Dinge. Sonja erzählte, wie sie und Chris am Vorabend in einem Restaurant in der Alfama in eine spontane Fado-Veranstaltung geraten waren.

»Die Leute sind einfach aufgestanden und haben gesungen«, berichtete Sonja begeistert. »Es war total anrührend. Stimmt's, Chris?«

Er nickte verlegen.

Sie hatten gerade den Kaffee bestellt, als Chris sein Handy vibrieren spürte. Er zog es hervor. Eine SMS von einer unterdrückten Nummer.

Er öffnete die Nachricht.

Ein Foto. Anna vor einer mit Graffiti beschmierten, halb eingefallenen Mauer.

Er sprang auf und rannte los.

Sonja hakte sich bei Chris unter. Inzwischen war es dunkel, doch der Mond leuchtete hell, ließ die Mauern silbrig schimmern.

Chris hatte ihr einen Riesenschreck eingejagt, als er so plötzlich vom Tisch aufgesprungen und fortgerannt war. Wäre Lydia nicht gewesen, wäre sie ihm hinterhergestürmt. Doch die Kollegin hatte sie zurück auf ihren Platz gedrückt.

»Du bleibst sitzen. Ich kläre das.« Ihr Ton hatte keinen Widerspruch zugelassen.

Also hatte Sonja an ihrem Kaffee genippt und gewartet, bis Lydia mit Chris im Schlepptau wieder aufgetaucht war. Chris hatte ihr das Foto auf dem Handy gezeigt.

»Ich dachte, es wäre hier irgendwo vor einem der alten Lagerhäuser aufgenommen worden«, hatte er gesagt. »Ich habe mir eingebildet, Anna wäre noch in der Nähe.«

Lydia hatte sich das Handy aushändigen lassen und den entscheidenden Hinweis entdeckt, nachdem sie das Foto an verschiedenen Stellen in der Vergrößerung betrachtet hatte. »Das ist nicht hier, sondern oben bei der Burg«, hatte sie gesagt. »Ich kenne die Stelle.«

Chris hatte sofort aufbrechen wollen.

»Du glaubst doch nicht ernsthaft, dass Anna dort auf dich wartet«, hatte Lydia gesagt. »Das ist ein Machtspiel. Jemand will dich verarschen. Lass dich nicht darauf ein.«

»Und wenn sie doch da ist? Ich muss wenigstens nachsehen!«

»Das Foto kann vor Tagen aufgenommen worden sein. Sogar schon vor Monaten.«

»Ich werde trotzdem nachschauen.«

»Ohne mich.« Lydia hatte die Arme verschränkt.

Sie hatten noch eine Weile diskutiert, doch Lydia war hart geblieben. Kurz darauf waren Sonja und Chris aufgebrochen. Lydia war allein zurückgeblieben, und Sonja hatte das ungute Gefühl, dass sie schuld daran war, dass Chris sich mit seiner Partnerin verkracht hatte. Wäre sie nicht dabei gewesen, hätten die beiden sich bestimmt irgendwie geeinigt.

Immerhin hatte Lydia ihnen vorher noch den Weg erklärt. Sie mussten zum *Pátio de Dom Fradique*, einem Weg in der Alfama unterhalb der Burg *Castelo de São Jorge*, der durch ein Gelände mit Bauruinen führte, auf dem Sprayer offenbar ganz offiziell ihrer Kunst nachgehen durften. Tagsüber war hier sicherlich viel los. Aber jetzt im Dunkeln war das Areal menschenleer.

Sonjas Herz schlug aufgeregt, als sie durch einen Torbogen zwischen die verfallenen Häuser traten. Sie klammerte sich fester an Chris. »Hier ist niemand«, stellte sie fest, nachdem sie sich umgeschaut hatte. Am liebsten wäre sie sofort wieder weggegangen. Die Fratzen an den Wänden flößten ihr Angst ein, auch wenn sie wusste, dass sie nur aus Farbe bestanden.

»Aber Anna war hier. Vielleicht finden wir eine Spur. Einen Hinweis darauf, wo sie sich jetzt aufhält.«

»Was denn für einen Hinweis?« Inzwischen konnte Sonja gut nachvollziehen, warum Lydia sie nicht hatte begleiten wollen. Es war ein sinnloses Unterfangen. Anna war längst nicht mehr hier, und irgendwelche Spuren würden sie im schwachen Mondlicht höchstwahrscheinlich übersehen. Falls es sie überhaupt gab.

»Vielleicht hat die Person, die mir das Foto geschickt hat, hier irgendwo einen weiteren Hinweis deponiert.«

»Du meinst, das wird so eine Art Schnitzeljagd?«

»Ich weiß es doch auch nicht.« Chris machte sich los und lief zwischen den Mauerresten umher, bückte sich hier und da, tastete in Hohlräume und leere Türöffnungen.

»Kannst du den Absender nicht einfach anrufen? Womöglich ist es das, was er will.«

»Keine Chance. Nummer unterdrückt.« Chris suchte das Gelände mit den Augen ab. »Hier muss etwas sein.«

»Wir wissen doch nicht einmal sicher, ob das Foto überhaupt hier gemacht wurde«, sagte Sonja.

»Doch! Wissen wir! Komm her!«

Sie stolperte zu ihm.

Chris stand vor einer Mauer. Noch bevor er das Foto im Speicher des Handys gefunden hatte und es hochhielt, wusste sie, dass er sich nicht getäuscht hatte. Das war die Stelle, an der das Bild von Anna aufgenommen worden war. Die roten Backsteine, die unter dem bröckelnden Putz hervortraten, das riesige, an die Mauer gesprayte schwarze Auge und der Spruch »Eyes. Mirrors of Souls«.

»Mein Gott.« Sonjas Blick wanderte zwischen der Mauer und dem kleinen Handybildschirm hin und her.

In dem Moment hörte sie Schritte knirschen. Sie fuhr herum und erblickte eine Gestalt in dunkler Kleidung, die wie eine Katze auf sie zusprang.

Sonja schrie auf.

Chris drehte sich um die eigene Achse, hechtete zwischen Sonja und den Angreifer und warf sich auf ihn. Die beiden rangen nur kurz miteinander, dann hatte Chris die Gestalt überwältigt und ihr die Arme auf den Rücken gebogen.

»Mistkerl, könnte dir so passen, arglose Touristen auszurauben. Aber da bist du an die Falschen geraten.« Er griff nach der Kapuze, um sie dem Angreifer vom Kopf zu ziehen.

Doch in dem Moment schnellte dieser ruckartig vor.

Sonja sah nicht, was er tat, doch sie hörte Chris vor Schmerz aufschreien. Die Gestalt wand sich aus seinem Klammergriff, rollte sich zur Seite, sprang auf und stürzte davon. Chris stürmte hinterher.

Sonja trat von der Mauer weg, auf den gepflasterten Weg, der durch das Gelände führte. »Chris! Bitte, lass mich nicht hier allein!«

Vom Torbogen her hörte sie Schritte und keuchenden Atem.

»Chris! Komm zurück!«

Da eilte eine Gestalt auf sie zu.

Sie schloss die Augen, machte sich bereit für den Angriff. »Chris! Hilfe!«

Die Gestalt fasste sie bei den Armen. »Alles okay. Ich bin's.«

»O Gott, Chris! Ich hatte solche Angst. Hast du den Typ geschnappt?«

»Nein. Der Mistkerl ist mir entwischt.«

»Das macht doch nichts«, sagte sie, unendlich erleichtert. »Hauptsache, du hast ihn in die Flucht geschlagen.«

»Ich hätte zu gern einen Blick auf sein Gesicht geworfen.«

»Wozu? Glaubst du, du hättest ihn in irgendeiner Verbrecherkartei wiedererkannt?«

Chris schnitt eine grimmige Grimasse. »Ich bin mir ziemlich sicher, dass das kein gewöhnlicher Straßenräuber war.«

Im bleichen Mondlicht sah das rosa Haus ein wenig aus wie ein verzaubertes altes Schloss. Das schmiedeeiserne Tor, die geschwungene Treppe zur Haustür und das eingefallene Nebengebäude unter seinem Mantel aus Gestrüpp und Schlingpflanzen, von dem Lydia nun wusste, dass es durch ein Feuer zerstört worden war, wirkten, als bildeten sie die Kulisse eines Märchenfilms. Eines düsteren Märchens ohne Happy End. Kein »… und wenn sie nicht gestorben sind, dann leben sie noch heute« für die Mädchen, die in dem Feuer umgekommen waren.

Eine Welle des Mitgefühls wogte über sie hinweg. Sie setzte die Flasche, die sie sich im Supermarkt am *Cais do*

Sodré besorgt hatte, an die Lippen. »Auf die einsamen, vergessenen Seelen«, murmelte sie. »Auf all die, um die niemand weint.«

Sie schraubte den Deckel wieder auf die Flasche und straffte die Schultern. Scheißsentimentalität. Das musste ihre portugiesische Seele sein.

Nachdenklich schritt sie das Grundstück ab. Sie begann an dem eingefallenen Nebengebäude, passierte das Tor, den Teil des Hauses, der an die Straße grenzte. Dann bog sie um die Ecke, lief an der Rückfront entlang und erreichte die Mauer, hinter der der Garten lag.

Nirgendwo brannte Licht. Dann war das Mädchen womöglich tatsächlich in der Klinik und seine Eltern besuchten es dort. Oder die Familie machte sich einen schönen Sonntagabend mit Theaterbesuch und Essen im Restaurant.

Lydia stellte die Flasche auf dem Bürgersteig ab, griff nach der Mauerkrone, tastete mit dem Fuß nach einem hervorstehenden Stein und zog sich hoch. Auch die dem Garten zugewandte Seite des Hauses war dunkel. Der Garten selbst lag still da, der Mond ließ die alten Bäume Schatten auf den silbrig glänzenden Rasen werfen.

Sie sprang zurück auf den Bürgersteig und dachte an die SMS von Halverstett. Sie musste mit Salomon reden. Aber unter vier Augen. Er hatte sich noch nicht gemeldet, seit er mit Sonja davongestürmt war, um seine Tochter in den Ruinen am *Pátio de Dom Fradique* zu suchen. Was für eine Schnapsidee!

Und dazu noch eine gefährliche. Irgendwer hatte einen Stein auf sie geworfen. Vermutlich sollte es nur eine Warnung sein, aber wer auch immer es getan hatte, hatte billigend in Kauf genommen, dass einer von ihnen schwer verletzt wurde. Und nun diese mehr als merkwürdige anonyme Nachricht. Was, wenn es eine Falle war?

Lydia hatte versucht, Salomon auf diese Möglichkeit hinzuweisen, ohne zu erwähnen, dass der Vorfall am Baugerüst kein Unfall gewesen war. Das durfte Sonja nicht wissen. Aber er hatte es nicht begriffen. Oder nicht begreifen wollen.

Am liebsten wäre sie den beiden gefolgt, um sicherzugehen, dass alles in Ordnung war. Andererseits war sie nicht Salomons Babysitter.

Und Sonjas schon gar nicht. Das hätte ihr gerade noch gefehlt. Sonja war nett, aber zu brav und übereifrig für Lydias Geschmack. Sie hatte zu viel geredet. Vermutlich aus Nervosität. Oder weil sie spürte, dass sie nicht willkommen war, dass sie in einen Bereich von Chris' Leben eindrang, in dem sie nichts verloren hatte.

Wie auch immer, sie würden bestimmt keine besten Freundinnen werden.

Lydia trat von der Mauer zurück, zog ihr Handy hervor. Noch immer keine Nachricht. Weder von Vítor noch von Salomon. Scheißkerle! Sie öffnete den Internetbrowser und suchte die Nummer des Hotels in der Alfama raus. Als der Portier sich meldete, bat sie darum, mit dem Zimmer von Sonja Reiter verbunden zu werden.

Es klingelte ein Mal. Zwei Mal. Drei Mal. Vier Mal.

Dann wurde abgehoben. »Ja? Wer ist da?« Chris Salomon. Gesund und munter. Und ein wenig außer Atem.

Sie drückte den Anruf weg und schob das Telefon zurück in die Tasche. Morgen würde sie mit ihm reden. Wenn er wollte, dass sie ihm bei den Ermittlungen half, brauchte sie seine ungeteilte Aufmerksamkeit. Ohne Sonja im Schlepptau. Entweder ließ er sich darauf ein oder sie würde den ersten Flug zurück nach Deutschland nehmen. Dann konnte ihr der gesamte Fall gestohlen bleiben. Gegenüber Vítor fühlte sie sich schon längst zu nichts mehr verpflichtet. Offenbar hatte der portugiesische Kollege von ihnen bekommen, was er wollte, und war nun abgetaucht.

Der Gedanke durchzuckte sie, dass das auch für Salomon gelten könnte. Er hatte sie benutzt und weggeworfen. Abrupt wandte sie sich ab und setzte sich in Bewegung. Sie wollte nur noch ins Bett. Nicht mehr grübeln, sondern einfach ein paar Stunden schlafen.

Sie war schon fast wieder an der Straßenecke, als ihr ins Bewusstsein sickerte, was sie in dem Garten gesehen hatte. Hastig machte sie kehrt, stellte erneut die Flasche ab und zog sich wieder an der Mauer hoch. Sie hatte sich nicht getäuscht. Mitten auf dem Rasen stand ein Strauch, den sie kannte, denn sie war bei ihren Recherchen im Internet zu den beiden Giften Scopolamin und Atropin darüber gestolpert.

Ohne die markanten Blüten war sie nicht so leicht zu identifizieren, dennoch war Lydia sicher, dass im Garten der de Melos, genau unter dem vergitterten Fenster, eine Engelstrompete wuchs.

Montag, 13. März

Lissabon

Chris war erleichtert, als er Lydia in der Hotellobby entdeckte. Nach dem Streit gestern war er nicht sicher gewesen, ob er noch auf sie zählen konnte. Aber da war sie, sein Fels in der Brandung.

»Danke, dass du gekommen bist.« Verlegen schob er die Hände in die Taschen seiner Lederjacke. »Und entschuldige bitte meinen Ausbruch gestern. Du hattest übrigens recht. Keine Spur von Anna, dafür irgendein Kerl, der uns überfallen hat.«

Lydia riss erschrocken die Augen auf.

»Keine Sorge, war halb so wild, ich habe ihn in die Flucht geschlagen. Leider bevor ich einen Blick auf sein Gesicht werfen konnte. Er trug eine Kapuzenjacke und einen Schal vor dem Mund.«

»Sicher, dass es ein Mann war?«

»Du glaubst …«

»Wer auch immer den Stein vom Baugerüst geworfen hat, trug eine Kette mit einem Herzanhänger.«

»Hm. Die Person war klein und drahtig. Hätte auch eine gut trainierte Frau sein können.«

»Ich muss mit dir reden.«

»Dito.«

»Unter vier Augen.«

»Kein Thema. Sonja will sich ein bisschen die Stadt ansehen. Sie begleitet uns nur bis zur Straßenbahnhaltestelle.« Er warf einen Blick zum Aufzug, doch von Sonja war noch nichts zu sehen. »Ich weiß, dass sie hier ist, macht unsere Ermittlungen nicht einfacher. Aber …«

»Schon gut.« Lydia winkte ab.

»Ich will jedenfalls heute offiziell zur *Polícia Judiciária* gehen und die de Melos wegen Entführung anzeigen. Dafür ist doch die PJ zuständig, oder?«

»Das geht nicht.«

In dem Augenblick trat Sonja aus dem Aufzug in die Lobby, ein strahlendes Lächeln auf den Lippen.

»Warum geht das nicht?«, zischte Chris Lydia zu, ohne Sonja aus den Augen zu lassen. »Es gibt genug Anhaltspunkte, dass da etwas faul ist.«

»Wir wollten doch erst noch mehr Beweise zusammentragen.«

»Ich kann nicht in aller Ruhe Beweise sammeln. Mir rinnt die Zeit unter den Fingern davon. Hast du dir mal Gedanken darüber gemacht, was sie in dieser Nervenklinik mit meiner Tochter anstellen? Ich weiß, warum sie krank ist. Sie wurde entführt, ihrer Identität beraubt. Deshalb findet sie keinen Schlaf, ist doch klar. Aber das werden ihre falschen Eltern den Ärzten bestimmt nicht erzählen. Stattdessen lassen sie sie mit Drogen vollpumpen! Ich kann da nicht länger tatenlos zusehen. Ich gehe zur Polizei. Notfalls auch allein. Ich muss meine Tochter retten!«

»Sie ist nicht deine Tochter.«

Chris erstarrte. In seiner Brust krampfte sich etwas zusammen.

»Was sagst du da?«, fragte er mit rauer Stimme.

Lydia seufzte. Sie bedachte Sonja, die neben Chris getreten war und entsetzt von einem zum anderen schaute, mit einem gereizten Blick.

»Rede mit mir, Lydia!« Chris hätte sie am liebsten geschüttelt.

Lydia holte Luft. »Als wir das Zimmer mit dem vergitterten Fenster entdeckt haben, da habe ich … ich habe Haare vom Kopfkissen mitgenommen und sie nach Deutschland geschickt. Zusammen mit einer Probe von deinen Haaren. Ich habe die DNA abgleichen lassen.«

»Du hast was?« Chris' Stimme überschlug sich.

Der Mann an der Rezeption sah beunruhigt zu ihnen hinüber, die Hand auf den Telefonhörer gelegt.

»Wir brauchten Gewissheit«, sagte Lydia. »Jetzt haben wir sie. Wer auch immer in diesem Zimmer gefangen gehalten wurde, es war nicht deine Tochter.«

Chris fasste sich an den Kopf. Das konnte nicht sein. Es durfte nicht sein! Er fühlte sich, als würde er von einem Meteoritenschauer erschlagen. Gleichzeitig wäre er Lydia am liebsten an die Gurgel gegangen. Wie hatte sie ihm das antun können!

»Ich hätte niemals gedacht, dass du mich so hintergehen würdest«, stieß er mit mühsam unterdrücktem Zorn hervor.

»Du wolltest doch die Wahrheit herausfinden!«

»Blödsinn! Was denn für eine Wahrheit? Verschwinde. Hau ab. Ich will dich nie wieder sehen!«

Lydia riss fassungslos die Augen auf. Dann wandte sie sich wortlos ab.

Chris kämpfte noch immer gegen die Gesteinsbrocken, die auf ihn niederprasselten. Die ganze Welt schien über ihm zusammenzubrechen. Wie durch eine Wand spürte er, dass

Sonja den Arm um ihn legte und ihn zu einem Sessel führte. Kurz darauf hielt sie ihm ein Glas Wasser an die Lippen.

Er trank in langen, gierigen Zügen.

»Wie konnte sie das nur tun?«, murmelte er, als er ihr das Glas zurückgab. »Einfach so, hinter meinem Rücken.«

»Sie hat es bestimmt nur gut gemeint«, sagte Sonja und strich ihm über die Wange. »Und immerhin haben wir nun Gewissheit.«

»Was denn für eine Gewissheit?«, fuhr er sie an.

»Diese Familie hat möglicherweise Dreck am Stecken. Vermutlich hat sie tatsächlich ein Kind entführt, um das eigene, das gestorben ist, zu ersetzen. Aber es ist nicht deine Tochter Anna.«

Wütend stieß Chris sie von sich. »Fängst du jetzt auch damit an?«

Sonjas Unterlippe zuckte. »Aber die DNA beweist doch …«

»Die DNA beweist gar nichts! Die Haare können von sonst wem gewesen sein. Von der Putzfrau. Von der Stiefmutter. Von einem anderen Kind, das dort eingesperrt wurde. Genau deshalb wollte ich diesen Test nicht machen.«

Sonja erwiderte nichts, hielt den Blick auf das Glas in ihrer Hand gerichtet.

»Du hältst mich für verrückt. Für besessen.«

»Nein.« Es klang nicht überzeugend. »Ich dachte nur, es wäre vielleicht …«

»Ach lass mich doch in Ruhe.« Er stand auf. »Es steht dir frei, nach Deutschland zurückzufliegen. Ich bleibe hier und suche meine Tochter.« Er wandte sich ab und marschierte aus dem Hotel.

Noch während er die schmale *Rua do Salvador* hinauflief,

verrauchte seine Wut. Was war er nur für ein engstirniger, selbstsüchtiger Idiot!

An der Einmündung zur *Travessa São Tomé* blieb er stehen. Die Straßenbahn passierte hier eine Engstelle, bevor sie den Aussichtspunkt *Portas do Sol* erreichte. Gerade näherte sich einer der gelb-weißen Waggons mit lautem Klingeln. Chris überquerte rasch die Fahrbahn und drückte sich auf der anderen Straßenseite an eine Hauswand, um dem Gefährt Platz zu machen. Er schämte sich für seinen kindischen Ausbruch. Wie hatte er nur seine Enttäuschung an den einzigen beiden Menschen auslassen können, die bedingungslos zu ihm hielten?

Er würde sich bei Sonja entschuldigen.

Und bei Lydia.

Er hoffte, dass es noch nicht zu spät war.

Vítor Fidalgo warf einen Blick auf die Uhr. Noch hatte er Zeit. Seit er seine Schwester vorgestern völlig aufgelöst auf dem Sofa vorgefunden hatte, musste er ständig an sie denken. Er hatte Angst um sie. Und vor dem, was sie in diesem Zustand erzählen könnte. Woran erinnerte sie sich? Wie sehr konnte sie ihm schaden?

Er schämte sich, weil er mehr an sich als an Rosas Wohlergehen dachte. Aber was hatte er denn für eine Wahl?

Jedenfalls war er gestern zwei Mal bei ihr gewesen, hatte dafür gesorgt, dass sie etwas aß und nicht zu viel trank. Morgens hatte er alle Flaschen ausgekippt, die er finden konnte. Trotzdem war sie sturzbetrunken gewesen, als er am Abend noch einmal nach ihr gesehen hatte. Er musste eine bessere Lösung finden. Aber erst, wenn er seinen eigenen Kopf aus der Schlinge gezogen hatte.

Fest entschlossen beugte er sich wieder über die Akte von Inêz, die vor ihm auf dem Küchentisch lag. Er war noch nicht dazu gekommen, sie sich näher anzusehen, hatte nur die wichtigsten Eckdaten überflogen, jedoch nichts entdeckt. Er hätte sich gern mit Lydia und Chris ausgetauscht, doch das Risiko war ihm zu groß. Wenn seinem Chef wirklich ein paar ganz hohe Tiere im Nacken saßen, die auf keinen Fall wollten, dass im Fall Ana de Melo weiterermittelt wurde, war nicht auszuschließen, dass die beiden Deutschen beschattet wurden. Ein Wunder, dass man noch nicht dafür gesorgt hatte, dass sie nach Deutschland zurückgeschickt wurden. So groß schien der Einfluss der de Melos doch nicht zu sein.

Hoffentlich waren die beiden wenigstens seinem Hinweis nachgegangen! Er musste einen Weg finden, mit ihnen zu reden, ohne dass jemand davon Wind bekam.

Das Handy auf dem Tisch vor ihm vibrierte. Verwundert blickte er auf die Nummer. Seine Kollegin Teresa Duarte.

»Ja?«, meldete er sich argwöhnisch.

»Hallo Vítor. Ich wollte hören, wie es dir geht.«

Steckte der Chef dahinter? Sollte sie ihn aushorchen? »Gut«, sagte er vorsichtig.

»Das ist schön. Das mit deiner Nichte tut mir sehr leid. Wenn ich gewusst hätte …«

»Schon in Ordnung. Wie läuft es bei euch?«

»Du fehlst bei den Ermittlungen. Ich hoffe, dass du bald zurück bist.«

»Liegt nicht an mir.«

»Ich weiß.« Sie sprach so leise, dass er sie kaum hören konnte.

Für eine Weile sagte keiner von beiden etwas.

Als Vítor das Schweigen nicht mehr aushielt, fragte er: »Und? Gibt es Fortschritte? Habt ihr herausgefunden, was die Mädchen verbindet?«

»Du weißt, dass ich nicht mit dir darüber reden darf.«

»Warum rufst du dann an?«, fuhr er sie an. »Ich kann dich natürlich auch nach Henrique fragen, und wir machen ein bisschen Small Talk.« Henrique war Teresas Dauerverlobter, ein Bankangestellter, den Vítor noch nie zu Gesicht bekommen hatte und über den Teresa nicht gern sprach.

»Ich habe eine Frage«, sagte Teresa, ohne auf seine Bemerkung einzugehen. »Das erste Opfer, Beatriz, lebte bei ständig wechselnden Pflegefamilien. Und jetzt bin ich darüber gestolpert, dass Inêz adoptiert war. Es ist natürlich möglich, dass das lediglich ein Zufall ist, dass die beiden einfach nur aufgrund ihrer besonderen Familiensituation unglücklich und deshalb leichte Beute für jemanden waren, der sie zum Suizid überreden wollte. Es könnte sich aber auch um ein Muster handeln. Du weißt, worauf ich hinauswill.«

Vítor stöhnte lautlos.

»War Valentina adoptiert?«

»Warum fragst du nicht ihre Mutter?«

»Willst du das wirklich?«

Er presste die Finger auf die Schläfen. »Nein.«

»Also?«

»Ja. Aber sie war noch so klein, als sie adoptiert wurde, dass sie keine Erinnerung daran hatte.«

»Sie wusste es also nicht?«

Vítor biss sich auf die Lippe. »Sie hat es kurz vor ihrem Tod erfahren«, flüsterte er. »Aber bitte sag Rosa nichts davon. Sie weiß es nicht.«

Teresa antwortete nicht sofort. »Danke für deine Offenheit«, sagte sie schließlich. »Und jetzt habe ich noch eine ganz andere Frage.«

»Was denn noch?«

»Wie geht es dem deutschen Polizisten? Ist er wieder ganz gesund?«

»Wieso wieder gesund?«, fragte Vítor alarmiert. »Was hat er denn?«

»Du weißt gar nichts davon? Ich dachte, du hättest Kontakt zu den beiden.«

»Schon seit Tagen nicht mehr. Anweisung von oben. Also, was ist los?«

»Er wurde von einem herabfallenden Stein verletzt. Offenbar nichts Ernstes. Hätte aber auch anders ausgehen können. Seine Kollegin glaubt jedenfalls nicht an einen Unfall.«

»Merda! Gibt es eine offizielle polizeiliche Untersuchung?«

»Nicht durch die *Polícia Judiciária*.«

Noch bevor Vítor auflegte, traf er eine Entscheidung. Sie konnte ihn seinen Job kosten, aber das war ihm egal. Er hatte richtig Mist gebaut, er war schuld an Valentinas Tod. Zeit, endlich das Richtige zu tun. Bevor noch mehr Menschen zu Schaden kamen.

Ungläubig starrte Sonja auf die Glastür, durch die Chris vor wenigen Sekunden verschwunden war. Sie war ihm nicht böse, dafür verstand sie viel zu gut, wie ihm zumute sein musste. Er hatte sich so fest an den Glauben geklammert, dass dieses fremde Mädchen seine Tochter war, dass er ihn nicht einfach wieder loslassen konnte. Und wenn schon. Es war ihr egal, solange sie nur an seiner Seite war.

Ohne länger nachzudenken, stürzte sie hinter ihm her. Vor der Tür hielt sie nach ihm Ausschau, doch er war nirgendwo zu sehen. Sie überlegte kurz, welche Richtung sie einschlagen sollte. Links ging es hinab ins Gassengewirr der Alfama, rechts hinauf zur Straßenbahnlinie. Sie bog rechts ab, erklomm den Hügel, so schnell es ihr riesiger Bauch zuließ.

Hoffentlich war Chris noch irgendwo dort! Sie wollte nicht, dass er in seiner Verzweiflung allein durch die Stadt irrte, dass er am Ende auf dumme Gedanken kam.

Keuchend erreichte sie die Einmündung und schaute sich suchend um. Sie erblickte eine Gruppe junger Mädchen, die alle durcheinanderredeten. Einen alten Mann mit Stock. Zwei Frauen mit Einkaufstüten. Einen dürren Kerl mit Mütze, der mit gesenktem Kopf auf seine Schuhspitzen starrte.

Und Chris. Er stand nur wenige Meter von ihr entfernt auf der anderen Straßenseite an eine Hauswand gelehnt, das Gesicht ihr zugewandt. Sie setzte sich in Bewegung. Öffnete den Mund, um seinen Namen zu rufen. Hörte ein Klingeln. Begriff zu spät, dass Chris nicht zu ihr, sondern die Straße hinunterblickte.

Abrupt blieb Sonja stehen und folgte Chris' Blick. Doch etwas schien sie vorwärtszuschieben. Sie stolperte.

Wieder das schrille Klingeln. Ein Quietschen.

Sie spürte einen harten Aufprall, dann nichts mehr.

Lydia betrachtete den Fluss, der heute grau und hässlich aussah, genau wie der Himmel, der sich in ihm spiegelte. Noch immer pulsierte Zorn durch ihren Körper, ihr Atem ging schnell, ihr Kopf rauschte.

Dieser Idiot! Was bildete er sich ein, sie so anzuschnauzen? Nur weil ihm die Wahrheit nicht in den Kram passte, weil er lieber weiter Gespenster jagte.

Das Schlimmste war, dass ein Teil von ihr verstand, worüber Salomon derart sauer war. Sie hatte hinter seinem Rücken Erkundigungen eingeholt, die so persönlich waren, dass sie eigentlich nur ihn etwas angingen. Sie hatte es gut gemeint, sie hatte Fakten schaffen wollen, und dabei übersehen, dass es ihm gar nicht um Fakten ging. Nicht ausschließlich jedenfalls.

Lydia betrachtete eine Plastiktüte, die auf dem Wasser dümpelte. Sie stand am *Cais do Sodré*. Hinter ihr lag das Café »Ibo«, erst vorgestern hatte sie hier mit Salomon gesessen, noch ganz aufgekratzt von der Entdeckung auf dem Friedhof. Sie hatte sich ihm nah gefühlt, und sie war sicher gewesen, dass er ähnlich empfand. Sie beide gegen den Rest der Welt.

Und dann hatte Sonja angerufen.

Vielleicht war es Zeit, nach Hause zurückzukehren.

Ihr Handy klingelte. Voller Hoffnung zog Lydia es aus der Tasche. Vítor.

Sie zögerte, dann nahm sie den Anruf entgegen.

»Tut mir leid, dass ich mich nicht früher gemeldet habe«, sagte er ohne Einleitung. »Ist eine komplizierte Geschichte.«

»Ach ja?«

»Wie geht es Chris?«

»Was … wieso …?«

»Die Sache mit dem Stein. Teresa hat mir davon erzählt.«

»Ach so.« Lydia rieb sich die Stirn. »Er ist wieder okay.«

»Gut. Kann ich euch treffen? Ich habe Neuigkeiten.«

»Ich weiß nicht …« Lass dich nicht wieder einwickeln,

sagte Lydia sich. Kehr zurück nach Hause, lass nicht zu, dass dein Leben vollends den Bach runtergeht. »Ich wollte eigentlich heute zurückfliegen.«

»Und Chris? Was ist mit seiner Tochter?«

Lydia zögerte. Sie hatte nicht das Recht, mit einem Fremden über das Ergebnis des DNA-Abgleichs zu sprechen. »Ich weiß nicht, was er vorhat.«

»Oh.« Vítor klang verwirrt, aber nur für einen Moment. »Ich habe die ehemaligen Nachbarn der de Melos befragt, aus der Zeit, als sie noch mit ihrer Tochter in Lissabon wohnten, und eine Spur zu einer möglichen Zeugin.«

»Das erzählst du Salomon am besten selbst.«

»Deshalb habe ich aber nicht angerufen.«

Lydias Daumen schwebte über dem roten Hörersymbol. Sie zögerte. Dann siegte die Neugier. »Also, was hast du rausgefunden?«

»Alle Mädchen, die, hm, verunglückt sind, waren entweder adoptiert oder lebten in Pflegefamilien. Alle bis auf Ana de Melo natürlich.«

Lydia war mit einem Mal ganz bei der Sache. »Auch deine Nichte?«

»Ja. Rosa und ihr Mann haben sie als Kleinkind adoptiert.«

»Warum hast du nichts davon gesagt?«

»Ich wusste nicht, dass es wichtig ist. Ich habe eben erst erfahren, dass auch Inêz adoptiert war. Erst da ist mir der Zusammenhang aufgefallen.«

Lydias Gedanken rasten. »Hat eine von ihnen früher in dem Heim ›Casa Madre de Deus‹ gewohnt? Bevor es abbrannte?«

»Ich möchte das ungern am Telefon besprechen.«

»Dann treffen wir uns.«

»In Ordnung. *Miradouro de Santa Catarina*. In einer Stunde.« Er unterbrach die Verbindung.

Lydia starrte auf das Telefon. Sie war hin- und hergerissen. Sollte sie Salomon anrufen? Oder ihm wenigstens eine SMS schicken? Noch während sie darüber nachdachte, ließ der Klingelton sie zusammenfahren.

Salomon.

Sie holte tief Luft, bevor sie den Anruf entgegennahm. »Ich wollte dich gerade anrufen.«

»O mein Gott, Lydia«, schluchzte er, so heiser, dass sie seine Stimme kaum erkannte. »Du musst mir helfen. Sonja. Sie ist im Krankenhaus. Das ist alles meine Schuld. Sie hat scheißviel Blut verloren. Ich weiß nicht … bitte komm. Ich brauche dich. Bitte! O Gott, ich habe sie auf dem Gewissen, Lydia.«

Vítor hielt nach Lydia Ausschau, während er die Stufen zum Straßencafé am Aussichtspunkt *Miradouro de Santa Catarina* hinablief, doch er konnte sie nirgendwo entdecken. Er platzierte sich gut sichtbar und blickte auf die mehr oder weniger schäbigen Gebäude des Hafens hinunter. Es faszinierte ihn immer wieder, dass jeder der vielen Aussichtspunkte der Stadt sein ganz eigenes Flair hatte, das einerseits von dem Panorama, andererseits von dem Stadtteil bestimmt wurde, in dem er lag. Der *Miradouro de Santa Catarina* grenzte an die Altstadt, weshalb hier nicht nur Touristen und Liebespaare den Rundblick genossen, sondern sich auch allerhand zwielichtige Gestalten herumtrieben, die entweder etwas zu kaufen suchten oder anboten.

Auf der kleinen Rasenfläche in der Mitte des mit hellen Steinplatten ausgelegten Platzes hatten sich ein paar Trommler zusammengefunden und erfüllten die Aussichtsplattform mit karibischen Rhythmen.

Unruhig schlenderte Vítor auf und ab. Erst nachdem er aufgelegt hatte, war ihm aufgefallen, wie merkwürdig Lydia am Telefon geklungen hatte. Zwischen Chris und ihr schien dicke Luft zu herrschen. Er hoffte, dass das alles war. Seit dem Gespräch mit seinem Chef auf dem Dach von *São Vicente de Fora* war er zunehmend paranoid, fühlte sich verfolgt, traute niemandem mehr.

Er blickte auf sein Handy. Lydia war bereits zehn Minuten überfällig. Für portugiesische Verhältnisse war das nicht einmal eine richtige Verspätung, aber Lydia war in Deutschland aufgewachsen, und er hatte selbst erlebt, wie eigensinnig Deutsche in Bezug auf Pünktlichkeit waren. Außerdem hatte Lydia am Telefon so geklungen, als könne sie kaum erwarten zu hören, was er zu berichten hatte.

Vítor beschloss, die Wartezeit nicht ungenutzt verstreichen zu lassen, und rief einen Freund im Einwohnermeldeamt an, der ihm noch einen Gefallen schuldete.

»Hallo Vítor! Wie geht's? Arbeitest du auch an dieser mysteriösen Sache mit den weißen Engeln? Klingt sehr spannend.«

»Hallo Jorge. Ich brauche deine Hilfe.«

»Und zwar nicht auf dem offiziellen Dienstweg, nehme ich an?«

»Du sagst es. Trotzdem ist es dienstlich. Und vertraulich.«

»Also doch die Engel.«

»Kein Kommentar. Hilfst du mir? Diskret?«

»Klar.«

»Okay. Ich schicke dir gleich Namen und Geburtsdatum

von zwei …« Er überlegte kurz. »Von drei Mädchen. Alle drei sind vermutlich nicht bei den leiblichen Eltern aufgewachsen. Ich brauche alles, was du über sie rausfinden kannst. Geburtsurkunden, Heimaufenthalte, Pflegefamilien, Adoptionsunterlagen, was auch immer.«

»Du weißt, dass diese Angaben unter Verschluss sind. Ohne einen offiziellen Wisch darf ich das nicht rausgeben, nicht einmal selbst einsehen.«

»Es ist wichtig, Jorge.«

»Wenn das auffliegt, kriege ich richtig Ärger.«

»Es könnten weitere Mädchen sterben.«

Jorge seufzte. »Warum dann inoffiziell? Ihr würdet das doch alles sofort bekommen, wenn ihr die entsprechenden Anträge stellt.«

»Du weißt doch, wie das läuft. Die offiziellen Mühlen mahlen langsam. So viel Zeit haben wir nicht.«

»Das ist das erste und einzige Mal, dass ich so was für dich tue, Vítor.«

»Du bist ein echter Freund.«

»Dann sind wir jetzt quitt. Und ein fettes Essen schuldest du mir obendrein.«

»Abgemacht. Ich schicke dir die Daten, sobald ich aufgelegt habe.«

»Ich mache mich sofort dran. Trotzdem kann es ein paar Tage dauern.«

»Du kriegst das hin. Danke, Jorge.«

Vítor legte auf und hob den Blick. Keine Lydia. Er wählte ihre Nummer. Der Anruf wurde nach dem ersten Klingeln weggedrückt. Merda! Wut kochte in ihm hoch. Und Angst. Es braute sich etwas zusammen. Und er hatte keine Ahnung, aus welcher Richtung das Unwetter heranzog.

Chris presste die Lippen zusammen, als Lydia im Korridor des Krankenhauses auftauchte, damit der Schmerz nicht aus ihm herausbrach und ihn zu einem wimmernden Häufchen Elend machte. Er musste stark bleiben, für Sonja, und für das Kind. Sie brauchten ihn, er musste dafür sorgen, dass sie die bestmögliche Behandlung bekamen.

»Was ist passiert?«, fragte Lydia, kaum dass sie vor ihm stand. Ihr Gesichtsausdruck verriet nicht, was sie dachte.

»Ich bin aus dem Hotel gestürmt, weil ich wütend war. Sonja kam hinterher. Oben an der Straßenbahnlinie ...« Er brach ab, presste die Fäuste gegen die Schläfen. »Sie ist angefahren worden.«

»O nein! Von der Straßenbahn?«

Er nickte. »Es ist meine Schuld. Ich stand auf der anderen Straßenseite, sie wollte zu mir laufen, hat nicht auf den Verkehr geachtet.«

»Scheiße.« Lydia streckte die Hand aus, ließ sie wieder sinken. »Wie schlimm ist es?«

»Sie hat verdammt stark geblutet.« Er öffnete seine Jacke, sodass sie sein besudeltes Hemd sehen konnte. Er hatte versuchte, erste Hilfe zu leisten. Hatte versucht, mit dem Handtuch, das ihm jemand gereicht hatte, die Blutung zu stillen, hatte beruhigend auf sie eingeredet.

Sonja hatte ihn kaum wahrgenommen, hatte ständig die gleichen zwei Wörter wiederholt. »Mein Baby, mein Baby.«

»Scheiße, Scheiße«, wiederholte Lydia.

»Die Ärzte wollten alles Mögliche wissen, ich habe so gut wie es ging versucht, ihnen auf Englisch zu erklären, dass die Daten im Mutterpass falsch sind.«

»Sie werden alles tun, was in ihrer Macht steht, um Sonja und dem Kind zu helfen.«

»Ich weiß nicht, ob das genügt«, flüsterte er.

»Wollen wir uns irgendwo hinsetzen? Sicherlich wird sie gerade operiert, das kann dauern.«

»Ich will mich nicht setzen!«, fuhr er sie an.

Sie hob die Hände.

»Entschuldige. Ich bin am Ende. Ich … ich habe gesehen, wie die Straßenbahn sie erfasst hat, wie ihr Körper zu Boden gerissen und mitgeschleift wurde.« Jetzt kamen ihm doch die Tränen. Wütend wischte er sie weg. »Das ist die Strafe dafür, dass ich das Schicksal herausgefordert habe. Ich hätte nie herkommen dürfen.«

»Unsinn.«

»Ach ja? Was verstehst du denn davon?« Er schlug mit der Faust gegen die raue Wand des Krankenhausflures.

Als er ein weiteres Mal zuschlagen wollte, packte Lydia ihn am Handgelenk. »Schluss jetzt mit dem Selbstmitleid! Du solltest dich mal sehen. Reiß dich zusammen. Wenn nicht für dich selbst, dann für deine Familie.«

Er starrte sie an.

In dem Augenblick trat ein junger Mann auf den Korridor. »Senhor Salomon?«

Lydia sagte etwas auf Portugiesisch zu ihm.

Der Arzt antwortete mit gesenkter Stimme, die Wörter sprudelten hastig aus seinem Mund, als könne er sie nicht schnell genug loswerden.

Lydia wurde blass, stellte eine Frage.

Der Mann holte zu einer Erklärung aus.

Chris wurde kalt. Er verstand kein Wort, doch das war nicht nötig, um zu begreifen, dass der junge Arzt keine guten Nachrichten hatte. Er lehnte sich gegen die Wand. Ihm war mit einem Mal übel.

Plötzlich sah er zwei Gesichter über sich.

»Du bist ohnmächtig geworden«, sagte Lydia. »Kannst du dich aufsetzen?«

Sie half ihm zu einer hölzernen Bank. Seine Beine zitterten so sehr, dass er es kaum schaffte, einen Fuß vor den anderen zu setzen.

Der Arzt verschwand hinter einer Tür und kehrte bald darauf mit einem Päckchen Tabletten und einem Becher Wasser zurück. Er drückte eine Tablette heraus und reichte sie Chris.

»Was ist das?«, fragte er argwöhnisch.

»Etwas Leichtes zur Beruhigung, damit du nicht sofort wieder zusammenklappst«, erklärte Lydia.

Er zögerte, dann nahm er die Tablette, schluckte sie und spülte mit Wasser nach.

Der Arzt sprach noch kurz mit Lydia, dann wandte er sich ab.

»Was hat er gesagt?«, fragte Chris, als sie wieder allein waren.

»Du sollst dreimal täglich eine Tablette nehmen.«

»Das meinte ich nicht.«

»Ich weiß.« Lydia setzte sich neben ihn und senkte den Blick. »Sonja ist fürs Erste stabil. Sie haben sie operiert und in ein künstliches Koma versetzt, um das Gehirn zu entlasten. Sie hat viel Blut verloren. Außerdem hat sie eine Schädelfraktur, mehrere gebrochene Rippen und einen Leberriss. Aber es sieht gar nicht so schlecht aus.«

Chris schloss die Augen. Dankbarkeit strömte durch seinen Körper. Sonja lebte. Sie würde gesund werden. Alles würde in Ordnung kommen. Dann packte ihn erneut die kalte Angst.

»Und das Kind?«, fragte er leise.

»Dein kleiner Junge hat es nicht geschafft.«

»Nein!«

»Es tut mir so leid.« Sie sah ihn mitfühlend an.

Diesmal versuchte er nicht, die Tränen zu unterdrücken. Er ließ sich von Lydia in den Arm nehmen und weinte um seinen toten Sohn.

Das Café war ein Glaskasten im Innenhof des »Hospital de São José«. Ein moderner Fremdkörper im Herzen eines Gebäudekomplexes, der wie eine Ansammlung dem Verfall preisgegebener venezianischer Villen wirkte.

Lydia dachte daran, dass sie erst vor drei Tagen hier gewesen war. Da hatte sie noch gedacht, dass sie dem Schicksal ein Schnippchen geschlagen hatten. Doch das Schicksal ließ sich nicht austricksen. Jetzt hatte es sich seine wahre Beute geholt.

Sie stellte die Gläser mit dem Galão auf dem Tisch ab. »Möchtest du nicht doch ein Sandwich?«

»Du isst doch auch nichts.« Salomon sah mit leerem Blick nach draußen.

»Dann trink wenigstens den Kaffee.«

Gehorsam griff er nach dem Glas.

Lydia sah zu, wie er vorsichtig einen Schluck nahm und das Glas wieder absetzte. Sie konnte es kaum ertragen, ihn so zu sehen. Als hätte er eine Klinge in der Brust, die bei jeder Bewegung Schmerzen verursachte. Und das Schlimmste war, dass sie selbst ihm das Messer in den Leib gerammt hatte.

Es war ihre Schuld. Hätte sie ihm sofort von dem Ergebnis der DNA-Untersuchung erzählt, wäre er längst mit Sonja zurück in Deutschland. Sie hatte es ihm verschweigen, weil sie wollte, dass er dablieb.

»Ich habe dieses Kind nicht gewollt«, sagte er, ohne von seinem Kaffee aufzublicken.

»Aber das ist doch nicht der Grund …« Sie legte behutsam die Hand auf seinen Arm.

»Doch. Ist es.« Er nahm ihre Hand, hielt sie fest. »Meine Strafe. Ich bin es nicht wert, Vater zu sein.«

Lydia räusperte sich. »Da gibt es Schlimmere, glaub mir.« Vielleicht half es, ihn auf andere Gedanken zu bringen. »Zum Beispiel die Väter von den Mädchen, die in den Tod gesprungen sind.«

Er sah sie überrascht an. »Du hast etwas herausgefunden?«

»Nicht ich. Vítor. Er hat mich angerufen.« Siedend heiß fiel ihr ein, dass sie mit ihm verabredet war. Vorhin hatte sie einen Anruf bekommen, ihn aber einfach weggedrückt. Sie würde sich später bei ihm melden.

»Was hat er erzählt?« Salomon trank von seinem Kaffee, hielt aber noch immer mit einer Hand die ihre umklammert. Es schien ihm zu helfen, über den Fall zu sprechen.

»Alle gestorbenen Mädchen lebten nicht bei ihrer Ursprungsfamilie. Sie waren entweder adoptiert oder in einer Pflegefamilie. Das muss etwas zu bedeuten haben.«

»Das Heim.«

»Daran habe ich auch sofort gedacht. Vítor wollte nicht am Telefon darüber sprechen, wir wollten uns treffen.«

»Wann?«

Lydia sah auf die Uhr. »Vor zwei Stunden.«

Salomon machte ein gequältes Gesicht.

»Wir finden die Wahrheit heraus. Sie läuft uns nicht davon.«

»Aber der Täter vielleicht. Oder er schlägt noch einmal zu, bevor wir ihn kriegen.«

»Das wird nicht geschehen«, sagte Lydia mit mehr Überzeugung, als sie empfand.

Salomon nahm seine Hand von ihrer. »Ich muss Sonjas Familie anrufen. Ich kann dir gar nicht sagen, wie sehr mir davor graut. Ihrem Bruder bin ich sowieso suspekt. Und ihre Schwägerin hasst mich.«

»Ich kann dir das abnehmen. Ich sage denen, dass du nicht von Sonjas Seite weichen willst.«

Er lächelte dankbar. »Sehr nett von dir, aber das geht nicht. Das muss ich selbst erledigen. Sonst kann ich gar nicht mehr in den Spiegel sehen.« Er presste die Hand vor den Mund. »Mein armer kleiner Junge.«

Ehe Lydia begriff, was geschah, stürzte er nach draußen und übergab sich in der Nische zwischen dem Glaskasten und der Außenmauer des Krankenhauses.

Sie rannte zu ihm, hielt seinen zitternden Körper, bis nichts mehr kam, wimmelte eine Krankenschwester ab, die sich besorgt erkundigte, was los sei.

Dann vergewisserte sie sich, dass das Krankenhaus seine und ihre Telefonnummer hatte, verfrachtete ihn in ein Taxi und ließ den Fahrer in die *Rua dos Navegantes* fahren.

Ihre Tante brach entsetzt in Tränen aus, als Lydia ihr kurz berichtete, was geschehen war, doch sie hatte sich schnell wieder im Griff. Gemeinsam sorgten sie dafür, dass Salomon zwei von den Beruhigungstabletten schluckte, und legten ihn auf das Wohnzimmersofa. Während er mit Sonjas Familie telefonierte, wärmte Maria Suppe auf.

»Er will nichts essen«, sagte Lydia, die bei ihr in der Küche stand und eine SMS an Vítor tippte.

»Lass das mal meine Sorge sein.«

Als Lydia ins Wohnzimmer zurückkehrte, lag Salomon mit halb geschlossenen Augen da.

»Alles okay?«, flüsterte sie.

»Sie nehmen morgen früh den ersten Flug.«

»Ruh dich ein bisschen aus.«

»Und was machst du?« Er lallte ein wenig. Die Tabletten begannen zu wirken.

»Ich treffe mich mit Vítor«, sagte sie und breitete die alte Decke über ihm aus, unter der sie als Kind immer vor dem Fernseher gesessen und amerikanische Zeichentrickserien mit portugiesischen Untertiteln geguckt hatte.

Es sind schon viel zu viele Kinder gestorben, fügte sie in Gedanken hinzu. Es wird Zeit, endlich Licht ins Dunkel zu bringen.

Clara drückte die Nase an die Scheibe. Wieder fuhr ein Auto vorbei, wieder hatte sie vergeblich gehofft, es wäre ihre Mutter. Mama hatte versprochen, heute früher heimzukommen, weil sie doch das Kostüm für die Tanzaufführung in der Schule besorgen mussten. Und jetzt wurde es schon dunkel, und Clara wartete noch immer.

Plötzlich entdeckte sie eine Gestalt, die vor dem Haus stand und zu ihr hochschaute. Ein heißer Schreck durchfuhr Clara. Wie lange war die Gestalt schon da? Beobachtete sie Clara bereits länger oder war sie eben erst aus dem Schatten getreten?

Jetzt machte die Gestalt einen Schritt auf das Haus zu, und das Licht, das durch das Küchenfenster nach draußen schien, fiel auf ihr Gesicht.

Der schwarze Engel.

Sekundenlang war Clara wie gelähmt vor Angst. Dann wandte sie sich vom Fenster ab und rannte die Treppe hinunter.

»Nádia! Nádia!«

Nádia hockte auf dem Sofa, den Kopf über ihr Smartphone gebeugt. »Nicht jetzt, Clara. Stör mich nicht.«

»Aber der … der …« Vor Angst bekam Clara die Worte nicht heraus.

Nádia hob den Blick. »Du liebe Güte, Clara, was machst du denn für ein Gesicht? Hast du einen Geist gesehen?«

Clara öffnete den Mund.

In dem Augenblick läutete die Türglocke.

Todesangst ergriff Clara. Ohne nachzudenken, stürzte sie zur Terrassentür und zog sie auf. Mit wenigen Schritten war sie bei dem Gebüsch, zwängte sich bis zu dem Loch im Zaun und krabbelte auf den Bürgersteig. Dann rannte sie los.

Ihr Ziel war das grüne Haus mit dem verwilderten Garten. Dona Olivia lebte dort mit ihren neunundfünfzig Katzen, nein achtundfünfzig, seit Kater Pedro vor zwei Wochen von einem Auto überfahren worden war.

Als Clara Schritte hinter sich hörte, hätte sie beinahe laut aufgeschrien. Sie lief so schnell, wie sie konnte. Schon sah sie das Haus vor sich liegen.

Dona Olivia würde ihr helfen. Sie war alt und etwas verwirrt. Manchmal hatte Clara sogar ein bisschen Angst vor ihr, weil sie laut mit jemandem schimpfte, der gar nicht da war.

Aber Dona Olivia war eine Erwachsene. Sie konnte Hilfe holen, die Polizei rufen. Oder hatte sie gar kein Telefon? Vor Schreck stolperte Clara, doch sie fing sich schnell wieder. Sie hatte noch nie ein Telefon in Dona Olivias Haus gesehen. Aber das lag bestimmt nur daran, dass überall so viele Sachen standen und lagen. Stapel mit alten Zeitungen, leere Flaschen, Katzenfutterdosen, Schuhkartons mit Krimskrams und jede Menge Kissen und Decken. Da konnte man ein Telefon leicht übersehen.

Clara stürzte zur Haustür und hämmerte mit den Fäusten dagegen. »Dona Olivia! Dona Olivia!«

Die alte Frau hörte schlecht, und sie war auch nicht mehr besonders schnell. Oft dauerte es, bis sie zur Tür kam. Aber bitte nicht heute!

Wieder schlug Clara gegen die Tür. Sie glaubte Schritte auf der anderen Seite zu hören, doch sie war sich nicht sicher, ob nicht nur eine der Katzen von der Kommode im Flur auf den Boden gesprungen war.

Sie spürte den Schatten mehr, als dass sie ihn sah. Jemand war ganz dicht hinter ihr.

Clara wirbelte herum, duckte sich unter der Gestalt hindurch und rannte los. Sie achtete nicht darauf, wohin sie lief, doch sie versuchte, Haken zu schlagen, bog einmal rechts ab, dann sofort wieder links, bis sie selbst nicht mehr wusste, wo sie war. Sie atmete keuchend, ihre Brust brannte, aber sie blieb nicht stehen.

Sie hatte gesehen, was der schwarze Engel mit kleinen Mädchen wie ihr machte. Und sie wollte nicht sterben.

Lydia schlug den Kragen ihres Parkas hoch und lief mit gesenktem Kopf durch die Gassen des Bairro Alto. Warum sich Vítor ausgerechnet in der Altstadt mit ihr treffen wollte, war ihr ein Rätsel. Zwar gab es zahllose Kneipen und Restaurants, aber ungestört war man nirgendwo.

»The Old Pharmacy«, eine zur Bar umgebaute ehemalige

Apotheke, die für ihre gute Weinauswahl bekannt war, lag in einem Eckhaus in einer der Gassen, in denen fast jedes Gebäude ein Restaurant oder eine Kneipe beherbergte. Vítor saß bereits an einem der zu Tischen umgebauten Fässer und winkte ihr.

»Auch ein Glas?« Vítor hielt eine Karaffe hoch, die nur noch halb voll war.

»Du bist wohl schon länger hier.« Lydia ließ sich auf den Hocker ihm gegenüber gleiten und sah sich um. Die alten Regale, auf denen früher Kräuter und Tinkturen aufbewahrt wurden, waren weiß lackiert und rosa angeleuchtet, die darauf aufgestellten Weinflaschen spiegelten das Licht vielfach wider und ließen den ganzen Raum rosarot leuchten. Lydia fühlte sich fehl am Platz in diesem hippen Ambiente. Immerhin waren sie fast allein. Außer ihnen war nur eine Gruppe Touristinnen da, die laut herumalberten und sie gar nicht beachteten.

»Ich musste mir Mut antrinken«, gab Vítor offen zu.

»Ach ja?« Lydia nahm einen Schluck Wein, schloss die Augen und lehnte sich zurück. Ihr Nacken war hart wie Beton. Ihre Schultern waren verkrampft, als müssten sie das Gewicht der ganzen Welt tragen.

»Alles okay?«, fragte Vítor besorgt.

Sie öffnete die Augen wieder und streckte den Rücken durch. »Die Freundin meines Partners wurde von der Straßenbahn angefahren. Sie hat ihr Kind verloren und liegt im Koma.«

»Meu Deus!« Vítor starrte in seinen Wein. »O mein Gott! Das ist echt Scheiße. Dann ist Chris also wieder nach Deutschland zurückgekehrt. Bitte richte ihm aus, dass ich ihm alles Gute wünsche.«

»Es ist hier passiert.«

»Was? Wann? Wo?«

»Heute Vormittag. Linie 28. Nähe *Portas do Sol.*«

»O nein, wie grauenvoll!« Vítor schüttelte den Kopf. »Dagegen sind meine Probleme geradezu lächerlich.« Er trank sein Glas aus, schenkte nach und winkte dem Kellner mit der leeren Karaffe.

Lydia horchte auf. »Was für Probleme? Meinst du deine Suspendierung?«

»Wenn es nur das wäre.«

»Du machst mich neugierig.«

Der Kellner brachte eine neue Flasche Wein, entkorkte sie und ließ das Getränk in die Karaffe fließen.

»Ich war ein ziemlich wilder Typ, bevor ich Jura studierte und zur Polizei ging«, begann Vítor, als sie wieder allein waren. »Alkohol, Koks, Partys in den Villen fremder Leute, Spritztouren mit besoffenem Kopf an die Algarve.« Er sah Lydia an, erwartete offenbar eine Reaktion.

Als keine kam, fuhr er fort. »Bei einer dieser Touren bauten wir einen Unfall. Mein bester Freund kam ums Leben. Danach habe ich mit dem ganzen Mist Schluss gemacht, mich an der Uni eingeschrieben und keinen aus der Clique je wiedergetroffen.«

Vítor schenkte Wein nach, nahm einen Schluck. »Aber damit war die Sache noch nicht beendet. Vor etwa fünf Jahren habe ich eine junge Frau auf der Straße aufgegriffen. Es geschah im Zusammenhang mit einer Messerstecherei, sie war eine Zeugin, eine drogensüchtige Prostituierte. Ich wusste nicht, wer sie war, aber sie erkannte mich sofort. Während dieser wilden Zeit war ich einige Monate mit ihr zusammen gewesen. Als ich anfing zu studieren, verloren wir uns aus den Augen. Und nun faselte sie irgendwelches Zeug davon, dass meine Tochter noch mal so gerade mit dem Leben davongekommen sei. Und dass ich mich jetzt um sie kümmern müsse.«

Lydia, die gerade nach ihrem Weinglas greifen wollte, hielt mitten in der Bewegung inne. Eine Ahnung stieg in ihr auf.

»Ich habe sie ausgequetscht, und sie hat erzählt, dass sie wenige Monate nach unserer Trennung eine Tochter zur Welt gebracht hätte, die erst bei einer Pflegefamilie und später im Heim gelandet wäre. Nicht irgendein Heim, sondern das ›Casa Madre de Deus‹.«

»Hast du herausgefunden, ob die Geschichte stimmt?«

»Ja.« Er fuhr sich durch das Gesicht. »Ich habe das Mädchen aufgespürt, das nach dem Feuer vorübergehend in einem anderen Heim untergebracht worden war, und habe heimlich einen DNA-Test gemacht.«

»Und dann?«

»Ich fühlte mich damals nicht bereit, für ein Kind zu sorgen. Aber ich wusste, dass meine Schwester sich verzweifelt danach sehnte. Sie versuchte seit Jahren, schwanger zu werden, es klappte einfach nicht. Inzwischen dachten sie und ihr Mann an Adoption. Eigentlich wollten sie ein Baby. Und Valentina war ja schon drei. Aber dann entschied sich Rosa doch für sie.«

»Wusste deine Schwester, dass sie deine Tochter adoptiert?«

»Nein.«

»Weiß sie es jetzt?«

»Nein.«

»Weiß es irgendwer?«

»Niemand außer dir. Nicht einmal ihre leibliche Mutter. Die ist vor zwei Jahren an einer Überdosis gestorben.«

Lydia sah ihn an. »Warum hast du uns das nicht früher gesagt?«

»Ich wusste nicht, dass es wichtig sein könnte. Außerdem …«

»Außerdem was?« Lydia beugte sich vor.

Vítor starrte zu Boden.

»Wenn du mir nicht alles sagst, wirklich alles, haue ich ab und lass dich mit der ganzen Scheiße allein.«

Lydia hatte unabsichtlich die Stimme erhoben. Die Touristinnen vom Nebentisch sahen überrascht in ihre Richtung.

»Was gibt's da zu glotzen?«, fuhr Lydia sie auf Portugiesisch an.

Erschrocken wandten sie sich ab, steckten die Köpfe zusammen und tuschelten.

»Was für ein beschissener Treffpunkt«, murmelte sie verärgert.

»Ich dachte, in so einem Touriladen beachtet uns keiner.«

»Hat ja gut funktioniert.« Lydia verschränkte die Arme. »Also, was ist passiert?«

»Ich habe Mist gebaut«, sagte Vítor leise. »Seit der Scheidung trinkt Rosa ziemlich viel. Und in den letzten Monaten ist es ständig mehr geworden. Sie hat Valentina nie etwas getan, aber sie wurde immer unberechenbarer. Hat vergessen, nach dem Kochen das Gas abzudrehen. Oder die Flaschen in der Wohnung rumstehen lassen. Manchmal hat sie einfach nicht daran gedacht, das Mädchen in die Schule zu schicken. Ich hatte mit Valentina ausgemacht, dass sie mich jederzeit anrufen kann, wenn es Probleme gibt. Einige Tage vor ihrem Tod bekam ich einen Hilferuf. Rosa hatte völlig die Kontrolle verloren, sie lief durch die Wohnung, warf Geschirr auf den Boden, riss Kleider aus den Schränken und schimpfte auf ihren Exmann. Der Mistkerl hat sie wegen einer anderen verlassen, und er kommt seinen Zahlungsverpflichtungen nicht regelmäßig nach. Rosa glaubt, dass sie ihn mit ihrem Kinderwunsch vertrieben hat. Sie war diejenige, die Valentina unbedingt adoptieren wollte.«

Vítor seufzte. »Ich habe Valentina zu mir geholt. Ich hätte Rosa in eine Klinik bringen sollen, aber sie wollte nicht. Hat sich mit Händen und Füßen dagegen gewehrt. Während Valentina bei mir wohnte, ging sie nicht in die Schule. Ich war mit der Situation überfordert. Doch ich wollte mich um sie kümmern, sie nicht noch einmal im Stich lassen. Ich wollte sie ganz zu mir holen, auf meine Rechte als Vater pochen, aber ich musste mich erst informieren, wie ich am besten vorgehen sollte. Also habe ich sie quasi bei mir versteckt.«

Er wischte eine Träne unter seinem Auge weg. »Am dritten Tag wollte Valentina wieder nach Hause.

›Ich will zu meiner Mama‹, rief sie.

Und ich Trottel brüllte zurück: ›Sie ist nicht deine Mama!‹

Ich erzählte ihr die Wahrheit, doch sie wollte nichts davon hören, heulte und tobte. Also sperrte ich sie in ihr Zimmer ein. Dann ging ich einkaufen, ich wollte ein paar Sachen besorgen, die sie gern aß, mich mit ihr versöhnen. Ich war höchstens eine Stunde weg. Als ich zurückkam, war die Tür aufgebrochen, und Valentina war weg. Ich dachte, sie wäre zu meiner Schwester gelaufen. Es sind nur ein paar Blocks von meiner Wohnung zu ihrer, Valentina kannte den Weg. Also setzte ich mich ins Auto, um zu Rosa zu fahren. Unterwegs kam die Meldung über das tote Mädchen in der Alfama.«

Vítor vergrub das Gesicht in den Händen. »Ich bin schuld an ihrem Tod, ich habe sie in die Arme ihres Mörders getrieben.«

Clara kreischte, als ihre Finger etwas Weiches berührten, und zog die Hand zurück. Im gleichen Moment wurde ihr klar, was für einen dummen Fehler sie begangen hatte. Ängstlich spitzte sie die Ohren. Hatte der schwarze Engel sie gehört?

Zweimal hatte er sie beinahe erwischt. Beim ersten Mal war sie im letzten Moment auf die Straße gesprungen, vor ein Auto, dessen Fahrer laut quietschend gebremst und wie wild gehupt hatte. Beim zweiten Mal hatte der Engel sie schon am Pulli gepackt und gezwungen, stehen zu bleiben, und sie hatte sich in Todesangst eingenässt.

Doch dann war eine Frau mit einem Kinderwagen um die Ecke gebogen, und er hatte sie losgelassen. Clara war davongestürmt, und erst zwei Straßen weiter war ihr der Gedanke gekommen, dass ihr die Frau vielleicht hätte helfen können. Andererseits war der schwarze Engel so mächtig und gefährlich, dass die Frau bestimmt nichts hätte ausrichten können. Am Ende hätte er sie und das Baby auch umgebracht.

Immerhin hatte die Frau ihr einen Vorsprung verschafft, der so groß war, dass sie sich ein Versteck suchen konnte. Und sie hatte eins gefunden, wenn auch ein ziemlich gruseliges. Sie war in ein Betonrohr gekrabbelt, das in einer Baugrube am Straßenrand lag. Das Rohr war so eng, dass sie gerade eben hineinpasste. Zu eng für den schwarzen Engel. Hoffte sie.

Mit ein bisschen Glück entdeckte er sie hier drin nicht

und rannte weiter. Wieder horchte sie. Autos fuhren vorbei. Auch Schritte hörte sie, doch niemand blieb stehen.

Clara hätte sich gern umgedreht, damit sie nach draußen schauen konnte. Aber dafür war nicht genug Platz in der Röhre. Wenn sie ihr Versteck wieder verlassen wollte, musste sie mit den Füßen zuerst rauskrabbeln. Damit würde sie allerdings noch lange warten. Sehr lange.

Bestimmt lag der Engel irgendwo auf der Lauer und wartete darauf, dass sie einen Fehler machte, zu früh aus ihrem Versteck hervorkam. So dumm war sie nicht.

Clara bettete ihr Gesicht auf den kalten Beton und kämpfte mit den Tränen. Wenn Mama nach ihr suchen würde, wenn sie vorbeikäme und ganz laut ihren Namen rufen würde, könnte sie gefahrlos nach draußen robben. Aber Mama war bestimmt noch nicht einmal zu Hause. Sie wusste gar nicht, in welcher Gefahr Clara schwebte.

Jetzt liefen die Tränen. Warum hatte sie nicht mit der Polizistin gesprochen! Warum hatte sie ihr nicht von dem Engel erzählt? Mama wäre sehr böse gewesen, sie hätte Stubenarrest bekommen. Und Computerverbot. Aber was machte das schon! In ihrem Zimmer war es wenigstens warm und hell, und niemand versuchte, sie umzubringen.

Ein Rascheln ertönte. Diesmal schaffte Clara es, den Schrei zu unterdrücken. Ängstlich lauschte sie. Wieder ein Rascheln. Nicht hinter ihr am Eingang der Röhre, sondern ganz dicht vor ihrem Gesicht. Rascheln und das Trippeln von winzigen Füßchen.

Clara begann zu zittern. Ihr war kalt, und die nasse Hose klebte an ihren Oberschenkeln. Aber das war nicht der Grund.

Sie war nicht allein in der Röhre. Direkt vor ihr, so nah,

dass sie sie berühren könnte, wenn sie genug Platz hätte, um die Hände auszustrecken, krabbelte eine Ratte herum.

In dem Moment hörte Clara, wie jemand ihren Namen rief. »Clara? Clara, wo steckst du?« Die Worte kamen dumpf und verzerrt in der Röhre an.

»Mama«, flüsterte Clara erleichtert. »Mama, hilf mir! Ich bin hier drin.«

Dienstag, 14. März

Lissabon

Als das Taxi vor den Flughafen rollte, fühlte sich Chris, als würde er zu seiner eigenen Hinrichtung fahren. Er bezahlte den Fahrer und stieg aus. Das Flugzeug aus Düsseldorf war vor etwa zehn Minuten gelandet. Ihm blieben also noch wenige Augenblicke, bis der Sturm losbrach.

Heute Morgen war er als Erstes mit Lydia ins Krankenhaus gefahren. Sie hatte in aller Frühe den Wagen ihrer Tante aus der Werkstatt geholt und darauf bestanden, ihn zu begleiten. Er war froh, dass alles, was die Ärzte sagten, durch ihren Filter lief, bevor es ihn erreichte. Das machte es erträglicher.

Sonja ging es unverändert. Er hatte eine Weile an ihrem Bett gesessen, mit ihr gesprochen, ihr gesagt, wie leid es ihm tue und dass sie bald wieder ein Kind haben würden. Alles würde gut werden, ganz bestimmt. Er hatte keine Ahnung, ob irgendwas von dem, was er sagte, bei ihr ankam, aber er wünschte es sich. So wie er sich wünschte, dass sie seine Lügen glaubte. Auch wenn er selbst es nicht tat.

Dann hatte er mit Lydias Hilfe einen Stapel Formulare ausgefüllt. Zwischendurch hatte er sie leise gefragt, ob er das alles einfach so bestimmen dürfe.

»Bisher hat mich niemand gefragt, ob ihr verheiratet seid«, sagte sie. »Also habe ich das Thema nicht aufgebracht.«

»Markus wird schäumen vor Wut«, hatte er gemurmelt. Markus Reiter war Sonjas Bruder. »Von Gudrun ganz zu schweigen.«

Lydia hatte den Kuli weggelegt und ihn mit plötzlichem Ernst angesehen. »Und? Ist dir wichtig, was sie denken?«

»Nein.«

»Dann ist ja gut.«

Danach hatte ein Uniformierter von der *Polícia de Segurança Pública* ihm in gebrochenem Englisch jede Menge Fragen zum Hergang des Unfalls gestellt. Als der Beamte endlich mit seiner langen Liste durch war, war es Zeit gewesen, zum Flughafen zu fahren. Lydia hätte ihn gebracht, aber er hatte befürchtet, dass ihre Anwesenheit alles noch komplizierter gemacht hätte. Also hatte er ein Taxi genommen.

Mit einem dicken Kloß im Hals postierte er sich im Ankunftsbereich und schob die Hände in die Jackentaschen. Er bekam das kleine Püppchen zu fassen, von dem er geglaubt hatte, es gehöre seiner Tochter. Er zog es hervor. Der Stoff war löchrig, kleine Krümel von der Füllung blieben an seinen Fingern haften. Er betrachtete das mit Filzstift aufgemalte Gesicht. Wenn du sprechen könntest, dachte er, könntest du erzählen, was sich in dem Zimmer abgespielt hat. Und wer das Mädchen ist, das von der Brücke gesprungen ist.

Er schob die Puppe zurück und rieb sich die müden, brennenden Augen. Bis zu diesem Augenblick hatte er nicht mehr an das gedacht, was Lydia ihm gestern offenbart hatte. Die hinter seinem Rücken in die Wege geleitete DNA-Untersuchung, das Ergebnis, das sie erbracht hatte. Nach Sonjas Unfall, nachdem sein kleiner Sohn gestorben war, war ihm all das unwichtig erschienen.

Lydia hatte ihn hintergangen, und er war noch immer enttäuscht. Aber sie hatte es getan in der Überzeugung, ihm zu helfen. Wäre das Ergebnis der Untersuchung positiv ausgefallen, hätten sie damit zur Polizei gehen können. Selbst wenn es vor Gericht keinen Bestand gehabt hätte, weil die DNA illegal beschafft worden war, hätten die portugiesischen Kollegen der Spur nachgehen müssen.

Nun standen sie wieder am Anfang. Solange sie nicht wussten, von wem die Haare tatsächlich stammten, die Lydia nach Deutschland geschickt hatte, konnte Ana noch immer seine Anna sein. Und wenn er sie tatsächlich fand, wenn er Anna heil nach Deutschland zurückbrachte, dann wäre seine Schuld nicht ganz so groß. Dann wäre sein Sohn nicht gestorben, weil er Hirngespinsten hinterherjagte. Dann wäre es ein Unglück gewesen, tragisch, aber nicht zu vermeiden.

Chris ließ seinen Blick über die Gesichter schweifen, ohne etwas zu sehen. Pausenlos strömten Menschen an ihm vorbei. Manche sahen fröhlich aus und lachten, andere hatten starre, verschlossene Mienen. Er hätte mit jedem von ihnen blind getauscht.

Da entdeckte er ein bekanntes Gesicht. Liv Reiter, Sonjas Mutter, flankiert von Sohn und Schwiegertochter. Chris seufzte. Liv war Schwedin und die Einzige in der Familie, die Chris bedingungslos mochte. Liv war offen und warmherzig, nahm das Leben, wie es kam. Chris bedauerte zutiefst, dass er ihr solchen Schmerz bereitet hatte.

»Hallo Liv«, sagte er und nahm sie in den Arm. »Es tut mir so unendlich leid.«

»Aber du kannst doch nichts dafür, Chris.« Sie umfasste sein Gesicht mit den Händen. »Für dich ist es genauso schlimm wie für mich.«

Dankbarkeit durchströmte ihn. Er nahm ihr die Tasche ab.

Die anderen beiden begrüßten ihn kurz angebunden. »Wir haben ein Hotel in der Nähe des Krankenhauses gebucht«, sagte Markus. »Es wäre schön, wenn du dafür sorgen könntest, dass Sonjas Sachen dorthin gebracht werden.«

»Klar. Kein Problem.«

»Wie geht es Sonja?«, fragte Liv. »Gibt es Neuigkeiten?«

»Ihr Zustand ist unverändert. Immerhin ist sie stabil.«

»Ich bin sicher, sie schafft es.«

»Sie hätte nie herfliegen dürfen«, stieß Gudrun zwischen den Zähnen hervor und fixierte Chris mit zusammengekniffenen Augen. »Das war absolut unverantwortlich.«

Liv legte ihr die Hand auf den Arm. »Es war ihre Entscheidung. Chris hat sie bestimmt nicht dazu ermuntert.«

»Das sehe ich anders.« Gudrun schnappte sich ihren Rollkoffer, winkte ihrem Mann, der sich brav an ihre Fersen heftete, und setzte sich in Bewegung.

Chris hakte sich bei Liv unter und führte sie nach draußen. Gudrun hatte bereits ein Taxi organisiert und erklärte dem Fahrer, wie er das Gepäck im Kofferraum zu verstauen hatte. Der tat so, als würde er nichts verstehen, ließ ihren Wortschwall stoisch an sich abprallen.

Chris half Liv auf den Beifahrersitz und stieg hinten ein. Markus und Gudrun nahmen ihn zwischen sich. Ihm brach der Schweiß aus.

»Wir bringen das Gepäck ins Hotel, und dann fahren wir sofort ins Krankenhaus«, verkündete Gudrun, kaum dass sie die Tür zugeknallt hatte.

Chris rieb sich das Gesicht und wurde im gleichen Augenblick von einem heftigen Schwindel erfasst. Gudruns Stimme klang mit einem Mal tief und verzerrt, das Innere des Taxis verwandelte sich in das aufgesperrte Maul eines Hais. Chris stieß einen erschrockenen Laut aus. Schweiß lief ihm den Rücken hinunter.

Was war das? Eine Panikattacke?

Er griff sich an den Kragen und riss den oberen Hemdknopf auf. Schon in der Flughafenhalle hatte er bemerkt, dass etwas mit seiner Wahrnehmung nicht stimmte. An den Tabletten konnte es nicht liegen, er hatte heute noch keine genommen. Er wollte seinen Schmerz nicht mit Chemie betäuben.

Was also war es dann?

Er dachte an seinen Aussetzer im Haus der de Melos. An den Schwindel, die Halluzinationen, die Löcher in der Erinnerung. Was, wenn er wirklich den Verstand verlor?

Vítor wollte gerade das Handy weglegen, als sich doch jemand meldete.

»Ja?« Ruppig. Genervt.

»Spreche ich mit Raquel Fonseca?«

»Wer will das wissen?« Die Frau am anderen Ende kaute Kaugummi und klang ganz und gar nicht so, wie er sie sich vorgestellt hatte.

Vítor atmete einmal tief ein und aus und trat ans Fenster. Draußen fuhr gerade eine Straßenbahn vorbei. Touristen hielten Handys aus den Fenstern und knipsten. Ein vertrauter Anblick, der ihm plötzlich fremd geworden war. Vergiftet. Mit Blut besudelt.

»Mein Name ist Vítor Fidalgo«, sagte er. »Ich arbeite für die *Polícia Judiciária.*« So weit, so wahr. Wenn sie daraus schloss, dass er in offiziellem Auftrag mit ihr sprach, war das nicht sein Problem.

»*Polícia Judiciária?* Was wollt ihr von mir?« Das Kauen wurde heftiger.

»Ich würde mich gern mit Ihnen treffen.«

»Worum geht es denn?«

»Das möchte ich ungern am Telefon besprechen.« Er musste ihr Gesicht sehen, wenn er mit ihr redete. »Haben Sie heute Zeit?«

»Heute ist schlecht. Habe Spätschicht. Und danach muss ich noch was erledigen.«

»Dann vielleicht morgen? Es ist wichtig.«

Schweigen am anderen Ende. »Es geht um Ana, oder?«

Vítor schnappte überrascht nach Luft. »Wie kommen Sie darauf?« Seine Gedanken gerieten ins Stolpern. Hatte sie erwartet, dass jemand sich bei ihr meldete? Wusste sie etwas? Oder tat sie sich nur wichtig?

»Ich hab in der Zeitung gelesen, was mit ihr passiert ist. Hab mich schon gefragt, ob jemand auf mich kommt. Sind Sie wirklich von der Polizei? Nicht vielleicht von der Presse?« Sie klang so, als wäre ihr die Presse lieber, womöglich weil sie da ein bisschen Geld für ihre Geschichte herausschlagen konnte. Falls sie eine Geschichte zu erzählen hatte.

»Ich bin Polizist, ich zeige Ihnen gern meinen Ausweis, wenn wir uns treffen.«

»Okay«, sagte Raquel Fonseca gedehnt. »Dann morgen Abend. Nach der Arbeit. Wo?«

Mittwoch, 15. März

Lissabon

Es war merkwürdig, das Gebäude der *Polícia Judiciária* wieder zu betreten, nach allem, was inzwischen geschehen war. Der Mann, der sich mit Vítor in der Pastelería gestritten hatte, empfing sie an der Sperre. Er stellte sich als dessen Kollege Rui Oliveira vor und ließ sich nicht anmerken, ob er sie wiedererkannte.

Zwei Minuten später betraten sie das Büro mit den vier Schreibtischen. Teresa Duarte verteilte Kaffeebecher. Sonst war kein Kollege im Raum. Hinter der Glasscheibe zu Chefinspektor Pintos Büro war die Jalousie heruntergelassen.

Als Lydia den Anruf von Teresa erhalten hatte, war sie ziemlich überrascht gewesen. Selbst wenn es neue Entwicklungen im Fall der drei toten Mädchen gab, wäre das für die portugiesische Polizei wohl kaum ein Anlass, die deutschen Kollegen zu informieren.

Blieb der Angriff mit dem Stein. Teresa hatte ehrlich entsetzt ausgesehen, als Lydia ihr davon berichtet hatte. Vielleicht war sie der Sache nachgegangen. Siedend heiß fiel Lydia der Herzanhänger ein. Über den ganzen anderen Ereignissen hatte sie ihn völlig vergessen. Sie fuhr in ihre Parkatasche und tastete danach.

»Bitte setzen Sie sich«, forderte Rui sie auf. Sein Englisch war makellos und hatte einen amerikanischen Akzent.

»Ich würde jetzt endlich gern wissen, worum es geht.« Lydia warf Salomon einen Blick zu.

Er hatte sich gehorsam auf dem Stuhl niedergelassen, seinen Kaffeebecher auf einem der Schreibtische abgestellt und den Kopf in den Händen vergraben. Seit gestern Nachmittag, als er aus der Gesellschaft von Sonjas Familie in das Haus von Lydias Tante geflohen war, war er völlig apathisch. Erst hatte sie gedacht, es läge an den Medikamenten, doch als sie ihn danach gefragt hatte, hatte er ihr den Streifen hingehalten, der noch genauso viele Tabletten enthielt wie am Abend zuvor.

»Hab keine genommen«, hatte er geflüstert.

»Würde aber helfen.«

»Sonja wäre ohne mich besser dran.«

Alarmiert hatte sie ihn angesehen. »Was soll das heißen?«

»Genau das, was ich gesagt habe. Die ganze Welt wäre ohne mich besser dran.«

Panik hatte von Lydia Besitz ergriffen. »Sonja braucht dich jetzt mehr denn je.«

»Ach ja?« Er hatte sie mit geröteten Augen angeblinzelt. »Ich bin krank. Geisteskrank. Ich sehe Gespenster. Ich höre Stimmen. Am besten steckst du mich in die Klapse.«

»Du bist nicht geisteskrank. Du hast schreckliche Dinge durchgemacht, das kann einen an den Rand der Verzweiflung bringen. Aber du bist nicht der Einzige.« Und dann hatte sie ihm Vítors Geschichte erzählt.

Danach war er etwas ruhiger gewesen. Vielleicht half es ihm tatsächlich zu wissen, dass der portugiesische Kollege auch ein Kind verloren hatte. So war er nicht allein in seinem Schmerz. Später hatte sie ihn noch einmal zum Krankenhaus gebracht und im Wagen gewartet, bis er wieder rauskam.

»Kann ich bei euch übernachten?«, hatte er gefragt. »Sonjas Familie will, dass ich in ihr Hotel ziehe. Aber das halte ich nicht aus.«

Also hatten sie in dem Hotel in der Alfama das Zimmer geräumt und waren wieder in die *Rua dos Navegantes* gefahren. Lydia hatte eine unruhige Nacht hinter sich, aus der Teresas Anruf sie um Viertel nach sieben gerissen hatte.

»Bitte haben Sie etwas Geduld, wir erklären Ihnen alles«, sagte Teresa nun.

Lydia setzte sich und nippte an ihrem Kaffee. Sie hasste es, im Ungewissen gelassen zu werden. Sie wusste gern, womit sie es zu tun hatte. Immerhin konnte es nicht viel schlimmer werden. Dieser Gedanke hatte etwas Beruhigendes.

»Ihre Kollegin hat mir erzählt, dass Sie unter einem Baugerüst von einem Stein getroffen wurden, ist das richtig?«, fragte Teresa, an Chris gewandt.

»Ja.« Er sprach, ohne den Kopf zu heben.

»Gegenüber der PSP haben Sie ausgesagt, dass es keine verdächtigen Umstände gegeben habe.«

»Ja.«

»Aber das entspricht nicht der Wahrheit.«

Salomon blickte auf. »Ist das jetzt noch wichtig?«

»Was mit Ihrer Frau passiert ist, tut uns sehr leid«, sagte Teresa.

Lydia hatte ihr am Telefon davon berichtet, doch die Polizistin schien es bereits gewusst zu haben.

»Was ist wirklich bei der Bauruine geschehen?« Teresas Stimme war sanft und mitfühlend.

»Wir haben auf dem Dach Geräusche gehört, bevor der Stein herunterfiel«, antwortete Salomon mechanisch. »Wir dachten an ein Tier.«

»Und als ich mich zwei Tage später dort umgesehen habe, habe ich das gefunden.« Lydia legte den Herzanhänger auf dem Schreibtisch ab.

Rui, der die ganze Zeit, während Teresa Fragen gestellt hatte, eifrig getippt hatte, hielt abrupt inne. »Wo genau haben Sie den Anhänger gefunden?«

»Auf dem Dach. Ungefähr an der Stelle, wo wir die Geräusche gehört haben.«

Teresa öffnete eine Schublade, zog einen Klarsichtbeutel heraus und ließ das Schmuckstück hineinfallen. »Leider kein sehr ausgefallenes Design. Ich hatte früher eine Kette mit einem ganz ähnlichen Anhänger. Aber mit etwas Glück finden wir DNA.« Sie fixierte Lydia. »Wenn Sie den Kollegen von der PSP die Wahrheit gesagt hätten, hätten die das Dach gründlich abgesucht. So war nur die Baupolizei oben.«

Lydia presste die Lippen zusammen. Sie warf Salomon einen Blick zu, der wieder dazu übergegangen war, seine Schuhspitzen anzustarren. Seine Gleichgültigkeit machte ihr Angst.

»Dann kommen wir jetzt zu dem anderen Vorfall«, sagte Teresa und räusperte sich.

Lydia runzelte die Stirn. »Von welchem Vorfall sprechen Sie?«

»Chris – ich darf Sie doch Chris nennen? Wir sind ja Kollegen, oder?«

Salomon blinzelte irritiert. »Wie Sie wollen.«

»Gut. Also, Chris, ich weiß, das ist nicht leicht, aber versuchen Sie, sich ins Gedächtnis zu rufen, was Sie gesehen haben, als Ihre Frau verunglückt ist.«

Salomon riss die Augen auf.

»Was hat die *Polícia Judiciária* mit dem Unfall von Sonja Reiter zu tun?«, fragte Lydia scharf.

»Es wäre hilfreich, wenn Ihr Kollege die Frage beantworten würde«, meldete sich Rui zu Wort. Er zog ein Taschentuch aus der Hose und tupfte sich die Stirn ab.

Lydia vermutete, dass er nicht nur wegen seines Übergewichts schwitzte.

»Ich war darauf konzentriert, der Straßenbahn auszuweichen«, erzählte Salomon mit monotoner Stimme. »Ich habe Sonja nicht gesehen. Erst, als es zu spät war.«

»Haben Sie den Unfall beobachtet?«

Salomon presste die Fäuste vor die Augen und rieb sie. »Ich erblickte sie in der Sekunde, als die Bahn sie erfasste«, sagte er. Seine Augen schimmerten feucht. »Ich werde den Anblick mein Leben lang nicht aus dem Kopf kriegen.«

»Es muss grauenvoll gewesen sein.« Teresa sah ihn teilnahmsvoll an. »Was können Sie uns über die anderen Personen sagen, die zu dem Zeitpunkt dort waren? Erinnern Sie sich an einzelne Gesichter?«

Salomon runzelte die Stirn. Etwas blitzte in seinen Augen auf. Er betrachtete die portugiesische Kollegin eingehend, bevor er antwortete. »Da waren ein paar Mädchen, drei oder vier.« Seine Stimme klang plötzlich wach und klar. »Und ein alter Mann mit Stock. Ich glaube, ich habe auch zwei ältere Frauen gesehen, die Einkaufstaschen trugen.«

»Sonst niemanden? Einen jungen Mann vielleicht?«

»Nein.« Er sah sie an. »Was ist mit dem jungen Mann?«

»Der alte Mann und zwei der Mädchen haben ausgesagt, dass sie gesehen haben, wie eine Gestalt in schwarzer Kleidung und mit Strickmütze auf dem Kopf Sonja vor die Bahn gestoßen hat.«

»O Gott!« Er schlug die Hände vors Gesicht.

Lydia legte ihm die Hand auf den Oberschenkel. »Sind Sie sicher?«

»Wir haben drei unabhängige Zeugenaussagen, die wir sehr ernst nehmen. Vor allem im Kontext des anderen, hm, Unfalls.«

Lydia stieß langsam die Luft aus, während die Bedeutung dessen, was Teresa gesagt hatte, allmählich in ihr Bewusstsein sickerte. »Und die Zeugen sind sicher, dass es ein Mann war?«

»Nicht hundertprozentig. Eine schlanke, drahtige Gestalt mit Mütze, von der sie automatisch annahmen, es sei ein Mann. Aber auf Nachfragen räumten sie ein, dass es auch eine Frau gewesen sein könnte.« Teresa tippte auf den Anhänger. »Was hierzu passen könnte.«

Lydia schüttelte den Kopf. »Warum sollte jemand, der es auf mich oder meinen Kollegen abgesehen hat, Sonja etwas antun?«

»Weil er mich davon abbringen will, weiter zu ermitteln«, sagte Salomon mit tonloser Stimme. »Egal um welchen Preis.«

»Aber woher wusste er von Sonja?«

»Er hat uns zusammen gesehen. Als er mir die Falle mit dem Foto gestellt hat.«

Teresa beugte sich vor. »Wovon sprechen Sie?«

Rui unterbrach erneut sein Tippen, um sich die Stirn abzuwischen, haute aber rasch wieder in die Tasten, als Salomon Teresas Frage beantwortete.

»Jemand hat mir anonym ein Foto aufs Handy geschickt, ein Bild von Ana vor einer Mauer mit Graffiti. Wir haben rausgefunden, dass das Foto in den Ruinen unterhalb der

Burg gemacht worden sein musste, und sind hingefahren. Es war dunkel, das Gelände war menschenleer. Jemand hat uns angegriffen, ich konnte ihn in die Flucht schlagen. Ich habe mir eingeredet, dass es ein gewöhnlicher Raubüberfall war. Dabei wusste ich es besser.«

»Ich hatte dich gewarnt«, entfuhr es Lydia. »Aber du wolltest ja nichts davon hören.«

»Ist doch jetzt egal.«

»Konnten Sie das Gesicht des Angreifers erkennen?«

»Nein. Und ich bin auch nicht sicher, ob es ein Mann oder eine Frau war. Er oder sie war deutlich kleiner als ich und nicht schwer zu überwältigen. Falls es also ein Mann war, dann eher ein Jugendlicher.«

»Drei Angriffe also«, stellte Teresa nachdenklich fest.

»Es hat mit dem Fall zu tun«, sagte Lydia. »Mit Ana de Melo und den anderen Mädchen.«

»Wenn das so ist, finden wir es heraus.« Teresa betrachtete sie mit gerunzelter Stirn. »Und Sie beide halten sich ab sofort aus allem raus. Keine Ermittlungen auf eigene Faust. Nichts. Das hier ist Sache der portugiesischen Polizei. Verstanden?«

Salomon öffnete den Mund.

Rasch drückte Lydia seinen Oberschenkel.

Er sah sie an, schloss den Mund wieder.

»Verstanden«, sagte Lydia und erhob sich. »Können wir jetzt gehen?«

»Von wo ist der Angreifer gekommen?« Lydia drehte sich langsam im Kreis.

Chris deutete nach oben, wo der gepflasterte Weg durch einen Torbogen unter einem Haus verschwand. »Ich vermute von dort. Wir sind aus der anderen Richtung gekommen.« Er zeigte auf einen weiteren Torbogen am unteren Ende des Ruinengeländes.

Bei Tageslicht wirkten die eingefallenen Häuser mit den leeren Fensterhöhlen nicht halb so bedrohlich wie bei Nacht. Touristen turnten auf den Mauerresten herum und machten Selfies vor den Graffiti.

»Und wo standet ihr?«

»Vor dieser Mauer.«

»Das ist das Auge, vor dem Ana fotografiert wurde.«

»Ja.« Chris streckte den Rücken durch. Dunkle Verzweiflung waberte noch immer in seinem Inneren. Aber ein neues Gefühl war hinzugekommen. Entschlossenheit. Der Wille, die Wahrheit herauszufinden und den Mörder seines Sohnes zu entlarven. »Es war Joana Miranda. Anas … Mutter.«

»Bist du dir sicher? Sie wirkte auf mich nicht wie eine Frau, die ihre Ziele mit Gewalt zu erreichen versucht.«

»Verzweiflung kann einen Menschen an seine Grenzen führen. Und darüber hinaus.« Er wusste, wovon er sprach. »Ich habe vor ihren Augen behauptet, dass Ana meine Tochter ist. Egal ob es stimmt oder nicht, sie muss gespürt haben, wie ernst es mir ist. Also versucht sie, ihr Kind vor mir zu schützen. Mit allen Mitteln. Und wenn Ana tatsächlich auf nicht ganz legale Weise adoptiert wurde, hat sie allen Grund, richtig in Panik zu sein.«

»Paulo oder Manuel de Melo können es nicht gewesen sein?«

»Keinesfalls. Die sind viel größer und kräftiger als der Angreifer.«

»Ich kann ja nachvollziehen, dass sie dich mit allen Mitteln daran hindern will, ihr Ana wegzunehmen. Aber eine hochschwangere Frau vor die Straßenbahn zu stoßen, das ist … Ich weiß nicht.«

Chris schluckte den Schmerz hinunter, der bei Lydias Worten in ihm aufstieg, bevor er antwortete. »Wir haben doch beide schon hässlichere Dinge in unserem Job gesehen. Wir wissen, was Menschen anderen antun können.«

Lydia setzte sich auf einen Mauerrest. »Trotzdem glaube ich, dass wir etwas übersehen.«

Er machte es sich neben ihr bequem. »Dann finden wir es heraus. Das ist doch unser Job. Darin sind wir richtig gut.«

Sie sah ihn an, ein schwaches Lächeln umspielte ihre Lippen. »So gefällst du mir deutlich besser.«

Er musste ebenfalls lächeln. Dankbar. Erleichtert. »Ich mir auch.«

»Wenn ihr etwas braucht, meldet euch einfach«, sagte Maria und schloss die Tür.

»Nette Frau, deine Tante.« Vítor trank von dem Kaffee, den Maria ihnen gekocht hatte. »Ich hätte euch auch zu mir gebeten. Aber von meinem Wohnzimmerfenster blickt man auf … auf die Linie 28.« Er stellte die Tasse ab und schaute verlegen drein. »Ich dachte, es wäre nicht so eine tolle Idee, wenn wir ständig die Bahnen vorbeirattern hören.«

»Schon okay«, sagte Lydia schnell. Sie war froh, dass Salomon seine tiefste Krise überwunden hatte, dass er wieder nach vorn blickte, sie wollte diesen fragilen Fortschritt nicht gefährden.

Vítor schien nicht zu begreifen. »Wie geht es Sonja denn?«

»Sie liegt noch immer im Koma«, antwortete Salomon steif. »Aber das soll so sein. Es ist besser für den Heilungsprozess. Ihr Bruder und ihre Mutter sind bei ihr.«

»Das klingt doch ganz gut.«

»Du hast gesagt, dass du von deinem Freund im Meldeamt gehört hast«, ging Lydia dazwischen.

»Oh. Ja.« Er zog ein paar Ausdrucke hervor. »Er hat mir alles gemailt, was er rausgefunden hat.«

»Und?« Lydia rückte vor. Sie saß in dem alten verschlissenen Ohrensessel, die beiden Männer hockten nebeneinander auf dem Sofa.

Vítor schob die Kaffeekanne zur Seite und breitete die Ausdrucke auf der Marmorplatte des Couchtisches aus. »Alle verunglückten Mädchen lebten zum Zeitpunkt des Feuers in dem Heim ›Casa Madre de Deus‹.«

»Wusste ich's doch!« Salomon schlug mit der Faust auf seine Handfläche.

»Sie waren noch sehr klein, als es brannte, vier oder fünf Jahre alt. Das war ihr Glück. Die jüngeren Mädchen schliefen in der unteren Etage und konnten durch ein Fenster nach draußen flüchten. Die älteren wurden von den Flammen eingesperrt. Einige retteten sich über das Dach. Aber nicht alle überlebten den Sprung in die Tiefe.«

»Ich verstehe das nicht«, murmelte Lydia. »Wer hätte ein Motiv, die Mädchen zu töten oder in den Tod zu treiben? Das ergibt doch keinen Sinn.«

»Vielleicht haben sie etwas gesehen, das sie nicht sehen sollten. Einen Brandstifter vielleicht.« Vítor schob die Blätter hin und her.

»Und dem fällt nach Jahren ein, dass er die Zeuginnen besser beseitigen sollte?«

»Wäre doch möglich, dass eine sich erst jetzt erinnert hat. Im Rahmen einer Therapie womöglich. Und er hat das irgendwie rausgefunden.«

»Ganz schön viel Aufwand.« Lydia schüttelte skeptisch den Kopf.

»Bei dem Feuer sind fünf Kinder gestorben. Wenn es Brandstiftung war, wäre es mindestens fahrlässige Tötung gewesen. Womöglich sogar Mord. Und der verjährt nicht.«

Lydia sah fragend zu ihrem Partner. Sie spürte, dass Salomon die gleichen Zweifel an Vítors Theorie hegte wie sie.

»Ich verstehe noch immer nicht, wie Ana de Melo ins Bild passt«, sagte er und nahm gedankenverloren einen der Ausdrucke in die Hand, obwohl die Texte auf Portugiesisch waren und er kein Wort verstand. »Sie war keines der Heimkinder. Sie war nicht einmal in Lissabon, als das Heim brannte.«

»Das ist das große Rätsel«, gab Vítor zu. »Möglicherweise stimmt die Geschichte der Eltern ja doch. Sie ist in Lissabon, um von einem Spezialisten wegen ihres Schlafwandelns behandelt zu werden. Eines Nachts schlafwandelt sie trotzdem, stürzt von der Brücke und überlebt. Das Ereignis geht groß durch die Presse. Das bringt unseren Mörder auf den Plan, der gerade das Problem hat, dass er einige Mädchen loswerden muss, die ungefähr in Anas Alter sind. Also inszeniert er Suizide, die ähnlich aussehen und als Nachahmungstaten durchgehen könnten. Und anfangs funktioniert es sogar.«

»Dann wäre das erste Mädchen, Beatriz, womöglich das eigentliche Opfer«, spann Lydia, der die Theorie mit einem Mal doch bedenkenswert erschien, den Gedanken weiter. »Sie war auch die Älteste, bei ihr war die Wahrscheinlichkeit am größten, dass sie Erinnerungen an die Brandnacht hatte. Sie hat vielleicht Andeutungen gemacht, dass sie etwas Sensationelles weiß. Irgendwo im Internet. Auf Facebook oder so. Das könnte der Mörder bemerkt haben.«

»Und Valentina und Inêz wären nur gestorben, damit wir

das eigentliche Motiv des Täters nicht erkennen.« Vítor rieb sich das Gesicht, in seinen geröteten Augen schimmerten Tränen.

Lydia stand auf und trat ans Fenster, schaute hinaus auf den Hof, erinnerte sich daran, wie sie als Kind auf den Baum geklettert war und sich ausgemalt hatte, sie wäre eine Waldkönigin, die über ein Reich voller Elfen, Zwerge und Waldgeister herrschte. Wie einfach und überschaubar ihre kleine Welt damals gewesen war!

»Wissen wir denn sicher, dass Ana nichts mit den anderen Mädchen zu tun hat?«, fragte sie. »Warum schirmen ihre Eltern sie so ab? Was ist mit der Grabplatte?«

»Ich habe bei der Friedhofsverwaltung angerufen«, sagte Vítor. »Es handelt sich tatsächlich um die Familiengruft der de Melos aus der *Rua do Prior*, nicht um eine andere Familie mit dem gleichen Nachnamen. Zu dem Mädchen konnte oder wollte man mir jedoch nichts sagen. Mein Freund von der Meldestelle hat ebenfalls nach ihr geschaut. Im Online-Archiv gibt es eine Geburtsurkunde, aber keine Sterbeurkunde.«

»Dann müsste man doch die Familie mit dem Grab konfrontieren können!«, rief Salomon.

Lydia kam ein anderer Gedanke. »Jemand hat uns den Zettel unter den Scheibenwischer geklemmt, weil er wollte, dass wir das Grab finden. Was, wenn er es präpariert hat?«

»Das kann nicht sein«, sagte Vítor und grinste verlegen. »Das mit dem Zettel war ich. Ich durfte euch offiziell nicht kontaktieren, also musste ich mir was einfallen lassen. Ein bisschen theatralisch, ich weiß.«

Lydia starrte ihn an. »Hast du auch die Reifen zerstochen?«

»Natürlich nicht.«

Sie verschränkte die Arme. »Und jetzt darfst du uns wieder kontaktieren?«

»Nein. Aber jetzt ist es mir egal.«

Ein Handy klingelte.

Lydia griff in die Tasche ihrer Cargohose, doch es war nicht ihres.

Vítor nahm den Anruf entgegen. Er wurde blass. »Ich komme sofort«, sagte er mit gepresster Stimme. »Meine Schwester hatte einen Zusammenbruch, ich muss los.«

Vítor drückte den Anruf weg. Sein Chef musste warten. Er hatte etwas Wichtigeres zu tun. »Bist du sicher?« Er sah seine Schwester zweifelnd an. Er hatte kein gutes Gefühl bei der Sache.

Sie nickte. Ihr Gesicht war bleich, aber ihr Blick entschlossen. Sie presste den Blumenstrauß vor die Brust. »Gehen wir.«

Vítor warf dem Krankenpfleger einen Blick zu. »Wir brauchen nur ein paar Minuten.«

»Lassen Sie sich Zeit.« Der junge Mann zündete sich eine Zigarette an und lehnte sich gegen die Motorhaube seines Wagens.

Behutsam bugsierte Vítor seine Schwester zu dem Durchgang zwischen den Häusern. Steile Stufen führten hinauf zu der Stelle, wo Valentina gestorben war. Rosa hatte darauf beharrt, den Ort zu sehen, bevor sie in die Klinik gebracht wurde.

Anders als Vítor gedacht hatte, war sie nicht betrunken zusammengebrochen, ihr Kreislauf war kollabiert, weil sie seit Tagen nichts gegessen hatte. Der Notarzt hatte ihr etwas gespritzt, das sie stabilisierte, nun musste sie in der Klinik aufgepäppelt werden. Und einen Entzug machen.

Sie erreichten den kleinen Platz mit dem Brunnen.

Schwer atmend blieb Rosa stehen. »Hier?«

»Da drin.« Vítor deutete auf die schäbige Sackgasse. Alles sah noch genauso aus wie an dem Abend, als Valentina starb. Der hässliche Bauzaun, das leere Haus, der Müllcontainer. Ein Rest Absperrband flatterte an einem Nagel in der Mauer.

Rosa näherte sich der Gasse. »Ist sie von dort oben …?«

Vítor schluckte. »Vom Dach des leer stehenden Hauses auf der linken Seite.«

Rosa nickte. Ihr Gesicht war leicht gerötet von dem Anstieg, aber ihre Lippen waren fast weiß. Mit Vítors Hilfe kniete sie nieder und legte die Blumen ab.

In dem Augenblick klingelte wieder Vítors Telefon. Noch mal Pinto. Was konnte so wichtig sein, dass der Chef alle fünf Minuten versuchte, ihn zu erreichen? Was auch immer es war, es musste warten. Seine Schwester brauchte ihn. Er hatte sie oft genug hängen lassen.

Vítor half Rosa beim Aufstehen.

»Ich weiß, dass du ebenso um sie trauerst wie ich«, sagte sie leise.

Er mied ihren Blick, kickte einen Stein weg.

»Ich weiß es, verstehst du?«

»Was meinst du?«

»Diese Frau, sie war bei mir. Schon vor einigen Jahren. Es muss wenige Monate nach der Adoption gewesen sein. Sie wollte Geld.«

»Welche Frau? Wovon sprichst du?«

»Valentinas leibliche Mutter.«

»O Gott, Rosa, du hast es all die Jahre gewusst? Warum hast du nie ein Wort gesagt?«

»Ich dachte, du wolltest nicht darüber reden.«

»Ach, Rosa.« Er nahm sie in die Arme, hielt sie fest. Lange standen sie einfach so da. Dann wurde es Zeit, Rosa zurück zum Krankenwagen zu bringen.

Als sie die Stufen hinunterstiegen, rief Pinto erneut an.

»Du solltest rangehen«, sagte Rosa. »Es scheint wichtig zu sein.«

Seufzend nahm er den Anruf entgegen.

»Meine Güte, Vítor, warum gehen Sie nicht ran, wenn ich anrufe«, polterte Pinto. »Treiben Sie diese Louis auf. Ich brauche sie hier. Und zwar so schnell wie möglich.«

»Was ist los?«

»Das werden Sie noch früh genug erfahren.«

Lydia hatte Salomon gerade vor dem Krankenhaus abgesetzt, als Vítors Anruf kam. Sie hatte Chris angeboten, ihn nach drinnen zu begleiten, doch er wollte lieber mit Sonja allein sein. Ihre Familie war irgendwo essen gegangen, er hatte sie also ganz für sich.

»Mein Chef will dich sehen«, sagte Vítor.

»So was in der Art dachte ich mir schon.« Lydia verdrehte die Augen. Eigentlich konnten Vítors Kollegen unmöglich wissen, dass Salomon und sie doch weitere Nachforschungen anstellten. Es sei denn, Pinto ließ sie beschatten. Oder Vítor spielte ein doppeltes Spiel.

»Wie kommst du darauf?«

»Deine Kollegin Teresa hat mich angerufen.«

»Und?«

»Ich bin nicht rangegangen.«

Vítor seufzte laut.

»Keine Sorge. Ich habe gerade nichts Besseres zu tun, also fahre ich hin.« Sie stopfte das Handy zurück in die Hosentasche. Sollte Chefinspektor Pinto doch versuchen, sie aufzuhalten, es würde ihm nicht gelingen. Sie war schlimmeren Gegenwind gewöhnt. Im Vergleich zu Winfried Weynrath, dem Chef des KK 11 in Düsseldorf, war Pinto ein laues Lüftchen.

Zehn Minuten später stand sie wieder in der hochmodernen Eingangshalle der Zentrale der *Polícia Judiciária*. Diesmal holte sie niemand an der Sperre ab, der Pförtner winkte sie einfach durch.

»Sie kennen ja den Weg«, sagte er.

Pinto selbst empfing sie, als sie aus dem Aufzug trat. »Das mit der Frau Ihres Kollegen tut mir leid«, sagte er und reichte ihr die Hand.

»Warum bin ich hier?«

Pinto zog die Brauen hoch. »Gut, dann kommen wir gleich zur Sache. Kennen Sie ein Mädchen namens Clara Madalena dos Santos?«

Lydia runzelte überrascht die Stirn. »Nein. Sollte ich?« Dann kam ihr ein schrecklicher Verdacht. »Ist sie etwa auch tot?«

»Zum Glück nicht. Aber anscheinend hat nicht viel gefehlt. Die Kleine ist am Montagabend panisch aus ihrem Elternhaus in Belém geflüchtet. Es gibt Zeugen, die sie vor jemandem haben weglaufen sehen. Leider hat keiner eingegriffen.« Pinto verzog das Gesicht. »Jedenfalls haben Bauarbeiter sie gestern Morgen aus einem Abflussrohr gezogen. Sie hatte offenbar die ganze Nacht darin verbracht. Bedauerlicherweise haben wir erst vorhin von der Sache erfahren. Die Kollegen der PSP aus Belém haben zunächst keinen Zusammenhang gesehen. So sind uns vierundzwanzig Stunden verloren gegangen.«

»Sie glauben, diese Sache hat etwas mit den anderen Fällen zu tun?«

»Das behauptet die Kleine zumindest. Und da kommen Sie ins Spiel. Sie will nämlich nur mit Ihnen reden. ›Die blonde Polizistin‹«, näselte er mit gekünstelter Stimme. »›Ich sage es nur der blonden Polizistin.‹ Hat mich fast drei Stunden gekostet rauszufinden, wen sie damit meint.«

Da begriff Lydia. Das Mädchen vom *Torre de Belém*. Sie hatte also wirklich etwas beobachtet. Und der Mörder hatte sie aufgespürt. Oder die Mörderin.

»Wurde Clara von einem Mann oder einer Frau verfolgt?«, fragte sie.

»Kommt drauf an, wen Sie fragen. Zwei Zeugen sprechen von einem jungen Mann, drei von einer Frau.«

»So viele Leute? Und niemand hat die Polizei alarmiert?«

»Sie dachten, das ungezogene kleine Ding rennt vor seiner Mutter weg. Oder vor seinem großen Bruder.« Pinto zuckte mit den Achseln.

»Okay. Bringen Sie mich zu ihr.«

Pinto sah sie scharf an. »Meine Mitarbeiterin Teresa Duarte wird ebenfalls anwesend sein. Sie ist Psychologin und wird genau darauf achten, dass alles korrekt zugeht.«

»Klar.«

Pinto führte sie in einen lichtdurchfluteten Raum mit einem weißen Tisch, um den mehrere Stühle standen. Auf einem saß das Mädchen, daneben die Frau, die Lydia aus dem Kaufhaus wiedererkannte.

Teresa hatte ihnen gegenüber Platz genommen. Als Lydia

eintrat, erhob sie sich und begrüßte sie mit einem Händedruck. Dann stellte sie sie Claras Mutter als Kollegin vor, jedoch ohne zu erwähnen, dass sie keine portugiesische Polizistin war.

Lydia setzte sich und lächelte das Mädchen aufmunternd an. »Hallo Clara. Du hast ja ein ganz schönes Abenteuer hinter dir.« Sie wünschte, Salomon wäre hier. Er hatte ein besseres Händchen für Kinder.

Clara nickte.

»Du möchtest mir etwas erzählen, ist das richtig?«

Claras Blick schoss zu ihrer Mutter. Die nickte aufmunternd. Sie war blass, hatte dunkle Ringe unter den Augen. Sicherlich hatte sie in den vergangenen zwei Nächten kein Auge zugetan. Erst die Sorge um ihre verschwundene Tochter, dann die Erkenntnis, dass Clara nicht einfach ausgebüxt war.

»Ich habe den Engel gesehen«, sagte Clara und schob sich eine Strähne ihrer blonden Haare hinters Ohr.

»Wo war das?«

Clara blickte zur Decke, dann wieder zu Lydia. »Erst an dem Denkmal.«

»Am *Padrão dos Descobrimentos*?«

Sie nickte.

»Aber …«, setzte Claras Mutter an.

Lydia hob die Hand, sie verstummte.

»Erzähl weiter, Clara.«

»Da ist ein Gerüst. Der Engel war ganz weit oben. Aber es war kein Bauarbeiter, denn er hatte ganz schwarze Sachen an. Und Flügel auf dem Rücken.«

Wieder öffnete die Mutter den Mund, doch sie sagte nichts. Lydias Gedanken überschlugen sich. Clara meinte mit dem Engel gar nicht das verunglückte Mädchen, denn das hatte ein weißes Nachthemd getragen. Der schwarz gekleidete Engel, von dem sie sprach, musste der Mörder sein.

»Erst dachte ich, dass der schwarze Engel ganz allein da oben ist«, fuhr Clara fort. »Aber dann war da noch jemand. Ein Mädchen.«

»Was passierte als Nächstes?«

»Der Engel hat zu mir geguckt, und ich habe Angst gekriegt und bin weggelaufen.«

Lydia tauschte einen Blick mit Teresa, die sich ans Fenster gestellt hatte und von dort dem Gespräch folgte. »Weißt du noch, wann das war?«

Wieder schaute Clara zu ihrer Mutter.

»Das ist schon in Ordnung«, sagte Teresa. »Deine Mama ist dir nicht böse. Im Gegenteil, sie ist stolz auf dich, weil du der Polizei hilfst. Und sie ist sehr froh, dass sie dich heil wiederhat. Ist es nicht so?«

Die Frau lächelte verkrampft. »Ja. Das stimmt.«

»Das war an dem Abend, bevor … bevor das tote Mädchen im Wasser schwamm.«

»Und du warst ganz allein unten am Fluss?«

»Ich bin spazieren gegangen. Mir war langweilig. Nádia spielt nicht mit mir, sie chattet immer nur mit ihren Freundinnen.«

»Und da bist du zum Ufer hinuntergelaufen.«

»Eigentlich wollte ich zu Dona Olivia. Sie hat ganz viele Katzen. Aber sie hat nicht aufgemacht.«

Lydia sah, dass Claras Mutter sich mühsam beherrschte.

»Du magst Katzen?«

»Ich hätte auch gern eine. Aber das geht nicht.«

Claras Mutter senkte den Blick. Hinter ihrer Stirn arbeitete es.

»Hast du den schwarzen Engel später noch einmal gesehen?«

»Ja, im Bus. Das war an dem Tag, als wir …« Clara biss sich auf die Lippe.

»Als ihr mich im Kaufhaus getroffen habt?«

»Ja.«

»Du hast niemandem davon erzählt?«

Sie schüttelte den Kopf.

»Wann hast du den Engel das nächste Mal gesehen?«

Clara ließ die Schultern hängen und klemmte die Hände zwischen die Oberschenkel.

»War das vorgestern Abend?«, fragte Lydia sanft.

Sie nickte.

»Wo?«

»Vor unserem Haus«, flüsterte Clara. »Er stand vor unserem Haus. Und dann hat er geklingelt.«

»Und da bist du abgehauen.«

Clara nickte. »Durch das Loch im Zaun.«

Ihre Mutter schnappte hörbar nach Luft, sagte jedoch nichts.

»Und der Engel ist dir hinterhergelaufen.«

Wieder ein Nicken. »Erst wollte ich zu Dona Olivia, aber die hat nicht aufgemacht. Da bin ich weitergerannt.«

»Bis du das Versteck in der Röhre gefunden hast.«

»Er hat meinen Namen gerufen, aber ich habe gemerkt, dass es nicht die Stimme meiner Mama war, deshalb bin ich nicht rausgekrabbelt.«

Claras Mutter hatte mit einem Mal Tränen in den Augen. Sie legte den Arm um ihre Tochter, drückte sie an sich und küsste sie auf den Kopf. »Das war sehr schlau von dir«, sagte sie.

Lydia wartete einen Augenblick, bevor sie weiterfragte. »Kannst du mir sagen, wie der schwarze Engel aussieht?«

Claras Blick wanderte zu Boden.

»Es ist bestimmt nicht leicht für dich, an ihn zu denken. Aber du willst doch, dass wir ihn fangen, nicht wahr?«

Sie nickte. »Er ist ganz schwarz«, sagte sie leise.

»Auch seine Haut?«, fragte Lydia überrascht.

»Nein, nur die Anziehsachen.«

»Trägt er ein Kleid?«

»Nein. Eine Hose.«

»Und Flügel? Wirklich? Oder könnte es etwas anderes sein, das er auf dem Rücken trägt? Ein Rucksack vielleicht?«

Clara runzelte die Stirn. »Ich weiß nicht. Es sah aus wie Flügel.«

»Und das Gesicht?«

»Böse.«

»Böser Mann oder böse Frau?«

»Böse Frau.«

Lydias Puls beschleunigte sich. »Sicher?«

»Ja. Sie trug Ohrringe. An einem hing ein silbernes Herz.«

Lydia parkte in dritter Reihe zwischen zwei Tuk-Tuks, den dreirädrigen Gefährten, mit denen sich Touristen die steilen Hügel hinauf oder durch die engen Gassen der Alfama kutschieren ließen.

»Scheint ein ziemlich beliebter Ort zu sein.« Chris stieß die Beifahrertür auf. Er war froh, dass Lydia ihn aus den Klauen von Sonjas Familie befreit hatte. Sonja sollte möglichst bald nach Deutschland überführt werden, aber er fühlte sich überfordert mit all den Entscheidungen. Letztlich bestimmte Liv, was geschehen sollte, aber sie wollte nichts über Chris' Kopf hinweg beschließen, auch wenn er und ihre Tochter nicht verheiratet waren. Die Ärzte waren irritiert gewesen, als Gudrun direkt bei ihrer Ankunft die Zügel in die Hand genommen hatte. Natürlich in Livs Namen. Ihm war es letztlich egal, solange Sonja die bestmögliche Behandlung bekam.

Nur eine Entscheidung würde er sich nicht abnehmen lassen: Was mit seinem Sohn geschehen sollte. Er hatte bereits Vorkehrungen getroffen, und er würde alles tun, um zu verhindern, dass Gudrun davon erfuhr. Sie würde ihm nicht den Abschied von seinem Kind mit ihren ätzenden Sprüchen verderben.

Lydia stieg aus und streckte die Arme aus. »*Nossa Senhora do Monte* ist die Königin der Aussichtspunkte.«

»Aha.« Chris zog die Brauen hoch. »Da bin ich aber gespannt.«

Er folgte ihr auf einen kleinen mit Bäumen begrünten Platz vor einer schlichten weißen Kirche. In der Mitte standen einige Bänke. Die meisten Menschen saßen jedoch auf dem schmalen Grünstreifen zwischen den beiden Geländern, hinter denen der Hang steil abfiel, rauchten, plauderten und ließen die Weinflasche herumgehen.

Vor ihnen breitete sich fast die komplette Stadt aus. Links thronte die weitläufige Burganlage mit ihren Mauern, Türmen und Zinnen, rechts dahinter glitzerte der Fluss, über den sich die riesige Brücke spannte. Direkt unter ihnen lag die *Baixa*, das Geschäftsviertel mit seinen schnurgeraden Straßen, dahinter erhob sich der Hügel mit der Altstadt.

Der Himmel hatte sich bereits zartrosa verfärbt und die

Sonne tauchte alles in goldenes Licht. Flugzeuge, die zum Landeanflug einen weiten Bogen über die Tejomündung flogen, schwirrten wie glitzernde Insekten im Abendlicht.

»Wow!«, entfuhr es Chris.

»Nett hier, nicht wahr?«

Er fuhr herum.

Vítor hielt ihm eine Bierflasche hin. »Auch eins?«

Chris nahm die Flasche entgegen. Vítor reichte Lydia ebenfalls ein Bier. Sie stießen an.

Chris nahm einen Schluck, spürte, wie der Alkohol durch seine Adern rieselte. »Und? Ich nehme an, wir sind nicht nur wegen der schönen Aussicht hier«, sagte er.

»Ich möchte euch jemanden vorstellen.«

Adrenalin vertrieb den Alkohol in Chris' Blutbahn. Ein paar verrückte Sekunden lang glaubte er, Vítor hätte Ana aufgetrieben und hergebracht. Dann wurde ihm klar, wie unwahrscheinlich das war.

Vítor deutete auf eine Bank, auf der eine junge Frau saß und rauchte. Sie hatte schulterlange Haare, deren künstliches Dunkelblond am Scheitel herausgewachsen war, trug eine schwarze Jeans und einen rosa Pulli. Obwohl es ein milder Abend war, schien sie zu frieren.

Er folgte Vítor zu der Bank. »Das ist Raquel Fonseca, Anas ehemaliges Kindermädchen.«

Chris warf Lydia einen verstohlenen Blick zu. Sie wirkte ebenso überrascht. Er musste an das denken, was sie ihm über die kleine Clara und den schwarzen Engel erzählt hatte. Eine Frau trieb die Mädchen in den Tod. Wenn es nicht Anas Mutter war, dann vielleicht ihr ehemaliges Kindermädchen? Aber warum sollte sie das tun?

Sie setzten sich zu Raquel auf die Bank.

»Bitte erzählen Sie meinen Freunden, was Sie mir erzählt haben«, bat Vítor die Frau auf Englisch.

»Alles?«

»Von Anfang an, ja.«

Sie nahm einen tiefen Zug von der Zigarette und stieß den Rauch in die Luft. »Ich wurde Anas Kindermädchen, als sie wenige Wochen alt war«, begann sie. Ihr Englisch war klar und flüssig und klang sehr britisch. »Ihre Mutter war nicht gesund, sie wäre bei der Geburt ihrer Tochter beinahe gestorben. Es war klar, dass sie keine weiteren Kinder bekommen würde, also war Ana ihr Ein und Alles. Sie machte sich ständig Sorgen, alles musste total sauber und sicher sein, bevor es mit Ana in Berührung kommen durfte.«

Raquel nahm einen letzten Zug, warf die Zigarette auf den Boden und trat sie aus. »Das war manchmal ganz schön nervig, aber Manuel de Melo bezahlte mich gut und Ana war ein liebes Kind. Ich lebte im Haus der Familie, in einem kleinen Anbau mit eigenem Bad. Wenn Joana in der Nähe war, hielt ich mich peinlich genau an ihre Anweisungen, aber wenn ich mit Ana allein war, achtete ich nicht so darauf. Ich meine, es kann doch nicht gesund sein, alles Normale von einem Kind fernzuhalten. Wie soll es denn später in der Welt zurechtkommen, wenn man es ständig in Watte packt?«

Sie blickte ihre Zuhörer an. Als niemand etwas sagte, sprach sie weiter. »Jedenfalls ließ ich sie auch mal im Garten in der Erde wühlen oder allein die Treppe raufkrabbeln. Und eines Tages passierte es.«

Chris umkrallte die Bierflasche so fest, dass er fürchtete, das Glas würde unter seinen Fingern zerspringen. Jetzt würde er endlich die Wahrheit erfahren.

Raquel fummelte ein Zigarettenpäckchen aus einer riesigen, vollgestopften Handtasche, zündete sich eine an und inhalierte. »Ich ließ Ana beim Kochen helfen. Sie durfte Möhren in Scheiben schneiden. Ich habe ihr extra das kleinste Messer gegeben, das nicht einmal richtig scharf war. Und dann passte ich einen kurzen Moment nicht auf. Sie war ja schon vier, und ich war im gleichen Raum mit ihr. Was sollte da schon passieren? Plötzlich hörte ich sie schreien. Ich drehte mich zu ihr um. Sie hatte sich das große Fleischmesser geschnappt und sich damit in den Finger geschnitten. Sie blutete wie verrückt. Ich war total in Panik. Ich habe sie ins Bad gebracht, um die Wunde auszuwaschen. Erst dort entdeckte ich, dass sie sich eine Fingerkuppe abgetrennt hatte. Ich suchte das fehlende Stück, aber in meiner Panik fand ich es nicht, also packte ich Ana in mein Auto und raste ins Krankenhaus.« Wieder nahm sie einen Zug.

Chris musste sich beherrschen, sie nicht vor Ungeduld zu schütteln. Er trank einen Schluck Bier, um seine flattrigen Nerven zu beruhigen.

»Die Wunde wurde versorgt, aber die Fingerkuppe war verloren«, sagte Raquel. »Anas Mutter war außer sich, als sie davon erfuhr. Sie wollte mich vor Gericht zerren, ich sollte ins Gefängnis für das, was ich ihrer Tochter angetan hatte. Manuel de Melo war cooler, aber auch er kannte keine Gnade. Ich wurde fristlos entlassen. Kurz darauf ging die Familie nach Brüssel. De Melo hatte dort irgendeinen Job für die Regierung. Er pendelte schon seit einigen Monaten, jetzt wollten sie ganz dorthin ziehen. Ich bekam Ende des Jahres einen Job als Kindermädchen in London, eine Freundin hatte ihn mir vermittelt, die vorher bei der Familie war. Die Leute waren ziemlich ätzend, ich wurde behandelt wie eine bessere Sklavin, also kündigte ich bei der ersten Gelegenheit und arbeitete an einer Supermarktkasse in Hackney. Aber ich hatte schreckliches Heimweh. Deshalb bin ich vor ein paar Monaten zurückgekehrt. Jetzt arbeite ich hier an der Supermarktkasse.« Sie schnitt eine Grimasse.

Lydia drehte die Flasche in ihren Händen. »Also fehlt Ana de Melo eine Fingerkuppe. Wo?«

»Am linken Zeigefinger. Wieso? Ist das wichtig?«

»Wissen wir noch nicht.«

Der Himmel war inzwischen glutrot, die Sonne stand dicht über dem gegenüberliegenden Hügel. Raquel warf die Zigarette weg, nahm ihre Tasche und stand auf.

Als Chris sie auf das Geländer zugehen sah, machte es Klick. Er erkannte den Gang wieder, er hatte diese Frau schon einmal gesehen. Er sprang von der Bank hoch und stellte sich hinter sie. »Waren Sie im Haus von Paulo de Melo? Vor ein paar Tagen?«

Raquel drehte sich zu ihm um. Erst jetzt fiel ihm auf, dass sie Ohrringe trug, kleine silberne Kreolen. Ohne Anhänger. »Ich hatte im Internet gelesen, was passiert war. Ich wollte Ana besuchen, schauen, wie es ihr geht.«

»Wann?«

»Puh. Weiß nicht. Letzte Woche.«

»Vielleicht am Mittwoch?«

»Kann sein.«

»Wie haben Sie das Haus verlassen?«

»Wie bitte?« Raquel fuhr sich durch das blondierte Haar.

»Welche Tür haben Sie genommen?« Er spürte, dass Lydia neben ihn getreten war, aber er ließ Raquel nicht aus den Augen.

»So eine Art Hintertür, die direkt auf die Straße führt.«

Die Frau, die sie verfolgt hatten! Er hatte sich nicht getäuscht. Er tauschte einen Blick mit Lydia und erkannte, dass sie die gleichen Schlüsse gezogen hatte.

»Und? Haben Sie mit Ana gesprochen?«, fragte er weiter. »Haben Sie sie wiedererkannt?«

»Sie war nicht da. Und de Melo hat mir ziemlich deutlich klargemacht, dass ich, wie sagt man, Persona non grata bin.«

»Sie haben es nicht noch einmal versucht?«

»Damit sie beim nächsten Mal den Hund auf mich hetzen oder die Polizei rufen? Nein danke.«

Er glaubte ihr nicht. Aus irgendeinem Grund rückte sie nicht mit der vollen Wahrheit raus. Vielleicht hatte sie Ana doch gesehen und bemerkt, dass ihr keine Fingerkuppe fehlte. Vielleicht erpresste sie die de Melos damit.

»So, war's das jetzt? Ich muss nämlich los.«

»Dürfen wir uns bei Ihnen melden, wenn wir noch Fragen haben?«

»Er hat meine Handynummer.« Raquel deutete auf Vítor, der noch auf der Bank saß, dann hastete sie davon.

»Was hältst du von ihr?«, fragte Lydia leise.

»Ich weiß nicht, wie viel von ihrer Geschichte ich glauben soll«, gab er zu.

»Jedenfalls wissen wir jetzt, woran wir Ana de Melo erkennen können. Wenn es die echte ist, fehlt ihr die Kuppe am linken Zeigefinger.«

Donnerstag, 16. März

Lissabon

Es war, als hätte der Himmel ein Leichentuch über der Stadt ausgebreitet. Dicker weißer Nebel ließ die Brücke aussehen, als schwebe sie in den Wolken. Der Fluss war verschwunden, ebenso das andere Ufer und alle Teile der Stadt, die auf Meereshöhe lagen. Nur die Hügel und die riesige rote Stahlkonstruktion ragten aus den Schwaden heraus. Der Nebel veränderte auch die Geräusche der Stadt. Alles klang dumpf und wehmütig, und das Singen der Brücke hörte sich an wie das Wehklagen eines verwundeten Tieres.

Chris schlug den Kragen seiner Jacke hoch. Der winzige weiße Sarg stand auf der viel zu großen Ladefläche eines Leichenwagens mit gläsernen Seitenwänden. Ein einsames Gesteck Lilien lag auf dem Deckel. Chris fühlte sich wie in einem surrealen Traum. Das alles geschah nicht wirklich, es war eine Ausgeburt seiner überbordenden Fantasie. Er stand nicht auf einem Lissaboner Friedhof, um seinen kleinen Sohn zu beerdigen, der es nicht einmal geschafft hatte, seinen ersten Atemzug zu tun.

Aber es war kein Traum.

Lydias Tante hatte all ihre Beziehungen spielen lassen, damit Chris die Grabstelle bekam. Ursprünglich hatte er den Jungen einäschern lassen wollen, doch dann war ihm der Gedanke gekommen, dass Sonja das womöglich nicht mochte. Er wollte eine solche Entscheidung nicht über ihren Kopf hinweg treffen. Also hatte er beschlossen, seinen Sohn in Lissabon zu bestatten, mit der Möglichkeit, den Leichnam später nach Deutschland überführen zu lassen, falls Sonja das wünschte.

Als das Fahrzeug sich in Bewegung setzte, schaffte Chris es kaum, ihm hinterherzulaufen. Mechanisch setzte er einen Fuß vor den anderen. Lydia und Maria gingen rechts und links von ihm. Er schob die Hand in die Jackentasche, tastete nach dem Püppchen. Obwohl es nicht seiner Tochter gehörte, spendete es ihm auf unerklärliche Weise Trost. In der vergangenen Nacht hatte er es mit ins Bett genommen und den rauen Stoff an sein Gesicht gepresst. Und tatsächlich war er kurz darauf eingeschlafen.

Wie in Trance bekam er mit, wie der Sarg in die Grube gesenkt wurde. Er hörte nicht, was gesagt wurde, und Lydia musste seine Hand führen, als er Erde in das Loch schaufeln sollte. Er war nicht einmal sicher, ob er überhaupt Erde verstreut hatte, oder ob es nicht vielmehr eine Rose gewesen war, die er seinem Sohn in die finstere Grube hinterhergeworfen hatte.

Dafür sah er die ganze Zeit den Schriftzug auf der Schleife vor sich, mit der die Lilien zusammengebunden waren.

Joshua.

Nur dieses eine Wort, der Name, den Sonja und er für den Jungen ausgesucht hatten. Sonst nichts. Denn es gab keine Worte, die ausgedrückt hätten, wie tief der Schmerz war, den Chris empfand.

Als sie an den Familiengrüften vorbei zurück zum Friedhofseingang liefen, blieb Lydia plötzlich abrupt stehen.

Ein Schwindel erfasste Chris, als er sich zu ihr umwandte. »Was ist los?«

»Nichts.« Sie schob die Hände in die Parkataschen und marschierte weiter.

Doch er folgte ihr nicht. Stand einfach da und wartete.

Maria blickte unsicher von ihm zu ihrer Nichte. Sagte etwas auf Portugiesisch.

»Komm«, rief Lydia und winkte ihm. »Wir gehen irgendwo was essen.«

Chris rieb sich die Stirn. Der Schwindel war noch nicht vorüber. Sein Kopf fühlte sich an, als wäre er genauso in Watte gepackt wie die Stadt. Aber er wusste, dass Lydia ihm etwas verschwieg.

»Rede mit mir, Lydia.«

Sie sah ihn eine Weile schweigend an, dann kehrte sie langsam zu ihm zurück. Stumm zeigte sie auf eine Gruft. Erst jetzt fiel ihm auf, dass sie genau vor der Grabstätte der Familie de Melo standen.

Dann sah er es. Ganz unten rechts fehlte eine Tafel.

Clara streichelte sanft über das weiche Fell. Pico war ganz schwarz, hatte nur eine weiße Schnauze und weiße Pfoten, so als wäre er durch den Nebel gelaufen, der heute so dicht war, dass man kaum das Haus auf der anderen Straßenseite sehen konnte.

Papa kam aus dem Gebüsch gekrabbelt. »So, das Loch ist zu«, sagte er und klopfte sich den Dreck von der Hose. Er sah Clara streng an. »Keine heimlichen Ausflüge mehr, abgemacht?«

»Ganz bestimmt nicht.« Clara schaute Mama an, die lächelnd dabeistand. »Ich kann doch Pico nicht allein lassen.«

Mama hatte Papa gestern Abend überredet, ihr den Kater zu kaufen. Clara hatte auf der Treppe gesessen und heimlich gelauscht, während ihre Eltern in der Küche diskutiert hatten.

Erst hatte Papa geschimpft. »Wieso sollen wir ihren Ungehorsam auch noch belohnen? Das wäre ja wohl vollkommen absurd!«

Mama hatte leise auf Papa eingeredet. Clara hatte kein Wort verstanden, aber was auch immer sie ihm erzählt hatte, es hatte gewirkt. Heute Morgen war Mama nicht zur Arbeit, sondern einkaufen gefahren und kurz darauf mit einem geheimnisvollen Korb zurückgekehrt.

»Das ist Pico«, hatte sie gesagt. »Er braucht jemanden, der sich gut um ihn kümmert.«

Vor Freude war Clara im ganzen Haus herumgehüpft.

Dann waren sie gemeinsam nach draußen gegangen, wo Clara ihren Eltern das Loch im Zaun gezeigt hatte. Das Loch, das jetzt nicht mehr da war.

»Der Nebel ist kalt«, sagte Mama und rieb sich über die dünnen Ärmel ihrer Bluse. »Kommt, wir gehen ins Haus.«

An der Verandatür blieb Clara noch einmal stehen und blickte zurück, Pico fest an sich gedrückt. Sie war froh, dass das Loch nicht mehr da war. Selbst wenn die Polizei den schwarzen Engel bestimmt bald fangen und ins Gefängnis werfen würde, war es so sicherer. Da war schließlich noch der Hund der Nachbarn, der immer so schrecklich bellte. Der durfte auf keinen Fall reinkommen und den armen kleinen Pico jagen.

Lydia hielt sich nicht mit Vorreden auf. »Woher hattest du den Tipp mit Anas Grab?«, fragte sie, sobald Vítor sich meldete.

»Von meinem Chef.«

»Hat er irgendwas dazu erklärt? Erzählt, woher er die Information hat?« Lydia blickte hinüber zu Salomon, der mit Maria auf einer Bank unter einer Zypresse saß. Hinter ihnen erhob sich eine efeuüberwucherte Gruft mit einer rostigen Metalltür, deren Dach ein Engel zierte. Salomon wankte hin und her, als wäre er betrunken. Er musste irgendwelche Pillen geschluckt haben, um die Beerdigung seines Sohnes durchzustehen. Sie konnte es ihm nicht verdenken.

»Kein Wort. Er hat mir nur den Zettel mit der Lage der Gruft in die Hand gedrückt. Ich bin sofort hingefahren, habe die Platte gesehen, begriffen, was das bedeuten könnte. Ich habe hin und her überlegt, wie ich euch das mitteilen kann, ohne die Anweisungen meines Chefs zu missachten. Mir ist nichts Besseres eingefallen, als euch den Zettel am nächsten Tag an die Windschutzscheibe zu heften. Keine Glanzleistung, ich weiß.«

»Jetzt ist die Gedenktafel jedenfalls weg.«

»Unmöglich.«

»Du kannst dich gern selbst überzeugen. Und die Wand der Gruft ist so gründlich gereinigt worden, dass man unmöglich erkennen kann, ob dort je eine Marmorplatte hing.«

»Ich fasse es nicht!« Vítor klang aufrichtig empört. »Ich lasse mich nicht länger verarschen! Ich knöpfe mir Pinto vor. Er muss mir sagen, woher er den Tipp hatte.«

»Eine Gedenktafel anbringen und wieder abmachen kann jeder. Es gibt nur eine Möglichkeit, mehr zu erfahren: Wir müssen nachsehen, ob in der Gruft ein Kind bestattet ist.«

»Dafür kriegen wir niemals die Genehmigung.«

»Ich weiß«, sagte Lydia und nahm sich vor, es trotzdem zu tun, falls sich herausstellte, dass das Mädchen, das die de Melos als ihre Tochter ausgaben, zehn vollständige Finger hatte. Oder falls sich Hinweise darauf fanden, dass Anas ehemaliges Kindermädchen ihnen ein Lügenmärchen aufgetischt hatte. »Hast du inzwischen jemanden aufgetrieben, der Raquels Geschichte mit Anas Unfall bestätigt?«, fragte sie.

»Ich habe vorhin mit dem Kinderarzt telefoniert, bei dem sie als Kleinkind in Behandlung war. Er wollte verständlicherweise keine Details über ihre Krankengeschichte herausrücken. Aber er hatte kein Problem damit, über die fehlende Fingerkuppe zu reden, weil die ja sowieso für jeden sichtbar ist.«

»Also stimmt es«, murmelte Lydia nachdenklich.

»Ich werde die Wahrheit herausfinden«, verkündete Vítor entschlossen. »Auch ohne dass wir dafür die Totenruhe stören müssen. Ich werde jeden Stein umdrehen. Und wenn es mich meinen Job kostet.«

»Viel Glück dabei. Sag Bescheid, wenn du etwas erfährst.«

Sie wollte auflegen, doch Vítor war noch nicht fertig.

»Moment, da ist noch etwas.«

»Was denn?« Lydia beobachtete beunruhigt, wie Salomon sich vorbeugte und den Kopf auf die Knie legte. Es schien ihm wirklich schlecht zu gehen. Ob sie ihn ins Krankenhaus bringen sollte?

Vítor hatte irgendwas erzählt, während sie ihren Kollegen beobachtet hatte, und schwieg jetzt erwartungsvoll.

»Tut mir leid, Vítor, ich war gerade abgelenkt. Was hast du gesagt?«

»Raquel hat mich angerufen, weil ihr noch was eingefallen ist.«

»Ach ja?« Lydia zog skeptisch die Brauen zusammen.

»Ich hatte sie gestern noch gefragt, ob Ana weitere weibliche Verwandte hat. Jetzt, wo wir wissen, dass wir es vermutlich mit einer Täterin zu tun haben, erschien mir das wichtig.«

»Und?«

»Sie hat eine Cousine. Paulo de Melo ist Witwer. Er hat eine Tochter, die einige Jahre älter ist als Ana. Ihr Name ist Emília.«

»Aber wir haben in dem Haus keine Hinweise darauf gefunden, dass dort ein Mädchen lebt. Kein Kinderzimmer. Keine typischen Mädchensachen.«

»Ich habe ein bisschen recherchiert. Soweit ich das bisher ermitteln konnte, geht die Tochter auf ein Internat. In Coimbra, glaube ich.«

Maria hatte Salomon dazu gebracht, aufzustehen und bei ihr untergehakt auf und ab zu laufen. Er war weiß wie eine Wand und konnte sich kaum auf den Beinen halten.

»Ich muss jetzt Schluss machen«, sagte Lydia. »Halt mich auf dem Laufenden.«

Erst als sie das Handy zurück in die Tasche schob, fiel ihr ein, was an dem, das Vítor ihr erzählt hatte, nicht stimmen konnte. Selbst ein Mädchen, das im Internat wohnte, hatte doch wohl ein Zimmer zu Hause bei seinen Eltern, weil es dort die Ferien verbrachte. Aber auf Emília de Melo traf das nicht zu. Konnte sie nicht nach Hause kommen? Oder wollte sie nicht?

Freitag, 17. März

Lissabon

Chris griff nach Sonjas schlaffer Hand und hielt sie fest. Er wünschte, er könnte ihr all die Dinge sagen, die ihm auf der Seele brannten, aber er brachte es nicht fertig. Nicht ohne zu wissen, ob sie überhaupt etwas mitbekam.

Er hatte es versucht. Hatte ihr erzählt, dass er Joshua beerdigt hatte. Dass er sie zu seinem Grab bringen würde, sobald es ihr besser ging. Ihr Gesicht hatte keinerlei Regung gezeigt. Es war, als hätte er mit einer Betonwand gesprochen.

All die Kabel und Schläuche, die sie am Leben hielten, machten es nicht leichter. Sie bildeten eine zusätzliche Barriere, und das ständige Piepsen und Klacken der Geräte zerrte an seinen Nerven.

Er rieb sich die Stirn. Sein Kopf schmerzte, seine Haut kribbelte, sein Mund war trocken. Es fühlte sich an, als hätte er einen Kater. Aber er hatte gestern nach der Beerdigung keinen Schluck getrunken. Dafür hatte er sich viel zu elend gefühlt. Er hatte auf Marias Sofa gelegen und vor sich hin gedämmert, immer wieder von Übelkeit und Schwindelanfällen aus dem Halbschlaf gerissen.

Auch jetzt fühlte er sich benommen, als hätte er etwas eingeworfen. Aber er hatte nicht eine Tablette genommen. Es musste die Trauer sein. Die Last der Schuld.

Oder doch der Irrsinn, der allmählich von ihm Besitz ergriff.

Hastig blickte er auf die Uhr. Nur noch wenige Minuten, dann würden die Schwestern Sonja für den Transport fertig machen. Ein Hubschrauber würde sie zurück nach Deutschland bringen. Ihre Mutter Liv würde mitfliegen. Markus und Gudrun waren schon auf dem Rückflug nach Deutschland. Sie waren sehr verärgert gewesen, als Chris verkündet hatte, noch einige Tage in Lissabon zu bleiben. Ihrer Meinung nach sollte seine ganze Aufmerksamkeit Sonja gelten. Dafür, dass er die Person finden wollte, die ihr das angetan hatte, brachten sie kein Verständnis auf. Natürlich nicht, denn ihrer Meinung nach war er ja selbst der Hauptschuldige.

Chris beugte sich vor und küsste Sonja auf die Stirn. »Ich komme so bald wie möglich nach«, sagte er leise. »Du bist stark, du schaffst das.«

Er stand auf, bevor er von seinen Gefühlen überrollt wurde. Auf dem Flur wartete Liv, aber sie war nicht allein. Lydia stand bei ihr, die beiden Frauen unterhielten sich.

Liv erblickte ihn. »Du siehst wirklich schlecht aus. Du solltest dich ausruhen. Ich kümmere mich um Sonja.« Sie sah zu Lydia. »Deine Kollegin ist sehr nett. Wie gut, dass sie dir bei den Formalitäten hilft.«

Chris murmelte etwas, von dem er hoffte, dass es nach Zustimmung klang, und umarmte Liv zum Abschied. Dann stürzte er nach draußen.

Das Wetter war umgeschlagen, der Nebel hatte Kälte mitgebracht. Und Wind, der altes Laub und Müll auf dem Hof des Krankenhauses herumwirbelte.

Er presste die Stirn gegen die kalte Hauswand und versuchte, das Zittern unter Kontrolle zu bringen. Wie durch eine Barriere aus schweren Vorhängen bekam er mit, dass Lydia neben ihn trat.

»Sieh mich an«, forderte sie ihn auf.

»Was soll das?«, schnauzte er sie an.

»Sieh mich an«, wiederholte sie ungerührt.

Er wandte sich ihr zu. »Ja, es geht mir beschissen, aber ich werde mich ganz bestimmt nicht hinlegen und ausruhen. Ich muss einen Mörder finden.«

»Was hast du genommen?«

»Nichts.«

»Erzähl keinen Scheiß, Salomon, deine Pupillen sind größer als Lkw-Reifen. Du hast irgendwas geschluckt.«

»Fuck, nein!«

Lydia runzelte die Stirn. »Auch nicht gestern Abend zum Schlafen? Manche Sachen wirken lange nach.«

»Ich habe nichts genommen. Ich will mich nicht wegbeamen, im Gegenteil, ich will einen klaren Kopf haben. Aber vielleicht hat deine Tante ja was in die Suppe getan.«

Lydia starrte ihn an.

»Tut mir leid, ich wollte nichts Schlechtes über deine Tante sagen, sie ist eine tolle Frau.«

Lydias Augen flackerten. Dann streckte sie die Hand aus. »Die Puppe.«

»Was soll das denn nun?«

»Gib mir die Puppe.«

Er zog sie aus der Tasche und ließ sie in ihre Hand gleiten. »Was ist damit?«

»Du hast sie aus dem seltsamen Zimmer mitgenommen und seither immer bei dir getragen, richtig?«

»Ja.« Er runzelte irritiert die Stirn. Wieder wurde ihm schwindelig, und sein Atem ging zu flach und zu schnell.

»Komm mit.« Lydia stapfte auf den Glaswürfel in der Mitte des Hofs zu, in dem die Krankenhauscafeteria untergebracht war. Sie fischte ein Messer aus dem bereitstehenden Besteckkasten und setzte sich damit an einen freien Tisch.

Chris entdeckte einen Wasserkrug und Gläser. Er bediente sich, trank in gierigen Schlucken, dann setzte er sich zu Lydia.

Sie hatte inzwischen Handschuhe übergestreift. Jetzt nahm sie das Messer und schlitzte den Bauch der Puppe auf. Die Füllung klackerte auf die weiße Tischplatte. Was er für getrocknete Erbsen gehalten hatte, sah eher aus wie Rosinen, nur dass diese Früchte eine Schattierung heller und deutlich härter waren.

»Dachte ich's mir doch«, murmelte Lydia. »Weißt du, was das ist?« Sie wartete nicht auf seine Antwort. »Das sind die Samen der Engelstrompete.«

»O shit.«

»Du hast die Puppe die ganze Zeit in der Jackentasche gehabt, hast ständig damit herumgespielt. Und dann hast du dir die Augen gerieben oder die Finger abgeleckt, und so ist das Gift in deinen Körper gelangt.«

»Wer steckt denn giftige Samen in den Bauch eines Kinderspielzeugs?«

Lydia verstaute das Püppchen samt Füllung in einer Plastiktüte. »Das werden wir herausfinden.«

Sie saßen wieder im »Ibo«. Heute war der Fluss schiefergrau und unruhig, schaumsprühende Wellen kräuselten seine Oberfläche, als wäre er ein gereiztes Tier, jederzeit bereit, zum tödlichen Angriff auszuholen.

Lydia klappte das Notebook auf, das sie gestern gekauft hatte, während Salomon auf Marias Sofa schlief. Sie waren mit Vítor verabredet, aber der portugiesische Kollege war noch nicht da.

»Wird Zeit, dass wir die Sache systematisch angehen«, sagte sie. »Während wir auf Vítor warten, können wir ja mal eine To-do-Liste anlegen. Also, welche Fragen müssen wir klären?«

»Wer ist das Mädchen, das von der Brücke gesprungen ist?«, kam es ohne Zögern von Salomon.

Natürlich. Das war die wichtigste Frage für ihn.

»Fehlt ihr eine Fingerkuppe?«, fügte er hinzu und schob seine leere Espressotasse zur Seite. Er sah bereits deutlich besser aus als noch vor einer Stunde, obwohl er noch immer käseweiß war und riesengroße Pupillen hatte. Bisher hatten sie niemandem von ihrer Entdeckung erzählt. Wenn sie der portugiesischen Polizei das Püppchen übergeben wollten, müssten sie auch erklären, wie es in ihren Besitz gelangt war. Das machte die Sache kompliziert.

Während Lydia tippte, feuerte Salomon bereits die nächsten Fragen ab. »Warum ist sie gesprungen? Ist in der Familiengruft der de Melos ein Mädchen bestattet? Wer ist es und warum heißt es auch Ana Julieta? Wer hat die Tafel an der Gruft verschwinden lassen?«

»Und wer hat Vítors Chef auf das Grab aufmerksam gemacht?«, ergänzte Lydia.

»Wer wurde in dem vergitterten Zimmer gefangen gehalten?«

»Was hat es mit dem Feuer in dem Kinderheim auf sich? Welches Mädchen sprang kurz nach dem Feuer vom Dach? Was ist mit ihm geschehen? Lebt es noch?«

»Was hat das Mädchen von der Brücke mit den anderen zu tun? Warum springen sie? Werden sie überredet? Gezwungen? Gestoßen?«

»Wer ist der schwarze Engel?«

»Welche Rolle spielt das Kindermädchen Raquel Fonseca? Was weiß sie über die Familie?«

»Wer hat den Anschlag auf dich verübt?« Lydia zögerte kurz, bevor sie die nächste Frage aussprach. »Und den auf Sonja?«

»Und wer stopft giftige Samen in eine Puppe?«, ergänzte Chris mit rauer Stimme.

Lydia nahm die Finger von der Tastatur. »Glaubst du, dass der Täter die Mädchen auf diese Weise gefügig macht? Schenkt er ihnen eine vergiftete Puppe, damit er sie leichter manipulieren kann?«

Salomon starrte auf das Wasser. »Das ist nicht gerade eine sichere Methode. Er kann ja nicht wissen, was die Mädchen mit der Puppe machen. Wenn sie sie einfach in die Ecke werfen und nicht mehr anfassen, passiert gar nichts.«

»Er könnte ja noch etwas dazu sagen. Dass die Puppe magische Kräfte besitzt und sie sie ständig bei sich tragen müssen. Dass sie sie küssen sollen, wenn sie sich etwas wünschen.«

»Hm. Ich weiß nicht. So klein und naiv sind die Mädchen nicht mehr. Würde eine Acht- oder Neunjährige das wirklich glauben?«

»Wenn sie entsprechend verzweifelt ist, warum nicht?« Lydia zuckte mit den Schultern. »Denk an die kleine Clara. Sie ist im gleichen Alter und fest davon überzeugt, von einem schwarzen Engel verfolgt worden zu sein.«

»Bleibt die Frage: Wer tut so etwas? Und warum?«

Lydia betrachtete die lange Liste mit Fragen, die sie notiert hatte. »Wenn wir das wissen, haben wir unseren Täter.«

Salomon schüttelte den Kopf. »Für mich ergibt das alles keinen Sinn.«

»Vermutlich fehlt uns ein wichtiges Puzzleteil.«

»Was ist mit dem anderen Mädchen? Paulo de Melos Tochter? Wissen wir, ob sie wirklich im Internat ist?«

»Vítor wollte das herausfinden.« Lydia ergänzte die Frage auf der Liste. »Wenn sie einige Jahre älter ist als ihre Cousine, könnte sie die junge Frau sein, die wir aus dem Haus haben kommen sehen.«

»Ich dachte eigentlich, das wäre Raquel gewesen.«

»Das Kindermädchen?«

»Ja. Sie hat doch zugegeben, dass sie dort war. Und Größe und Statur stimmen auch.« Salomon fuhr sich mit der Hand durch das Gesicht, stockte, betrachtete seine Finger.

»Du hast dir mindestens zehn Mal die Hände gewaschen, seit wir die Puppe eingetütet haben«, sagte Lydia, die sich denken konnte, was in seinem Kopf vorging. »Es kann kein Gift mehr daran sein.«

»Trotzdem ein merkwürdiges Gefühl.«

Lydia kam eine Idee. »Womöglich sollte das Mädchen, das in dem Zimmer gefangen gehalten wurde, mit der Puppe ruhiggestellt werden.«

»Das Zeug beruhigt nicht, glaub mir. Herzrasen, Übelkeit, Sehstörungen und Halluzinationen sind alles andere als beruhigend.« Er blickte auf. »Da ist Vítor.«

Der portugiesische Kollege kam mit langen Schritten an ihren Tisch. »Haltet euch fest«, sagte er, kaum dass er saß. »Ich habe mit meinem Chef geredet. Er hat mir eine Akte organisiert. Und zwar die von Emília de Melo.«

»Sie ist nicht im Internat.« Salomon lehnte sich zurück.

»Ihr wisst es schon?«

»Reine Vermutung.«

»Mehr noch: Sie ist nie in einem Internat gewesen.«

Lydia verschränkte die Arme. »Aber wo ist sie dann?«

Vítor kramte einen Notizblock hervor und blätterte darin. »Emília de Melo war neun Jahre alt, als das Heim niederbrannte, das ihr Vater leitete. Sie wohnte ebenfalls dort, in dem Hauptgebäude, das heute noch steht. Sie war in der Nacht des Feuers allein zu Hause, ihre Eltern waren ausgegangen. Sie hat alles mit angesehen. Wenige Wochen nach dem Brand sprang sie vom Dach der ausgebrannten Ruine. Vermutlich unter dem Schock der Ereignisse. Sie hat hilflos dabei zuschauen müssen, wie einige der Mädchen in den Tod sprangen. Angeblich hat ihre Großmutter ihr nach dem Feuer erzählt, dass die Mädchen nun Engel seien. Jedenfalls sprach sie ständig davon, dass sie auch ein Engel sein wollte. Es blieb nicht bei dem Sprung. Emília fing an, Brände zu legen. Zweimal wurde das Feuer gerade noch rechtzeitig entdeckt, bevor größerer Schaden entstehen konnte. Es wurde wegen Brandstiftung ermittelt. Deshalb gibt es die Akte. Sie ist eigentlich unter Verschluss, weil die Täterin noch nicht strafmündig war und es deshalb weder zu einem Prozess noch zu einer Verurteilung kam. Pinto hat von einem Kollegen einen Tipp gekriegt.«

»Was geschah dann?«, fragte Lydia, die bereits ahnte, was kommen würde.

»Emília steigerte sich immer mehr in ihren Wahn. Bis sie schließlich zu ihrer eigenen Sicherheit in eine psychiatrische Klinik eingewiesen wurde. Anfang dieses Jahres wurde sie nach Hause entlassen, seither lebt sie bei ihrem Vater.«

»Dann wissen wir jetzt, was es mit dem Zimmer mit dem vergitterten Fenster auf sich hat.« Lydia scrollte zu der Frage auf ihrem Bildschirm und tippte die Antwort dahinter. »Emília wurde dort gefangen gehalten.«

»Aber da ist sie nicht mehr«, stellte Salomon fest.

Lydia sah Vítor an. »Warum genau war sie in der Klinik? Wie lautete die Diagnose? Hat allein das Feuer sie so stark traumatisiert? Oder war da noch etwas anderes?«

»Ganz genau weiß ich das nicht. Aber in dem Bericht, den es eigentlich nicht gibt, stand etwas von einer schweren Psychose.«

»Das passt zu den Zeichnungen an den Wänden. Die ganzen Engel, Teufel und Ungeheuer.« Ein Schauder lief Lydia über den Rücken.

»Was ist mit der Mutter?«, fragte Salomon.

»Die starb ungefähr ein Jahr nach dem Feuer bei einem Autounfall. Kein anderer Unfallbeteiligter. Keine Bremsspuren.«

»Selbstmord?«

»Offiziell nicht.«

Lydia klappte den Laptop zu. Sie hatte noch immer die Horrorgemälde aus dem Zimmer vor Augen. »Ein Mädchen, das hilflos mit ansehen musste, wie andere Mädchen in den Tod sprangen, und das seither unter Wahnvorstellungen leidet. Ich glaube, wir haben unseren schwarzen Engel gefunden.«

Vítor starrte sie an. »Du glaubst, Emília hat die Mädchen überredet, sich umzubringen?«

»Ich glaube, Emília hat die Mädchen ermordet.«

Sie aßen in einem einfachen Restaurant in der *Rua de São Paulo* zu Mittag, einer quirligen Einkaufsstraße am Fuß der Altstadt. Lydia bestellte Stockfisch mit Kichererbsen, Chris ein Schnitzel mit Spiegelei und Bratkartoffeln.

Vítor war vom »Ibo« aus sofort in die *Rua do Prior* gefahren, um Paulo de Melos Tochter zur Vernehmung in die Zentrale der *Polícia Judiciária* zu bringen. Falls er sie dort nicht antreffen sollte, würde er sie zur Fahndung ausschreiben.

Chris hätte Vítor am liebsten begleitet, aber das war natürlich nicht möglich. Er musste darauf hoffen, dass der portugiesische Kollege sie zeitnah auf dem Laufenden hielt.

»Ich glaube nicht, dass Emília sich einfach so festnehmen lässt«, sagte Lydia und kippte Essig über ihre Kartoffeln.

»Ich glaube nicht, dass sie überhaupt in dem Haus ist«, setzte Chris noch einen drauf. »Ich könnte wetten, dass sie irgendwo untergetaucht ist.«

»Und ihr Vater lässt das einfach so zu? Er weiß doch, wie gefährlich sie für sich und andere ist.«

Chris schnitt ein Stück von seinem Schnitzel ab. »Entweder will er es nicht wahrhaben oder er sucht sie auf eigene Faust, weil er verhindern will, dass sie wieder eingewiesen wird.«

Lydia schob sich ein Stück Fisch in den Mund, kaute und schluckte. »Glaubst du, er vermutet ebenfalls, dass sie etwas mit den Todesfällen zu tun hat?«

»Das muss er.«

»Und er sagt nichts, um sein Kind zu beschützen? Das ist doch unfassbar!«

»Vielleicht irren wir uns ja auch, und sie sitzt brav zu Hause.« Chris nahm einen Schluck Wasser. »Ich kann dir gar nicht sagen, wie gut es mir geht. Ich meine, den Umständen entsprechend«, ergänzte er rasch, als er Lydias erstauntes Gesicht sah. »Ich habe gedacht, ich verliere den Verstand. Kannst du dir vorstellen, wie sich das anfühlt? Jetzt wird allmählich wieder alles klar in meinem Kopf. Als wäre ich aus einem Albtraum aufgewacht.« Er senkte den Blick. »Nur dass das meiste davon kein Traum war.«

»Ich bin auch froh, dass du nicht den Verstand verlierst«, sagte Lydia kauend. »Nicht auszudenken, wenn ich mir einen neuen Partner suchen müsste.« Sie stockte, sah ihn an, eine unausgesprochene Frage auf den Lippen.

Er zögerte. Der Gedanke aufzuhören war ihm mehrfach gekommen in den vergangenen Tagen. Wie konnte er nach allem, was hier geschehen war, je wieder professionelle Distanz wahren? Andererseits würde er ohne seine Arbeit in ein noch viel tieferes Loch fallen. Er brauchte sie, um zu überleben.

»Keine Sorge«, sagte er mit einem schwachen Lächeln. »So schnell wirst du mich nicht los.«

»Und ich hatte mir schon Hoffnungen gemacht …« Sie grinste erleichtert.

Gerade als sie ihre Teller geleert hatten, ging bei Lydia eine SMS von Vítor ein. *E. nicht zu Hause. Vater weiß nichts. Rede mit Pinto. Melde mich, wenn's was Neues gibt.*

»Das gefällt mir nicht«, sagte Chris.

»Ich hoffe, sie finden sie schnell.« Lydia winkte dem Kellner.

»Ich würde mich gern in dem Zimmer umsehen. Vielleicht finden wir einen Hinweis darauf, wo Emília sich versteckt.«

»Und du glaubst, Paulo de Melo lässt uns ins Haus?«

»Er hat nichts mehr zu verbergen, wir wissen alles. Und

es muss doch auch in seinem Interesse sein, dass wir seine Tochter finden. Lass es uns wenigstens versuchen.« Er sah sie beschwörend an. Er brauchte sie. Selbst wenn de Melo ihn allein ins Haus ließ, ohne Sprachkenntnisse wäre er in Emílias Zimmer aufgeschmissen. Wenn sie irgendwo etwas notiert hatte, ein Tagebuch oder Notizen unter dem Kopfkissen lagen, könnte er ohne Lydia nichts damit anfangen.

»Meinetwegen.« Lydia nahm die Rechnung entgegen.

Sie zahlten und fuhren mit dem Bus bis zur *Rua Garcia da Orta*. Von dort war es nur ein kurzes Stück zu Fuß. Der Wind blies ihnen ins Gesicht, als sie die *Rua do Prior* erklommen. Das Tor stand offen, sodass sie direkt an der Haustür klingeln konnten.

Paulo de Melo wirkte übernächtigt und grau, als er ihnen öffnete. »Ihr Kollege war eben schon da«, sagte er auf Englisch. »Meine Tochter ist nicht hier.«

»Dürfen wir vielleicht ihr Zimmer sehen?«, fragte Chris.

De Melo starrte ihn an.

»Wir wissen Bescheid über Emílias Krankheit. Bestimmt haben Sie alles getan, um ihr zu helfen. Wir würden sie gern finden, bevor … bevor noch mehr schlimme Dinge geschehen.«

De Melo blickte zu Boden. »Ich weiß nicht, wovon Sie reden.«

»Doch, das wissen Sie«, beharrte Chris. Er warf Lydia einen fragenden Blick zu, die ihm kaum merklich zunickte. Er sollte es auf seine Art versuchen.

»Ich hatte auch eine Tochter«, fuhr er fort. »Anna. Sie ist gestorben.«

De Melo hob den Blick. »Sie haben von ihr gesprochen, als Sie letztes Mal hier waren.«

»Entschuldigen Sie bitte meinen Ausbruch.«

De Melo machte eine Handbewegung. »Schon vergessen.«

»Also, können wir reinkommen?«

»Ich weiß wirklich nicht, wozu das gut sein soll. Die Polizei sucht nach Emília. Sie taucht sicherlich bald wieder auf.«

»Und wenn nicht?«

De Melo presste die Lippen zusammen.

»Wissen Sie etwas? Haben Sie einen Verdacht, wo sie stecken könnte?«

»Ich weiß nicht, wo Emília ist.«

»Was wissen Sie dann?«

Er zögerte. »Meine Nichte ist aus der Klinik verschwunden«, sagte er schließlich kaum hörbar.

»Ana ist weg?«, fragte Chris alarmiert.

Neben ihm versteifte sich Lydia. »Seit wann?«

»Seit gestern Abend. Mein Bruder und meine Schwägerin suchen sie überall.«

»Haben sie sie als vermisst gemeldet?«

»Ich … nein, ich glaube nicht. Sie wollten nicht … dieses ganze Aufsehen, der Rummel in der Presse, sie wollten nicht, dass das schon wieder losgeht.«

»Aber Sie glauben, dass Ana bei Emília sein könnte«, hakte Lydia mit scharfer Stimme nach.

Paulo de Melo sagte nichts, was einer Zustimmung gleichkam.

»Lassen Sie uns bitte in ihr Zimmer!« Chris war drauf und dran, den Mann einfach zur Seite zu stoßen. Wie konnte er nur so stur da herumstehen, er wusste doch, was auf dem Spiel stand!

»Das geht nicht«, sagte de Melo leise und schob langsam die Tür zu. »Das geht wirklich nicht. Tut mir leid.«

Chefinspektor João Pinto beugte sich über die säuberlich aufgeräumte Schreibtischplatte und fixierte Vítor durch seine Brillengläser. »Haben Sie Beweise für diese absurde Theorie, Fidalgo?«

Vítor ließ sich nicht aus der Ruhe bringen. »Jede Menge Indizien, von denen sich einige als handfeste Beweise erweisen könnten, wenn wir Emília de Melo erst gefunden haben.« Er zählte an den Fingern ab. »Der Herzanhänger von dem Dach, von dem aus der Anschlag auf den deutschen Kollegen verübt wurde, enthält Rückstände einer weiblichen DNA. Wir müssen sie nur noch zuordnen. Das Mädchen, Clara, könnte Emília als den schwarzen Engel identifizieren. Vielleicht wird sie auch von Zeugen des Straßenbahnunglücks wiedererkannt.«

Pinto lehnte sich zurück. »Sie glauben also wirklich, dass eine Fünfzehnjährige drei kleine Mädchen in den Tod gestoßen und außerdem zwei Mordanschläge auf einen deutschen Polizisten und seine Frau verübt hat?«

»Vier Mädchen. Sie hat es auch bei Ana de Melo versucht. Ihre Cousine war ihr erstes Opfer.«

»Aber Ana war keines der Heimkinder. Sagten Sie nicht eben, alle Opfer hätten vor dem Brand in dem Waisenhaus gelebt?«

»Das stimmt. Wir … ähm, ich denke, dass Emília in ihrem Wahn quasi vollenden will, was das Feuer nicht geschafft hat. Sie will die Mädchen von der Last des irdischen Daseins befreien. Deshalb auch der Abschiedsbrief, in dem steht, dass sie jetzt ein Engel sind.« Das war Lydias Theorie, und Vítor fand sie sehr überzeugend.

»Das ist doch vollkommen irre.«

»Emília ist schwer krank, Chef.«

»Trotzdem erklärt es nicht, wie die kleine Ana dazugehören soll. Sie ist keine Waise, kein Heimkind. Also halten wir sie da raus. Vielleicht hat sie ja wirklich nichts mit alldem zu tun und hat lediglich ihre geisteskranke Cousine auf die Idee gebracht. Oder haben Sie unumstößliche Beweise ...«

Vítor zögerte. »Der Zettel, den Sie mir gegeben haben. Die Grabstelle.«

»Ja?«

»Woher hatten Sie die Information?«

Pinto seufzte und faltete die Hände vor dem Bauch. »Ein paar Tage nach dem, hm, Unglück auf der Brücke rief mich eine alte Frau an und behauptete, das Mädchen, das gesprungen sei, könne nicht Ana Julieta Miranda de Melo sein, weil diese vor Jahren gestorben sei. Sie selbst wäre auf der Beerdigung gewesen.«

»Also doch!« Vítor setzte sich gerade auf.

»Halt, nicht so schnell.« Pinto hob die Hand. »Ich habe diskret herumgefragt, ohne die Familie de Melo damit zu behelligen. Die hatten genug Sorgen wegen ihrer Tochter. Die Frau ist dement und stark verwirrt. Sie wohnt mit einem Heer von Katzen in einer Bruchbude in Belém.«

»Warum haben Sie mir dann den Zettel gegeben?«

»Habe ich das?« Pinto setzte ein argloses Gesicht auf.

Vítor senkte die Stimme. »Soll ich nun die de Melos unter die Lupe nehmen oder nicht?«

Pinto seufzte tief, beugte sich erneut vor. »Wie ich Ihnen bereits bei einer anderen Gelegenheit sagte, mag ich es nicht, wenn Außenstehende sich in unsere Arbeit einmischen, nur weil sie gute Beziehungen haben. Aber das heißt nicht, dass ich sie automatisch verdächtige, Dreck am Stecken zu haben. Ich schätze mal, Manuel de Melo war so empfindlich, weil er über das schlimme Schicksal seiner Nichte Emília Bescheid wusste und nicht wollte, dass ihre Geschichte ins Licht der Öffentlichkeit gezerrt wird. Ich kann mir nicht vorstellen, dass er auch nur eine Sekunde glaubte, Emília habe mit den Todesfällen zu tun. Und ganz bestimmt nicht mit dem Unfall seiner Tochter Ana, sonst hätte er garantiert dafür gesorgt, dass Emília aus dem Verkehr gezogen wird.«

Vielleicht hat er das bereits, dachte Vítor. Aber er sprach den Gedanken nicht aus. Er warf einen Blick auf die Uhr. »Ich möchte mich jetzt um die Fahndung nach Emília kümmern. Es ist wichtig, dass wir sie finden. Sie könnte weitere Menschen töten.«

»Tun Sie das, Vítor. Und zwar diskret. Veranstalten Sie keine öffentliche Hetzjagd auf ein verwirrtes Mädchen.«

Vítor stand auf.

»Aber halten Sie sich weiterhin raus. Sie geben die Beschreibung des Mädchens an Ihre Kollegen und fahren nach Hause. Sie sind noch immer suspendiert. Ich will, dass in diesem Fall alles gerichtsfest ist. Die de Melos filetieren uns und werfen uns den Löwen zum Fraß vor, wenn sie erfahren, dass einer der Ermittler in dem Fall der Onkel eines der Opfer ist.«

Vítor schluckte.

»Sie wollen doch nicht, dass die Mörderin freigesprochen wird, weil wir nicht sauber gearbeitet haben, oder?«

»Natürlich nicht, Chef.«

»Also, leiten Sie alles in die Wege und machen Sie es sich auf dem Sofa gemütlich, bis Sie von uns hören.«

Nachdem Vítor die Tür hinter sich zugezogen hatte, atmete er einige Male tief ein und aus. Galt Pintos Anweisung nur für den offiziellen Teil seiner Ermittlungen oder auch für den inoffiziellen? Im Grunde spielte es keine Rolle, da der Chef ihn ohnehin fallen lassen würde wie eine heiße Kartoffel, wenn es hart auf hart kam. Vítor blickte auf die Unterlagen in seiner Hand, dachte dabei an Valentinas leblosen kleinen Körper in der schmutzigen kalten Gasse. Eines würde er jedenfalls nicht tun. Sein Sofa musste warten.

Blitzschnell stellte Chris den Fuß in die Tür. »Wollen Sie lieber, dass die Polizei Emília findet? Dass irgendein unerfahrener junger Beamter die Waffe zieht und abfeuert, wenn sie sich nicht sofort ergibt?«

»Mein Kollege hat recht. Wenn wir Emília zuerst ausfindig machen, können wir sie überreden, sich freiwillig zu stellen.«

»Das wird sie nicht tun«, sagte Paulo de Melo mit gesenktem Kopf. Aber er schob die Tür nicht weiter zu. »Sie kennen sie nicht, Sie wissen nicht, wie sie ist.«

»Lassen Sie es uns versuchen, bitte.« Lydia fügte etwas auf Portugiesisch hinzu. Dann sagte sie auf Englisch: »Sind nicht schon genug Kinder umgekommen?«

»Das ist doch nicht meine Schuld!«, fuhr de Melo sie an.

»Und das Feuer vor fünf Jahren?«, fragte Chris. »War das auch nicht Ihre Schuld?«

De Melo verzog das Gesicht zu einer wütenden Fratze. Chris wappnete sich für einen Angriff. Doch nichts geschah. Stattdessen verschwand die Wut so plötzlich aus de Melos Gesicht, wie sie gekommen war, und er blickte kummervoll über ihre Köpfe hinweg zu der überwucherten Ruine.

»Es vergeht kein Tag, an dem ich nicht an das grauenvolle Verbrechen denke, das ich begangen habe«, sagte er. »Was glauben Sie, warum ich noch immer hier lebe? Allein in dem riesigen Haus? Das ist meine Sühne. Tag für Tag sehe ich, was ich angerichtet habe, welch schwere Schuld ich auf mich geladen habe. Aus Überheblichkeit. Aus Geiz.«

»Also ist es wahr.« Lydias Stimme war ohne Mitgefühl. »Sie haben die Stromleitungen stümperhaft verlegt und so das Feuer verursacht.«

»Ich wollte nicht, dass jemand zu Schaden kommt.«

»Wenn das so ist, dann helfen Sie uns, Ihre Tochter zu suchen.« Chris legte die Hand an die Tür. »Wenn wir Emília nicht bald finden, könnten noch mehr Mädchen sterben. Also lassen Sie uns rein!«

»Emília ist kein böser Mensch. Sie hat nur …«

»Lassen Sie uns in ihr Zimmer!«

De Melo verzog gequält das Gesicht, dann zog er die Tür auf. »Gehen Sie meinetwegen hoch, sehen Sie sich um. Sie kennen sich ja aus.«

Als sie auf dem Treppenabsatz im ersten Stock ankamen, blickte Chris sich suchend um. Doch Lydia marschierte schnurstracks auf eine Tür zu.

»Wie hast du dir das gemerkt, bei all den Räumen?«, fragte er erstaunt.

»Es ist die einzige Tür mit einem Sicherheitsschloss.« Lydia deutete darauf.

Chris schlug sich gegen die Stirn. Unfassbar, wie vernebelt er in der vergangenen Woche gewesen war. Ohne das Gift im Blut wären ihm solche Dinge mit Sicherheit auch aufgefallen. Andererseits war er so besessen gewesen von dem Gedanken, Anna zu finden, dass er wie im Rausch herumgelaufen war, auch ohne die Wirkung der giftigen Samen.

Lydia sah ihn an. »Bereit?«

»Und wie.«

Sie streiften Handschuhe über, öffneten die Tür und traten in das Zimmer. Selbst bei Tageslicht wirkte es unheimlich, wobei der heulende Wind und die bedrohlich tief hängenden Wolken vor dem Fenster den beklemmenden Eindruck verstärkten.

Alles sah noch so aus wie bei ihrem ersten Besuch. Entweder hatte Emília in der Zwischenzeit in einem anderen Zimmer übernachtet oder sie war schon länger fort.

Systematisch machten sie sich an die Durchsuchung. Lydia ging die Schubladen der Kommode durch, Chris filzte das Bett, sah unter Decke und Kopfkissen nach, hob die Matratze an, bückte sich, um darunterzuschauen. Ohne Ergebnis.

Kein Tagebuch, keine Notizen, kein Stadtplan mit verdächtigen Markierungen.

»Verdammt«, rief Lydia plötzlich.

Chris fuhr herum.

Lydia wedelte mit einem Stück Papier. »Das hat ganz hinten in der unteren Schublade geklemmt. Ich hätte es beinahe übersehen.« Sie hielt es ihm hin.

Ich bin jetzt ein Engel und gehe zu Gott. Ana.

Er verstand den Text, obwohl er auf Portugiesisch abgefasst war. Denn er hatte ihn schon in mehrfacher Ausfertigung als Kopie in den Akten gesehen. Nur jeweils mit einem anderen Namen unterschrieben.

»Wusste ich's doch!« Chris presste die Handflächen gegen die Schläfen. »Wir müssen sie finden.«

»Das sehe ich genauso.« Lydia trat ans Fenster und blickte durch die Gitterstäbe hinaus in den Garten. »Weißt du, was das da draußen ist?«

»Dieser Strauch?«

»Yep.«

»Eine Engelstrompete?«

»Nicht irgendeine. Ich wette, es ist genau der Strauch, von dem die Samen stammen, die in dem Püppchen waren. In einer der Schubladen habe ich übrigens Nähzeug gesehen. Und ein paar Stoffreste. Emília hat die Puppe also vermutlich selbst genäht.«

»Aber das verrät uns leider nicht, wo sie steckt.« Chris wandte sich ab und studierte die bemalten Zimmerwände. Sein Nacken kribbelte, als er die Teufelsmasken und Fratzen sah, die krakeligen Schriftzüge und die Flammen. Wenn das hier Ausdruck von Emílias Seelenleben war, hatten sie es mit einer vollkommen in ihrem Wahn gefangenen, unberechenbaren Gegnerin zu tun, einer, der nicht mit Logik und Argumenten beizukommen war.

»Feuer und Wasser«, sagte Lydia, die neben ihn getreten war, nachdenklich. »Hattest du nicht ganz am Anfang bemerkt, dass alle Mädchen an einem Ort gesprungen sind, der mit Wasser zu tun hat? Vielleicht ist es wirklich kein Zufall. Vielleicht soll das Wasser das Feuer bekämpfen.«

»Dann würde Emília sich als Versteck auch einen Ort am Wasser suchen«, spann Chris den Faden weiter.

»Leider gibt es davon in Lissabon verdammt viele. Das schränkt die Optionen nicht gerade ein.«

»Sie muss einen Hinweis hinterlassen haben. Sie hat das doch geplant.« Chris ging langsam die Wände entlang.

Ein Schriftzug fiel ihm ins Auge. *Ódio*. Hass. Das Wort war ihm aufgefallen, als sie zum ersten Mal in dem Zimmer gewesen waren. Etwas nagte an seiner Erinnerung. Er hatte dieses Wort in der Zwischenzeit an einem anderen Ort gesehen. Aber wo?

Langsam bewegte er sich weiter. Eine Schlange, die ihn ein wenig an Kaa aus dem Dschungelbuch erinnerte. Auch sie kam ihm merkwürdig bekannt vor.

Plötzlich fiel es ihm ein.

»Fuck!«

»Hast du was entdeckt?« Lydia folgte seinem Blick.

»Die Schlange. Der Schriftzug ›ódio‹. Weißt du, wo ich das beides schon gesehen habe?«

»Wo verdammt?«

»Am anderen Ufer, als Graffiti an diesen verfallenen Lagerhäusern.«

»Scheiße, du hast recht.«

Chris deutete auf eine Zeichnung, die er zuvor für ein ganz gewöhnliches Kruzifix gehalten hatte. »Da ist sogar diese riesige Christusstatue, die oben auf dem Hügel steht.«

»Das ist das Versteck!« Lydia packte ihn am Arm. »Wir fahren hin. Sofort. Drück die Daumen, dass wir die Mädchen rechtzeitig finden.«

Lydia raste durch die engen Gassen, so schnell, wie es gerade noch zu verantworten war, während Salomon versuchte, Vítor zu erreichen.

»Schon wieder nur die Mailbox«, sagte er frustriert. »Ich hoffe, er hört sie bald ab.«

»Zu blöd, dass wir Teresas Nummer nicht haben. Sie würde auch sofort begreifen, wie wichtig das ist.« Noch während sie die Worte aussprach, wurde Lydia klar, wie gern sie die Psychologin an ihrer Seite hätte, wenn sie Emília in ihrem Versteck aufspürten.

»Du könntest bei der *Polícia Judiciária* anrufen und die Sache erklären«, schlug Salomon vor. »Ich würde es auch tun, aber wenn ich denen auf Englisch erzähle, dass eine Fünfzehnjährige jüngere Mädchen in den Tod treibt, weil sie sie zu Engeln machen will, denken die vermutlich, sie haben es mit einem amerikanischen Touristen zu tun, der zu tief ins Portweinglas geschaut hat.«

»Vítor meldet sich bestimmt bald zurück«, sagte Lydia, obwohl sie selbst nicht so recht daran glaubte. »Sonst versuche ich es noch mal, sobald wir das richtige Lagerhaus gefunden haben.«

Als sie die Brücke erreichten, zuckte der erste Blitz über die schwarze Wolkenwand, die die Stadt in eine verfrühte Abenddämmerung gehüllt hatte. Der verbleibende Rest Tageslicht hing schwefelgelb über dem Horizont.

»Auch das noch«, murmelte Salomon.

»Kommt uns eigentlich ganz gelegen. So können wir uns viel einfacher unbemerkt anschleichen.«

»Wir sind unbewaffnet und haben keinerlei Kompetenzen in dieser Stadt«, erinnerte Salomon sie. »Wir sollten uns im Hintergrund halten.«

»Und Ana hilflos in der Gewalt ihrer wahnsinnigen Cousine lassen?«

»Vielleicht kommt die Verstärkung ja noch rechtzeitig.«

»Emília ist fünfzehn und mit großer Wahrscheinlichkeit nicht im Besitz einer Schusswaffe. Wir sind zwei erfahrene Kripobeamte. Das sollten wir eigentlich hinkriegen.« Lydia lenkte den Wagen in die Ausfahrt.

Salomon antwortete nicht.

Lydia ahnte, was er dachte. Sie wussten beide, welche Kräfte Wahnsinn und wilde Entschlossenheit entfesseln konnten.

Weitere Blitze malten bizarre Muster in den Himmel,

doch noch blieb es trocken. Der Wind schlug gegen den Rover, als wollte er ihn von der Straße drängen. Immer wieder blickte Salomon auf sein Handy, doch Vítor meldete sich nicht.

Die ersten Tropfen fielen, als Lydia den Wagen an der Fährstation vorbei auf die Kaimauer lenkte. Schlagartig waren sie allein, keine Fußgänger, keine anderen Fahrzeuge. Rechts schwappten die Wellen des Tejo gegen die Mauer, links erhoben sich die Ruinen der Lagerhäuser. Die Straßenlaternen brannten noch nicht, nur die Scheinwerfer des Rover und die in regelmäßigen Abständen zuckenden Blitze spendeten Licht.

Als sie an einem rostigen Tor vorbeirollten, schaltete Lydia die Scheibenwischer ein und bremste.

»Weißt du noch, auf welchem Stück ungefähr du den Schriftzug und die Schlange gesehen hast?«, fragte sie mit unwillkürlich gesenkter Stimme. »Ich möchte nicht zu nah heranfahren. Wenn Emília die ist, für die wir sie halten, kennt sie den Wagen. Sie muss die Person sein, die uns die Reifen zerstochen hat.«

»Ich weiß es nicht mehr. Also steigen wir besser hier schon aus.« Salomon zog den Reißverschluss seiner Lederjacke hoch.

Lydia stellte den Motor ab, zog ihr Handy aus der Hosentasche und rief noch einmal Vítor an. Nichts. Sie suchte die zentrale Nummer der *Polícia Judiciária* heraus und wählte. Eine Frau meldete sich. Rasch erklärte sie, dass sie versuche, den Kollegen Vítor Fidalgo von der Ersten Brigade der Abteilung für Tötungsdelikte zu erreichen. Er solle dringend seine Mailbox abhören. Die Frau versprach, sich zu kümmern. Lydia unterbrach die Verbindung.

»Was meinst du?«, fragte sie Salomon.

»Wir sollten wenigstens nachsehen. Wenn Emília ihre Cousine oder ein anderes Mädchen in ihrer Gewalt hat, können wir nicht auf Verstärkung warten, dann müssen wir eingreifen.«

Sie stiegen aus und drückten die Wagentüren lautlos zu. Dicht an der Mauer entlang liefen sie los. Regen peitschte ihnen ins Gesicht. Blitz und Donner folgten inzwischen dicht aufeinander, das Gewitter musste direkt über der Stadt sein.

Plötzlich packte Salomon sie am Ärmel und deutete auf die Mauer. Die Schlange. Und direkt daneben eine verwitterte Holztür ohne Klinke.

Vorsichtig drückte Lydia gegen das spröde Holz. Nichts. Sie drückte fester. Ein leises Schaben, das in dem Prasseln des Regens völlig unterging. Die Tür bewegte sich millimeterweise nach innen.

Kaum war der Durchschlupf breit genug, quetschte Lydia sich ins Innere der Ruine. Salomon folgte ihr. Reglos standen sie da und horchten. Aber das Einzige, was sie hörten, waren das Trommeln des Regens und das Krachen des Donners.

Ohne nachzudenken, tastete Lydia an ihre Seite, dorthin, wo sie normalerweise das Holster trug. Aber da war nichts. Verflucht. Ohne Dienstwaffe fühlte sie sich hilflos und ausgeliefert.

Sie schaltete die Taschenlampenfunktion ihres Handys ein und leuchtete herum. Brennnesseln, Ziegelsteine, Glasscherben, Plastikeimer und zerrissene Netze auf dem Boden. Ein paar Holzstangen lehnten an der Wand. In einer Ecke lagen Bierdosen und ein Pizzakarton. Die Rückwand des Raums war zum Teil eingefallen, dahinter war eine Treppe zu sehen, die in das obere Stockwerk führte. Auf der rechten Seite öffnete sich hinter einer leeren Türfüllung ein weiterer Raum.

Lydia wollte gerade vorschlagen, zuerst die untere Etage zu durchsuchen, als es über ihnen laut polterte. Sie waren nicht allein in der Ruine.

Chris stürzte an Lydia vorbei auf die Treppe zu. In der Dunkelheit stolperte er über etwas Hartes, das scheppernd umkippte. Fuck! Wer auch immer im ersten Stock war, wusste nun Bescheid. Aber das tat er bestimmt längst, denn er musste das Licht von Lydias Handytaschenlampe heraufschimmern gesehen haben.

Ohne sich um das schmerzende Schienbein zu kümmern, hechtete Chris die Stufen hinauf. Lydia war dicht hinter ihm.

»Bleib in Deckung, wenn du oben ankommst«, zischte sie ihm zu. »Ich traue dem Mädchen nicht.«

Zu spät. Die Treppe endete unvermittelt auf einer Art Zwischenetage. Chris bremste ab, erblickte im gleichen Moment zwei Gestalten, die etwa fünf Meter von ihm entfernt standen und sich an den Händen hielten. Ihre Silhouetten zeichneten sich scharf gegen die riesigen leeren Fensteröffnungen ab, hinter denen gerade ein Blitz aufleuchtete und den Fluss und die Stadt am anderen Ufer erhellte.

Aber auch ohne das Gewitter wären die beiden nicht zu übersehen gewesen, denn sie trugen weiße Spitzennachthemden, die im Dämmerlicht des leeren Lagerhauses hell leuchteten, und Flügel aus Pappe mit aufgeklebten weißen Daunen auf dem Rücken, die mit Leinenstreifen um die

Schultern gebunden waren. Die beiden Mädchen waren klatschnass, die langen braunen Haare hingen schlaff herunter und die Kleider klebten ihnen auf der Haut, sodass die mageren Körper darunter deutlich zu erkennen waren. Sie mussten durch den Regen gelaufen sein.

Chris starrte wie gebannt in ihre Richtung. Er konnte seinen Blick nicht von der kleineren Gestalt lösen. Das musste Ana sein, das Mädchen, das er für seine Tochter gehalten hatte. Was, wenn sie es doch war? Wider jede Logik und Vernunft? Wenn diese schmale, vor Kälte bibbernde, verängstigte Gestalt sein kleines Mädchen war, seine Anna?

Chris öffnete den Mund. Er wollte etwas sagen, doch seine Kehle war wie zugeschnürt. Hinter sich hörte er Lydia leise aufstöhnen, und im gleichen Moment sah er ein Licht aufflammen. Das größere der beiden Mädchen hatte ein Feuerzeug angezündet.

Erst jetzt bemerkte Chris den Geruch, und da begriff er, dass die Mädchen nicht vom Regen nass waren. Ein dunkelgrüner Kanister lag vor ihnen auf dem Boden. Der nackte Beton glänzte feucht, die Flamme spiegelte sich in den Pfützen, die sich rund um die Mädchen gebildet hatten. Emília hatte sich und ihre Cousine mit Benzin übergossen.

Chris musste seine ganze Willenskraft aufbringen, um nicht zu Ana zu stürzen und sie von Emília wegzuzerren. Unverwandt blickte er in ihre angstvoll aufgerissenen blauen Augen.

Annas Augen.

Seine Gedanken rasten. Die Pfützen. Die tropfnassen Mädchen. Das konnte nicht alles aus dem Kanister stammen, sonst wäre die Luft voller Benzindämpfe, die beim kleinsten Funken in Brand gerieten, sonst hätte das Feuerzeug in Emília Hand längst eine Katastrophe ausgelöst. Chris stöhnte lautlos. Wenn er doch nur wüsste, wo Emília den Kanister ausgeschüttet hatte! Er blickte zu Lydia, die den Blick unverwandt auf die Mädchen gerichtet hielt.

»Calma, Emília«, sagte sie. »Está tudo bem. Não tenhas medo.«

Chris verstand kein Wort, doch er begriff, dass Lydia versuchte, das Mädchen zu beruhigen.

Emília antwortete etwas und sah dabei zu ihm. Dann sprach sie mit Ana, die heftig den Kopf schüttelte. Tränen schossen ihr in die Augen.

Chris ballte die Fäuste. Er machte sich sprungbereit, ließ das Feuerzeug nicht aus den Augen.

Wieder redete Lydia. Ana sah bittend zu ihrer Cousine hinauf. Die lachte verächtlich, schwang drohend das Feuerzeug und zischte eine Warnung, als Lydia einen Schritt in ihre Richtung machte.

Lydia trat hastig zurück, hielt die Handflächen hoch, um anzuzeigen, dass sie keine Bedrohung darstellte, und sprach wieder beruhigend auf Emília ein.

Das Mädchen hatte ebenso blaue Augen wie Ana, doch in ihnen flackerte etwas, das Chris nur als Wahnsinn deuten konnte. Irgendwo tief in seinem Herzen tat ihm Emília leid. Sie hatte als Kind etwas mit angesehen, das ihre Seele nicht hatte verarbeiten können. Vielleicht hätte sie mit der richtigen Therapie geheilt werden können, vielleicht hatte der Anblick der sterbenden Mädchen aber auch nur etwas in ihr geweckt, das schon längst dort schlummerte.

Während Lydia weiter auf Emília einredete, blickte Chris sich um. Es musste doch einen Ausweg aus dieser fatalen Situation geben!

In dem Moment riss Ana sich los. Sie duckte sich weg, doch Emília war schneller. Sie packte ihre Cousine bei den Haaren und zerrte sie hoch, hielt dabei das Feuerzeug unverwandt am ausgestreckten Arm in die Luft.

Anas Fluchtversuch dauerte nur wenige Sekunden. Zu kurz, als dass Lydia und Chris ihr hätten zu Hilfe eilen können, ohne zu riskieren, dass Emília das brennende Feuerzeug an das benzingetränkte Nachthemd ihrer Cousine hielt.

Aber lange genug, um für einen Moment den Blick auf Anas linke Hand freizugeben, sodass Chris den verkürzten Finger sehen konnte.

»Bitte«, sagte Lydia auf Portugiesisch. »Wir wollen dir nichts tun, Emília. Im Gegenteil, wir wollen dir helfen.«

Sie warf einen raschen Blick zu Salomon, sah an der Art, wie er auf Anas Hand starrte, dass auch er den Finger gesehen hatte. Obwohl sie bis zur letzten Sekunde für ihn gehofft hatte, war sie erleichtert. Es ging nicht um seine Tochter, also würde er einen kühlen Kopf bewahren. Und das mussten sie, wenn sie überleben wollten.

Emília hatte das Benzin überall auf dem Boden verteilt. Lydia spürte, dass sie mit dem Fuß in einer Pfütze stand, auch wenn sie es tunlichst vermied, nach unten zu schauen. Sie wollte nicht bei lebendigem Leib verbrennen, und sie wollte auch nicht, dass das einem der anderen passierte. Sie musste es schaffen, sie alle vier lebend hier herauszubekommen.

»Lüge!«, stieß Emília verächtlich hervor. »Der will mir nicht helfen.« Sie blickte hasserfüllt zu Salomon. »Er will mir Ana wegnehmen. Ich habe ihn gehört. Er war bei uns zu Hause. Sie ist seine Tochter, hat er gesagt.« Sie grinste herablassend. »Aber er kriegt sie nicht. Sie ist ein Engel. Sie gehört nur Gott.«

Lydia überlegte fieberhaft. Immerhin ein Rätsel war gelöst. Sie begriff nun, warum sich alle Anschläge direkt oder indirekt gegen Salomon gerichtet hatten. Für Emília war er die größte Bedrohung, weil er Ana für sich wollte. Sie hatte versucht, ihn auszuschalten, und als ihr das nicht gelungen war, hatte sie Sonja angegriffen, um ihn von der Suche nach Ana abzubringen.

Lydia musste das Mädchen von Salomon ablenken. »Ich verstehe nicht, wie Ana ein Engel sein kann«, rief sie über den Lärm eines Donners hinweg. »Nur die Mädchen aus dem Heim sind Engel. Aber Ana war nicht dort, als es brannte.«

»War sie doch!«, stieß Emília wütend hervor.

Lydia bemerkte, wie Salomon sich Millimeter für Millimeter vorschob, immer näher an Ana heran. Sie machte einen vorsichtigen Schritt zur Seite, um Emílias Aufmerksamkeit in eine andere Richtung zu lenken, und sprach dabei weiter.

»Aber Ana lebte doch in Brüssel«, sagte sie, ohne Emília aus den Augen zu lassen.

»Lüge!«, wiederholte das Mädchen. Ihre Augen flackerten zornig. »Alle haben das gesagt. Aber ich habe sie gesehen. Ana war bei den Heimmädchen. Sie war in dem Feuer. Sie ist verbrannt. Und dann war sie plötzlich wieder da. Aber das durfte nicht sein, denn sie war doch ein Engel. Sie gehörte Gott.«

Lydia schwirrte der Kopf. Hatte Emília ihre Cousine wirklich in der Nacht des Feuers gesehen? Hatte sie sich das nur eingebildet? Oder wollte sie aus einem anderen Grund, dass Ana ebenfalls starb?

Wie auch immer, sie hatte keine Zeit, darüber nachzudenken, sie musste dafür sorgen, dass das Gespräch nicht versickerte. Solange Emília redete, dachte sie nicht an das Feuerzeug in ihrer Hand.

»Wie hast du die Mädchen dazu gebracht, sich in den Tod zu stürzen?«, fragte sie.

»Das war ganz einfach.« Emília lachte höhnisch. »Du erzählst ihnen irgendeinen Scheiß, und sie schlucken alles. Im wahrsten Sinne des Wortes.«

Wieder erhellte ein Blitz die Ruine. In seinem Licht erkannte Lydia, dass Emília geweitete Pupillen hatte. Wie Salomon. Sie hatte das Gift, das sie den Mädchen verabreichte, selbst genommen.

»Sind sie gesprungen, oder hast du sie gestoßen?« Unauffällig schaute Lydia zur Seite, während sie die Frage stellte.

Salomon war nur noch etwa zwei Meter von Ana entfernt. Das musste reichen. Es war so weit. Keine Zeit mehr, auf Emílias Antwort zu warten.

Sie sah ihm in die Augen.

Er nickte.

Chris warf sich auf Ana und stieß sie aus der Benzinpfütze. Im gleichen Augenblick sprang Lydia auf Emília zu. Doch es gelang ihr nicht, dem Mädchen das Feuerzeug aus der Hand zu schlagen.

Flammen schossen hoch.

»Lydia!«, brüllte Chris, während er die benzintriefende Ana in Richtung Treppe trug.

»Lauf!«, hörte er Lydia antworten. »Bring sie raus!«

Chris hastete die Stufen hinunter. Über sich hörte er die Flammen heulen. Scheiße, Scheiße, hoffentlich brachte Lydia sich rechtzeitig in Sicherheit!

Er stolperte über den Müll auf die kleine Holztür zu. Draußen flackerte noch einmal ein Blitz auf, aber der Donner ließ sich Zeit. Das Gewitter zog allmählich weiter.

Ana fest an sich gepresst, quetschte er sich nach draußen. Als er in den Regen trat, vernahm er ein weiteres Geräusch. Sirenen. Und dann sah er die flackernden Lichter auf der Brücke. Hoffentlich waren sie auf dem Weg zu ihnen!

Er legte Ana auf dem Boden ab.

»Bleib ganz ruhig«, sagte er auf Englisch. »Dir kann nichts mehr passieren, du bist in Sicherheit.«

Er wusste nicht, ob sie ihn verstand, aber er musste darauf vertrauen, dass sie nicht in Panik ins Wasser sprang oder etwas anderes Gefährliches tat. Denn er musste zurück zu Lydia.

Er wandte sich der Ruine zu. Da sah er eine Gestalt an einer der bodentiefen Fensteröffnungen im ersten Stock. Sie stand in Flammen, kreischte und wedelte mit den Armen.

Chris schickte ein Stoßgebet zum Himmel. Lieber Gott, lass es nicht Lydia sein!

Er sprang auf.

In dem Moment wankte die Gestalt durch die Fensteröffnung und stürzte wie eine brennende Fackel aufs Pflaster. Chris riss sich die Jacke vom Leib und warf sie auf den Körper, um die Flammen zu ersticken.

Das Feuer erlosch, aber er kam dennoch zu spät.

Emília de Melo war tot.

Chris blickte nach oben. Dann zu der kleinen Tür. »Lydia!«, brüllte er.

Nichts.

Lydia taumelte auf die Stelle zu, wo sie die Treppe vermutete. Die Flammen waren überall. Sie hatte versucht, Emília aufzuhalten. Aber das Mädchen war wie in Trance auf das Fenster zugelaufen und gesprungen, bevor Lydia sich einen Weg durch das Inferno hatte bahnen können.

Der Qualm brannte ihr in den Augen und im Hals. Sie bekam kaum noch Luft. Die Hitze versengte ihr die Haare. Schützend hob sie die Arme vors Gesicht, versuchte, durch den schmalen Schlitz zu erkennen, wo die Treppe war. Doch sie hatte die Orientierung verloren. Sie war von den Flammen eingeschlossen. Sie sah nichts als Feuer um sich herum.

Von ferne hörte sie eine Stimme. Jemand rief ihren Namen. Oder bildete sie sich das nur ein? Sie horchte, doch jetzt war da nur noch das Brüllen des Feuers.

Verzweifelt drehte sich Lydia im Kreis. Sie wusste, dass ihr nur noch wenige Augenblicke blieben, bis ihr die Sinne schwinden, bis sie nicht mehr die Kraft haben würde, sich zu retten, und sie wollte sie keinesfalls verschwenden, indem sie untätig herumstand. Sie rannte los, nutzte eine kleine Lücke zwischen den Flammen. Und stand vor einer Wand.

Nein! Nicht aufgeben! Sie wandte sich um. In dem Moment breitete sich ein seltsames, wattiges Gefühl in ihrem Kopf aus.

Sie durfte jetzt nicht ohnmächtig werden! Rasch drückte sie sich von der Wand ab, machte zwei taumelnde Schritte, dann stolperte sie, und im nächsten Moment hüllte die Dunkelheit sie ein.

Die Meldung kam über Funk, als sie gerade auf die Schnellstraße bogen. Ein Feuer loderte in den *Cais do Ginjal*, den alten Lagerhäusern am südlichen Ufer des Tejo. Die Einsatzkräfte würden in zwei Minuten vor Ort sein.

Vítor trat das Gaspedal durch. Wenn er doch nur die verdammte Mailbox früher abgehört hätte!

Er blickte zu Teresa, die neben ihm auf dem Beifahrersitz saß, die Lippen zusammengepresst, den Blick starr geradeaus gerichtet. Sie war dabei gewesen, als sein Handy ständig geklingelt hatte. Er war nicht rangegangen, weil er geglaubt hatte, Lydia und Chris wollten sich nur erkundigen, wie der Stand der Dinge bei der Fahndung nach Emília war. Aber es gab keine Neuigkeiten, und er hatte Dringenderes zu erledigen gehabt. Wie hätte er denn ahnen können, dass die beiden deutschen Kollegen auf eigene Faust Emílias Versteck ausfindig gemacht hatten!

»Hör doch wenigstens die Mailbox ab«, hatte Teresa gesagt. »Vielleicht ist es wichtig.«

Er hatte schließlich nachgegeben. Zum Glück. Und sofort alle verfügbaren Einsatzkräfte losgeschickt. Auch die Wasserschutzpolizei und die Feuerwehr. Wenn es falscher Alarm war, wenn Lydia und Chris sich irrten, was Emílias Unterschlupf anging, würde sein Chef vollkommen ausrasten angesichts der Verschwendung von Mitteln. Aber wenn die beiden mit ihrer Vermutung richtiglagen, konnte das Aufgebot gar nicht groß genug sein.

Und so wie es aussah, lagen sie richtig. Das Feuer an den Kais war kein Zufall. Mit Feuer hatte alles begonnen, vor über fünf Jahren. Und damit würde es auch enden.

Wenn nur die Einsatzkräfte rechtzeitig da wären!

Chris streifte das Hemd ab und wickelte es sich um den Kopf. Zum Glück war es vom Regen völlig durchnässt.

Obwohl das Feuer sich bisher auf das obere Stockwerk beschränkte, war die Hitze auch hier unten deutlich zu spüren. Lydia hatte nicht auf seine Rufe reagiert, Angst schnürte ihm die Brust zusammen. Er hätte sie nicht allein zurücklassen dürfen!

Immer zwei Stufen auf einmal nehmend hechtete er die Treppe hinauf. Mit jedem Schritt wurde die Hitze unerträglicher. Das Feuer dröhnte wie ein Orkan.

Als Chris auf dem Treppenabsatz ankam, traf ihn die Wucht der Hitze wie ein Faustschlag. Erschrocken schnappte er nach Luft.

Wie um alles in der Welt konnte Lydia in diesem Inferno noch am Leben sein?

Draußen wurde das Heulen der Sirenen lauter. Die Feuerwehr war bereits auf dem Kai.

»Lydia!« Seine Stimme überschlug sich.

Schweiß lief ihm über den Rücken, seine Haut glühte. Sein Hals kratzte, seine Augen tränten. Lange würde er nicht mehr durchhalten.

Verzweifelt blickte er in alle Richtungen.

Plötzlich glaubte er, ein leises Stöhnen zu hören.

Er fuhr herum.

Lydia lag zusammengekrümmt vor einer Wand in der äußersten Ecke des Raums. Sie bewegte sich, streckte ihre Hand nach ihm aus.

Dem Himmel sei Dank!

In gebückter Haltung lief er zu ihr, kniete nieder, packte sie bei den Schultern.

»Scheiße, Salomon, ich schaff's nicht«, röchelte sie heiser.

Er war noch nie so froh gewesen, ihre Stimme zu hören. »Jammer nicht rum, Louis! Halt dich an mir fest.«

Er half ihr auf. Sie hustete und röchelte, schaffte es kaum, sich auf den Beinen zu halten. Mit letzter Kraft schleifte er sie zur Treppe. Bevor sie sich an den Abstieg machten, warf Chris schnell einen Blick zurück. Die Stelle, wo Lydia eben noch gelegen hatte, stand lichterloh in Flammen.

Der zweite Funkspruch erreichte sie auf der Brücke. Die Einsatzkräfte waren jetzt vor Ort. Ein Todesopfer. Nach weiteren möglichen Opfern konnte erst gesucht werden, wenn das Feuer eingedämmt war.

»Da!« Teresa deutete nach unten.

Ein Gebäude stand in Flammen, entlang des Kais parkten Einsatzwagen, Scheinwerfer und flackerndes Blaulicht zerschnitten die Dunkelheit.

Vítor unterdrückte einen Fluch. Er versuchte, nicht daran zu denken, wer das Todesopfer sein mochte. Schweigend lenkte er den Dienstwagen von der Autobahn und durch die verlassenen Straßen von Almada bis hinunter an den Fährhafen.

Die Uferstraße war gesperrt. Sie stiegen aus, Teresa zeigte dem Kollegen von der PSP, der an der Sperre stand, ihren Dienstausweis, und sie liefen auf die Einsatzfahrzeuge zu.

Als Erstes stießen sie auf den Rover von Lydias Tante. Vítor spürte einen Stich ins Herz, als er das verlassene Fahrzeug erblickte.

Dann entdeckte er die vier Gestalten. Drei saßen dicht aneinandergedrängt auf der Ladefläche eines Einsatzfahrzeugs. Die vierte Person hockte davor, neben ihr auf dem

Boden stand ein silberner Koffer. Offenbar war es ein Sanitäter.

Vítor rannte los. Als er das Fahrzeug erreichte, trat der Sanitäter gerade zurück und gab den Blick auf die drei Menschen auf der Ladefläche frei. Chris mit einem in eine Wolldecke gehüllten Mädchen auf dem Schoß, neben ihm Lydia mit einem dicken Verband um den Arm. Sie sahen erschöpft aus, die Gesichter rußgeschwärzt, aber es schien ihnen gut zu gehen.

Vor Erleichterung kamen Vítor die Tränen. Er warf einen Blick zu dem brennenden Lagerhaus. Feuerwehrmänner richteten Wasserschläuche in die Flammen. Zwei weitere Sanitäter hievten eine leblose Gestalt auf eine Trage.

Rasch wandte Vítor sich ab, schaute wieder zu dem Krankenwagen. Chris hatte den Arm um Lydia gelegt, ihr Kopf ruhte an seiner Schulter. Ana hatte ihren Arm unter der Decke hervorgeschoben und Lydias Hand ergriffen.

Teresa trat neben Vítor. »Sie haben Ana rechtzeitig gefunden.«

Ja, dachte er, den Blick auf Anas Hand geheftet, sie haben Ana gefunden. Aber Anna ist noch immer irgendwo da draußen.

Sonntag, 19. März

Lissabon

Der Flug nach São Paulo wurde bereits aufgerufen. Zeit für den Abschied. Chris nahm Ana bei der Hand. Ihre Eltern hatten ihr erlaubt, einen Kakao mit ihren beiden Rettern zu trinken, bevor sie nach Hause flog.

Sie hatten nicht viel gesprochen. Das bisschen, was er Ana hatte sagen wollen, hatte Lydia übersetzt. Ana sprach Portugiesisch mit brasilianischem Akzent. Und wenn sie von ihrem Zuhause erzählte, von ihren Freundinnen und ihrem Hund, taute sie auf, lachte sogar.

Aber die meiste Zeit blickte sie ernst drein. Sie trug das lange Haar zu einem strengen Zopf gebunden, der sie zusammen mit dem grauen Strickkleid und den weinroten Lederstiefeln älter aussehen ließ als neun.

Chris fühlte sich, als würde er in einer surrealen Zwischenwelt schweben. Sein Kopf war wattig, sein Inneres kribbelte, als stünde er unter Strom. Es lag an Ana. Natürlich. Und vielleicht auch am Schlafmangel, an den Nachwirkungen des Scopolamins und an den stundenlangen Befragungen, die er und Lydia gestern hatten über sich ergehen lassen müssen.

Er blickte sich suchend um. Joana Miranda und Manuel de Melo warteten am Zugang zum Gate. Chris rechnete damit, dass Ana sofort zu ihnen rennen würde, aber das tat sie nicht. Stattdessen drehte sie sich zu ihnen um, umarmte erst Lydia und dann ihn.

Er hielt sie fest, atmete den Duft ihrer Haare, stellte sich für einen winzigen, kostbaren Moment vor, sie wäre doch seine Tochter. Als sie sich von ihm losmachte, zog er seine Brieftasche hervor und reichte ihr seine Visitenkarte.

»Kriminalhauptkommissar Christopher Salomon«, entzifferte sie mit gerunzelter Stirn.

»Du kannst mich jederzeit anrufen«, sagte er und bat Lydia zu übersetzen.

Ana erwiderte etwas.

»Sie will wissen, wie sie mit dir telefonieren soll, wenn du kein Wort Portugiesisch sprichst.«

»Ich werde es lernen. Du bringst es mir bei, Louis.«

Lydia zog die Brauen hoch, übersetzte aber, ohne seine Worte zu kommentieren.

Ana lächelte. »Adeus.« Sie reicht ihm die Hand. Dann wandte sie sich ab und lief zu ihren Eltern.

Bevor die drei aus ihrem Blickfeld verschwanden, drehte Ana sich noch einmal um und winkte. Ihre Blicke trafen sich, und Chris zerriss es beinahe das Herz. Jede Faser seines Körpers schrie danach, das Mädchen nicht gehen zu lassen. Er tastete nach Lydias Hand.

Sie hielt ihn fest.

Lydia massierte sich die Schläfen. Salomon war verschwunden, um Kaffee zu organisieren. Er hatte sich tapfer gehalten, obwohl es ihn an den Rand der Verzweiflung getrieben haben musste, Ana gehen zu lassen.

Behutsam berührte sie den Verband an ihrem Arm. Eine Verbrennung, die sie sich in dem Lagerhaus zugezogen hatte, neben einer leichten Rauchvergiftung. Demnächst würde sie ebenfalls mit einem Wundmal herumlaufen.

Nichts gegen die Male, die Salomon mit sich herumschleppte, auch wenn seine nicht zu sehen waren.

Ihr Handy gab Laut. Vítor. Eigentlich hatten sie sich schon am Vorabend verabschiedet. Vielleicht gab es neue Erkenntnisse. Noch immer waren nicht alle Fragen geklärt. Und da Emília tot war, würden einige vermutlich unbeantwortet bleiben.

»Na, vermisst du uns bereits, Vítor?«

»Sind Ana und ihre Eltern schon im Flieger?«, fragte er zurück.

»So gut wie. Warum fragst du?«

Er schwieg.

Die Ahnung, dass etwas Schreckliches auf sie zurollte, stieg in ihr auf. Ihr Magen verknotete sich. »Was ist los?«

»Ich habe noch mal nachgebohrt, ein paar Archive durchforstet. Computerdateien kann man leicht aus der Ferne manipulieren, wenn man einen halbwegs talentierten Hacker an der Hand hat, aber Urkunden aus Papier nicht. Die muss man vor Ort vernichten, damit sie endgültig weg sind. Und das hat selbst Manuel de Melo nicht hingekriegt, nicht vollständig jedenfalls.«

»Wovon redest du, Vítor?« Lydia blickte auf die Tafel, wo die Anzeige neben dem Flug nach São Paulo gerade von *Boarding* zu *Gate closed* wechselte.

»Ich habe Anas Sterbeurkunde gefunden.«

»Du hast was?«, flüsterte Lydia entsetzt.

»Ana Julieta Miranda de Melo ist definitiv tot.«

»Das ist doch nicht möglich.« Lydia krallte ihre Finger in das Polster der Bank.

Scheiße, Scheiße.

»Todesursache sind schwere Verbrennungen. Sie starb drei Wochen nach dem Feuer in dem Heim.«

»Also war sie tatsächlich dort.« Lydia presste die Hand auf ihren protestierenden Magen. Emília hatte zwar den Verstand verloren, aber ihr Gedächtnis funktionierte korrekt. Sie hatte ihre Cousine in der Nacht des Feuers gesehen.

»Ana überlebte schwer verletzt und wurde in eine Spezialklinik in der Schweiz geflogen. Aber sie schaffte es nicht.«

»Wie ist das möglich? Wie hat …?«

»Einige Monate nach Anas Tod haben die de Melos im Ausland ein Kind adoptiert und ihr den gleichen Namen gegeben wie ihrer verstorbenen Tochter.«

Lydia stöhnte. »Bist du sicher?«

»Absolut.«

»Und die fehlende Fingerkuppe? Der Kinderarzt hat es doch bestätigt.«

»Wenn man mit aller Gewalt das verstorbene Kind wiederauferstehen lassen will, gehört nicht viel dazu, einem fremden Mädchen ein Stück vom Finger abzutrennen.«

Lydia wurde schwindelig. »Und danach haben die de Melos alle Spuren beseitigt und so getan, als wäre das adoptierte Kind ihre Ana.«

»Nur die Gedenkplatte an der Gruft zu entfernen haben sie vermutlich nicht übers Herz gebracht.«

»Das haben sie erst nachgeholt, als sie erfuhren, dass wir das Grab entdeckt hatten.« Lydia erblickte Salomon, der mit zwei Kaffeebechern auf sie zukam. Ihr Blick wanderte zu der Anzeigetafel. *Gate closed.* Gütiger Himmel! Was sollte sie nur tun?

»Bist du noch dran, Lydia?«

»Ja.« Ihr Blick schoss zwischen Salomon und der Tafel hin und her, während sie sprach. »Was ist mit dem Kind, das sie adoptiert haben? Hast du darüber etwas rausgefunden?«

»Absolut nichts. Nicht einmal das Land, aus dem es ursprünglich stammt. Die neue Ana hat ganz offiziell die portugiesische Staatsbürgerschaft. Ich habe Fotos von den Urkunden gemacht, soll ich sie dir mailen?«

Wieder schoss Lydias Blick zur Anzeigetafel. Der Flug nach São Paulo war weg. Ana war in der Luft. Salomon war nur noch wenige Schritte entfernt. Blitzschnell traf sie eine Entscheidung, und sie betete, dass sie sie nicht für den Rest ihres Lebens bereuen würde.

»Schick die Fotos an meine private Mailadresse. Aber bitte als verschlüsselte Anhänge. Und kein Wort zu Salomon.« Sie drückte den Anruf weg.

Salomon ließ sich neben ihr nieder und reichte ihr einen Kaffeebecher. Er deutete auf das Telefon. »Wer war das?«

»Vítor.« Lydias Hals war so eng, dass sie kaum einen Ton herausbrachte. Sie zwang sich ein breites Lächeln auf die Lippen. »Er hat jetzt schon Sehnsucht nach uns.«

»Tja. Dann muss er uns in Deutschland besuchen. Ich habe auch gerade einen Anruf bekommen.«

Lydia durchfuhr ein heißer Schreck. Hatte Vítor etwa zuerst mit Salomon gesprochen? Wusste er Bescheid?

Nein. Unmöglich. Sonst würde er nicht so ruhig neben ihr sitzen.

»Liv hat erzählt, dass Sonja deutliche Fortschritte macht. Voraussichtlich können sie sie in den nächsten Tagen aus dem künstlichen Koma holen.«

»Das ist wunderbar«, würgte Lydia hervor.

»Ja, das ist es.« Er senkte den Blick. »Auch wenn ich Angst davor habe, ihr von Joshua zu erzählen. Heute ist der errechnete Geburtstermin. Heute wäre er zur Welt gekommen, wenn ich nicht einem Hirngespinst hinterhergejagt wäre.«

Lydia blinzelte die Tränen weg, die ihr auf einmal in die Augen schossen, und drückte seine Hand. »Ihr werdet es schaffen.«

Eine Weile nippten sie schweigend an ihrem Kaffee. Lydias Gewissen fuhr Achterbahn. Musste sie ihm nicht sagen, was sie gerade erfahren hatte? Dass er womöglich doch keinem Hirngespinst nachgejagt war? Dass es doch seine Anna gewesen sein könnte, die er soeben in die Obhut fremder Menschen zurückgegeben hatte?

Aber wie könnte sie es ihm sagen, ihm wieder neue Hoffnung machen, die vielleicht erneut enttäuscht werden würde? Ana war nicht das leibliche Kind der de Melos, aber das bedeutete nicht automatisch, dass sie Anna Salomon war. Die de Melos waren keine Verbrecher, keine Kindesentführer. Sie lösten ihre Probleme mit Geld und Beziehungen, nicht mit Gewalt.

Nervös starrte Lydia auf die Tafel, auf die Stelle, wo eben noch der Flug nach Brasilien angezeigt worden war. Sie hatte miterlebt, was die Suche nach Anna mit Salomon gemacht hatte. Sie wollte nicht, dass er das noch einmal durchleben musste.

Plötzlich entdeckte sie etwas anderes. »Na wunderbar, sieh dir das an!« Sie deutete nach oben. »Unser Flug hat drei Stunden Verspätung.«

Zu ihrer Überraschung reagierte Salomon völlig gelassen. »Dann bleibt uns ja noch etwas Zeit, um Abschied zu nehmen.«

Sie hatten sich von einem Taxi zum *Miradouro de Nossa Senhora do Monte* bringen lassen. Jetzt saßen sie auf der Bank, auf der sie am Mittwoch mit Raquel gesprochen hatten, und starrten in den wolkenlosen rosa Abendhimmel. Nach dem Gewitter vor zwei Tagen waren die Temperaturen wieder gestiegen und die tief stehende Sonne wärmte ihre Gesichter.

Chris nahm einen Schluck aus der Bierflasche und blickte nachdenklich auf Lissabon hinunter. Trotz der schrecklichen Dinge, die hier passiert waren, war ihm die Stadt ans Herz gewachsen. Er würde sie vermissen.

»Ich habe das ernst gemeint mit dem Portugiesischlernen«, sagte er.

»Das habe ich befürchtet. Ich bin keine gute Lehrerin.«

»Meine erste Lektion war klasse. Und nachhaltig. Merda. Porra. Caralho.«

Lydia hob die Brauen.

»A Ana é a minha filha«, fügte er hinzu. Der Satz besaß noch immer etwas Magisches. Für einen Moment verschwamm die Stadt vor seinen Augen zu einem Meer aus bunten Farbklecksen, und sein Herz schlug schneller.

Er spürte Lydias Blick. Sie war plötzlich bleich, ihre Augen waren weit aufgerissen.

»Keine Sorge«, versicherte er rasch. »Ich wollte dir nur demonstrieren, dass du gar keine so schlechte Lehrerin bist. Und das ist der einzige Satz, den ich auf Portugiesisch sagen kann.«

Lydia drehte ihre Bierflasche in der Hand, ihre Finger zitterten. »Glaubst du, dass man manchmal Dinge tun muss, die sich schlecht anfühlen, aber trotzdem richtig sind?«

Jetzt war es an ihm, die Brauen hochzuziehen. »Wovon redest du?«

»Ach nichts.« Sie trank einen Schluck Bier.

Sie war eine schlechte Lügnerin, aber er beschloss, nicht weiter in sie zu dringen. Wenn sie ihm etwas zu sagen hatte, würde sie es tun. Irgendwann.

Er griff nach ihrer Hand. »Wir sind ein ziemlich gutes Team, Louis.«

Sie lächelte. »Das sind wir, Salomon.«

Dichtung und Wahrheit

Es ist immer ein Wagnis, mit einem Roman eine neue Welt zu erschaffen, die zugleich erfunden ist und doch real erscheinen soll. Und ganz besonders gewagt ist es, diesen Roman in einem Land anzusiedeln, in dem man nicht aufgewachsen ist.

Ich hätte mich niemals getraut, eine Geschichte zu schreiben, die in Lissabon spielt und an vielen Stellen die portugiesische Perspektive einnimmt, wenn ich nicht in Portugal gelebt hätte und mit Sprache, Gewohnheiten und Mentalität der Menschen sehr vertraut wäre.

Dennoch ist mir vieles fremd, und es mag sein, dass ich den einen oder anderen Fehler begangen habe. Hier bitte ich um Nachsicht, ich habe in bester Absicht gehandelt.

Besonders kompliziert, weil ganz anders als in Deutschland, ist z. B. die Darstellung der Polizeiarbeit, denn es gibt, je nach Zählung, rund zehn verschiedene, voneinander unabhängige Polizeibehörden mit unterschiedlichen Zuständigkeiten. Zwei davon sind für einen Krimi besonders wichtig, nämlich die PSP, die *Polícia de Segurança Pública*, die ungefähr unserer uniformierten Polizei entspricht und auch deren Aufgaben wahrnimmt, inklusive der Aufklärung weniger schwerer Straftaten, und die *Polícia Judiciária*, die mit unserer Kriminalpolizei vergleichbar ist. Sobald es um Kapitalverbrechen wie Mord oder schwere Körperverletzung sowie organisierte Kriminalität geht, oder wann immer eine Schusswaffe verwendet wird, muss die PJ, die *Polícia Judiciária*, ermitteln. Sie entspricht zwar unserer Kripo, rekrutiert sich jedoch nicht aus der PSP. Die Inspektoren der PJ haben nie eine Uniform getragen, sondern nach ihrem Studienabschluss eine Spezialausbildung absolviert. Sie sitzen auch nicht im gleichen Gebäude wie die PSP und haben vollkommen andere Dienstränge. Bei der PSP gibt es Kommissare, bei der PJ Inspektoren. Die einzelnen Teams der PJ werden Brigaden genannt.

Für alle Informationen über die Arbeit der portugiesischen Polizei bin ich Cláudia Gonçalves von der *Polícia Judiciária* zu Dank verpflichtet, die geduldig meine Fragen beantwortete und mir sogar eine Skizze der Büros der Abteilung für Tötungsdelikte hat zukommen lassen. Ohne sie wäre ich ziemlich im Dunkeln getappt, was portugiesische Polizeiarbeit angeht.

Ein Problem ganz anderer Art sind portugiesische Namen. Die meisten Portugiesen haben zwei Vor- und bis zu vier Nachnamen, Eheleute heißen nicht gleich. Kinder tragen gewöhnlich einen Namensteil des Vaters und einen der Mutter. Um das nicht ständig im Text erklären zu müssen, habe ich daher viele Namen verkürzt (was die Portugiesen im Alltag übrigens auch tun) und manchmal zudem ein bisschen gepfuscht.

Auch bei der Wirkweise von Scopolamin und Atropin habe ich mir einige Freiheiten erlaubt und die Realität bis zum Äußersten ausgereizt. Für ihr Wissen über Gifte danke ich meiner Kollegin Dr. Sibyl Quinke. Alle Fehler, die mir trotz ihrer fachkundigen Beratung vielleicht unterlaufen sind, gehen auf meine Kappe.

Auch wenn in dem Roman eine ganze Reihe von schrecklichen Verbrechen begangen wird, ist Lissabon keineswegs eine gefährliche Stadt, denn was die Zahl der unnatürlichen Todesfälle angeht, habe ich maßlos übertrieben. Alle Schauplätze existieren hingegen wirklich, die schönen ebenso wie die hässlichen. Und man kann tatsächlich von fast überall den Fluss und die riesige Brücke sehen (und hören). Nur das rosa Haus in der *Rua do Prior* war nie ein Kinderheim. Andererseits, wer weiß das schon so genau …